KB107498

우리는 낮에도 별을 본다

최혜림 · 리사박

교육자 엄마와 예술가 딸의
20년 성장일기

호연글로벌

차례

2 인생 2막을 향한 여정

꿈을 향한 만학도 엄마

3.1 40대 엄마의 LA 유학일기

도전하는 유학생 엄마

3.2 20대 딸의 LA 유학일기

방황하는 대학생 딸

4 예술가의 꿈의 무대, NY

새롭게 도전하는 미디어 아티스트 딸

5 꿈은 이루어진다

그냥, 소박한 꿈으로…

"나는 다음 생애에 태어나면 혜림이 딸로 태어나고 싶어."

연극 연출가로 맹활약했던 한 친구가 나와 내 딸에게 말했다.

"미안. 너 웨이팅 리스트에 두어야 돼. 너 앞에 몇 명 더 있어."

내 주변의 친구나 후배들은 딸의 재능을 믿고 기다려주는 친구 같은 '엄마'를 부러워했다. 엄마와 딸은 가장 가까운 존재임에도 불구하고 엄마로 인해 상처를 받은 딸은 의외로 많다. 내 컨설팅 경험에 의하면 자녀들의 재능을 인정하고 그들의 '꿈'을 존중해 주는 부모는 그리 많지 않다. 우리는 부모라는 이름으로 아이들의 미래에 깊숙이 개입하고 통제한다.

사람들은 내가 딸과 미국 유학도 함께 가고 친구처럼 지낼 수 있는 것이 서로 닮아서라고 여길지 모르지만, 우리는 아주 많이 다르다. 좋아하는 것도 취향도 재능과 일하는 방식, 생활 리듬 하물며 요즘 젊은이들이 맹종하는 MBTI까지 유사한 구석이 없다. 그럼에도 불구하고 나와 딸은 서로 좋은 대화 파트너다.

나는 딸의 재능을 일찍 알았고 나보다 더 잘하는 것이 있다는 점을 인정하고 존중해 주었다. 미국 유학 당시 나와 딸을 아는 미국인 친구들은 우리들을 '대단한 모녀'라고 불렀다. 주변 지인들은 우리 모녀를 '평범하지 않다, 열정적이다'라고 한다.

교육자 엄마와 아티스트 딸의 길은 다르지만 우리에겐 이루고 싶은 소박한 꿈이 있다. 자신의 주어진 달란트를 활용하여 열매 맺는 행복한 삶이다. 우리들의 끈끈함은 자신들의 '꿈'을 향해 나아가는 그 노력과 열정에 대한 이해에서부터 나온다. 우리는 '꿈'을 이루기 위해 서로를 공감하고 용기 주고 응원하며 심오한 철학적 대화를 나눈 오랜 동지고 투사다.

내 딸이 여섯 살이 되었을 때, 자신은 화가가 될 거라고 말했다. 꿈이 없던 나는 꿈을 가진 딸이 대견하고 부럽고 자랑스러웠다. 창작을 한다는 건 쉬운 일이 아니다. 그리고 그만큼 고통이 따르는 일이다. 나는 내 딸이 미국 유학 시절 틀에서 벗어나기 위해 고민한 흔적들이 훗날 작품이 되는 것을 목격했다. 나는 마음속으로 혼돈과 방황, 때로는 도피의 심정으로 자신과의 작품과 투쟁하는 아티스트 딸이 '자신 속에 있는 뛰어난 존재'와 하나가 되길 바랐다.

내가 50세 미국 유학을 마치고 쓴 첫 책이 「자기 브랜드 리더십」이다. 대학생들이 '비전 있는 독창적인 삶'을 계발하기를 바라는 마음으로 집필했다. 개정판 「나는 내 인생의 리더다」를 출간한 후 지인들이 어떻게 만학으로 유학을 가게 되었는지, 미국에서 어떤 생활을 했는지 독자 입장으로 궁금하다고 말해줬다.

그 당시만 해도 내가 대단하게 이룬 것도 없고 엄청난 성취를 한 것도 아니어서 나에 대한 이야기를 다루는 게 쑥스러웠다. 61세가 되는 해, 타인의 시선과 상관없이 기억력이 소진되기 전에 나와 딸의 이야기를 솔직하게 다루면 좋겠다는 생각이 들었다. 때로는 나이 듦이 용기를 준다.

내 나이 30세 초반, 당시 67세의 나이로 작고하신 아버지는 나에게 언제나 용기를 주신 분이다.

"넌 노력하는 애이니 최고가 되진 못해도 언제나 90점대는 도달할 수 있어."

아버지의 말씀은 힘든 시기 절망의 심연에서 목마름을 축여주는 한 모금의 약수였다. 아버지는 살아생전 늘 바쁘셨기에 나와 함께 찍은 사진도, 함께 나눈 대화도 편지도 거의 없다. 아버지가 영원히 떠나시기 전 사랑한다고, 고맙다고 말한 적이 없는 게 내내 후회가 되었다. 내가 앞으로 더 이상은 후회하지 않도록 내 딸에게 어쩌면 유언처럼 하고 싶은 말을 남겨도 좋겠다는 생각을 했다. 그리고 사랑한다고, 내 딸로 태어나 주어서 고맙다는 말도….

이 책을 준비하면서 나와 딸은 의견 대립으로 말다툼하기도, 그만두자고 극단적으로 대립도 했다. 하지만 공동 집필한 이 책 한 권이 서로를 더 많이 이해하는 도구이자 평생 잊지 못할 추억으로 우리의 꿈과 열정을 지탱해 줄 린치핀linchpin이 될 것이다.

우리나라에서의 '꿈'은 '직업'과 '직위'를 뜻한다. 그래서 청소년들은 꿈의 무게가 버겁다. 부모들이 원하는 직업과 직위가 100세 시대 꿈이 될 수 없는 세상! 앞으로의 대세는 N잡러.

요즘 젊은이들은 영향력 있는 사람이 되고 싶다는 말을 한다. 그리고 행복하고 싶다. 얼마나 멋진 말인가? 세상에서 이룰 내 '역할'이 어떤 사회적 기여를 할 것인가 고민하는 소박한 아름다운 생각이 바로 행복한 '꿈'으로 이어진다.

꿈꾸는 자는 늙지 않고 숙성한다. 나는 효소와 같은 삶을 살겠다.

교회 양육자로 만난 한국외국어대학 교수님께서 내 인생 중 가장 행복했던 시절이 언제냐고 질문하셨다. 나는 곧바로 "지금 현재 이 순간"이라고 답변했다. 나는 앞으로 「연금술사」에서 현자가 말한 행복의 비밀과 기름 두 방울의 교훈을 잊지 않으려 한다.

"하나님이 만드신 이 세상 모든 아름다움을 보는 것."

인생 행로에 도움을 주신 모든 분들께 감사하는 마음을 담아
나와 딸의 20년간의 진솔한 꿈 이야기를 세상에 내놓습니다.

2022년 3월 최혜림

1

‘꿈’이라는 것

엄마

요즘 애들에게 꿈이 뭐냐고 물으면 실례라는데 넌 꿈꾸는 게 중요하다고 생각해?

딸

난 중요하다고 생각해. 꿈꾸는 사람은 확실히 눈빛이 반짝이고 활기가 있어. 엄마도 학생들을 가르치면 느끼지 않아?

엄마

꿈을 가진 학생은 정말 달라. 아무리 힘든 일을 해도 즐기더라. 대학생이 되면 정신적 사춘기를 맞이하는거 같아. 왜? 꿈이 없으니까. 왜 이 전공에 왔는지 모르는 학생들이 많아.

딸

내 주변도 그런 지인들이나 친구들이 많아. 30대가 되어서도 방황해. 미국 애들은 “Dreams come true” 라는 말을 좋아하는데 그 말을 믿어?

엄마

엄마의 경우는 정말 그랬거든. 내 꿈은 내 서재를 갖는 거, 내 책 내는 거, 학생들 가르치는 거, 정말 거의 다 이루었어. 엄마는 꿈을 이루기까지 절실했고 그 과정이 행복했어. 너는 어떻게 한결같이 화가의 꿈을 꾸게 되었어?

딸

흠… 거창하게 생각했던 거는 아니고 어릴 적 부터 그림 그리는 것을 좋아했으니 당연히 화가가 되는 게 꿈이었지. 그래서 진로 고민이 전혀 없었어. 마침 다른 공부에 관심이 있던 것도 아니었고.

엄마

넌 꿈이 있어서 행복했니?

딸

그림 그리는 재미가 있었으니 행복했지. 내가 유일하게 즐겼던 것 같아.

엄마

난 아직도 꿈을 꿔. 현재를 헛되이 살지 않는다는 느낌, 내 일이 세상에서 가장 중요하다는 삶의 자세, 난 이 과정이 행복해.

딸

'꿈'은 별이다.
보였다가 보이지 않았다 한다.
별은 늘 거기에 머물러 있건만
우리는 '꿈'이 없다고 한다.

- 최혜림 -

어린 시절 엄마
꿈은 오락가락

담임 선생님께서 서로의 꿈에 대해 이야기하라고 하셨다. 기억을 저장하는 시냅스가 부족한 건지, 불필요한 기억은 이미 제거된 건지, 초등학교 몇 학년 때였는지도 담임 선생님 성함도 모두 가물가물하다.

참 요즘 청소년들이 싫어하는 질문이 "네 꿈이 뭐야?"라고 하던데, 그 당시 남학생들의 꿈 중에 대통령, 사장님, 과학자가 꽤 있었어. 내 기억으로는 몇 명의 여학생들이 자신의 꿈이 '현모양처'라고 대답하기도 했었는데, 엄마는 어린 나이지만 그 단어가 참 낯설더라. 왜 여학생들은 대통령, 사장님, 과학자라고 말하지 않는지 그 분위기에 저항하며 내 차례를 기다렸어.

"저는 외교관이 되는 것이 '꿈'이에요."

남학생들이 '띵미'하는 느낌으로 힐끗 쳐다보는데 뭔가 여전사가 된 느낌이더라. 내 가슴 속 반항심의 거인이 숨 쉬는 걸 들었다.

근데 엄마는 솔직히 외교관이 어떤 일을 하는지 어떤 역량이 필요한지 구체적으로 아는 것이 없었어. 장님이 코끼리 만진다는 뜻의 사자성어 맹인모상盲人摸象이 생각난다. 엄마가 초등학교 시절 원한 것은 한마디로 '자유'였어. 남아선호가 강한 보수적인 집안에서 벗어나 세상을 누비는 자유가 꿈이었고, '우물 안 개구리'로 살아가기는 정말 싫었거든. 넓은 세상에 대한 동경과 다양한 문화에 대한 갈망은 나의 '꿈'의 여정에 커다란 도움이 되었다.

중학교 사춘기 시절 엄마가 유일하게 책으로 영화로 세 번 읽고 본 작품이 있어. 마가렛 미첼의 「바람과 함께 사라지다」이다. 똑똑하고 강인한 성격의 여주인공 스칼렛 오하라는 내 중학교 시절의 영웅이었다. 내 방 책상 위 벽면에 영화 속 엔딩 장면의 비비안 리 사진을 걸어 둘 정도로 스칼렛 오하라는 한 줄기 섬광같이 강렬하게 내 마음 깊숙이 자리 잡은 이상적 여성상이었어. 엄마는 사춘기 시절부터 주체적이면서 자기 주도적인 여성이 되고 싶었어. 남아 선호적 집안 환경과 남성 중심적 사회 환경적 요소의 침전물의 영향이다.

간염과 악성 빈혈로 입원하며 신경성 위염 증상으로 허약했던 고등학교 시절, 솔직히 '꿈'의 설계는 사치였어. 일류 대학 입학만이 내 목표였다. 나는 성적에 맞추어 대학을 갔지만, 인문계열보다는 사회계열 분야에 관심이 많았어. 그 당시 워싱턴 특파원이 되는 상상도 해보고, 바바라 월터스 같은 언론인을 꿈꿔보기도 하면서 신문방송학과에 입학했지만, 암기 위주의 대학 공부는 지루했고 나의 유일한 흥미 학습은 옆집 학교 외국어학당 영어 회화반 수업이었어.

요즘 고유명사의 인출이 힘겨워지는 환갑의 나이에 아직까지도 생생히 강사 이름을 기억해. UC 버클리 출신 로이 랭글리는 등록금을 벌기 위해 한국에 온 학생이었다. 외국어를 배우는 일은 언어와 동시에 문화를 함께 만나는 일이다. 자기 비전을 가진 도전하는 인생을 추구하는 벽안碧眼의 청년은 내게 새로운 세상을 동경하도록 자극하는 촉매제였다. 우리나라에서는 그 당시 비전과 인생철학에 대해 말하는 사람이 거의 없었어. 나는 언젠가 UC 버클리로 유학을 가겠노라고 다짐할 정도로 그는 나에게 청량제이자 동시에 각성제였다.

대학 졸업과 함께 유학생 남편과 시작된 결혼으로 내가 그토록 꿈꾸던 미국 생활은 시작되었지만, 어린 시절 조금은 무시했던 현모양처의 길을 가게 된 것은 어쩌면 아이러니다. 그런데 '현모양처'가 되는 것도 그리 쉬운 일은 아니겠더라. 결혼 후 미국 보스턴 생활 중 엄마에게 커다란 축복은 너의 탄생이었어. 태아가 내려오지 않는 하강정착으로 인한 오랜 진통과 분만의 진행이 엄마를 완전히 그로기 상태로 만들었다.

"딸이에요."

미국 간호사의 말에 펑펑 울고 말았어. 여자아이면 엄마처럼 출산의 고통을 경험해야 하니까. 너 외할머니는 엄마가 미국에서 공부하지 않고 덜컥 애부터 낳아버렸다고 엄청 실망하셨어. 하지만 너를 낳고 키우는 일은 단 한 번의 후회 없는 가장 고귀한 행복 그 자체였다.

난 그렇게 준비 없이 엄마가 되었어.

엄마가 동경했던 그 시절의 '꿈'은 어느 작은 시골 구석진 연극 무대에도 올라가 보지도 못한 채 바람 빠진 풍선 마냥 사그라들었지만, 커리어 우먼에 대한 로망은 항상 남아 있었던 것 같아. 영문과를 졸업해서 현재 동아일보 대기자로 활동하는 고등학교 동기 김순덕 언론인은 언제나 나의 대리만족의 로망이었다.

어린 시절 외교관이라는 '꿈', 청소년기 언론인이라는 '꿈'의 성장 호르몬은 더 이상 촉진되지 못했지만 인생을 살아가기 위한 가치관은 성장한 셈이다. 내가 엄마가 되었을 때 분명했던 것은 내 아이에게 꿈을 그려 나갈 '자유'와 재능을 펼쳐 나갈 '도전'을 응원하는 일이었으니까. 딸의 개성을 존중하며 전적으로 믿고 기다려주는 현모의 길이 시작되었다.

엄마 꿈은
여전히 진화 중

어느 여행객이 산에 올라갔다. 기다란 로프가 눈에 띄어 호기심에 무심코 잡아당겼다. 그 로프는 다름 아닌 호랑이 꼬리…. 호랑이는 자신의 꼬리를 잡아당긴 당돌한 여행객을 잡아먹을 듯 으르렁 달려들고 여행객은 걸음아 나 살려라 일단 나무 위로 올라갔는데 호랑이가 나무 밑동을 흔들어대는 거다. 아뿔싸, 죽어라 매달리다 호랑이 등짝에 비상 착륙하니, 호랑이는 거머리처럼 들러붙은 여행객을 떼내려고 산과 들판녘을 버둥거리며 전력질주했다.

무더운 한낮, 밭 매다 잠시 고개 돌린 농부는 여름 끝자락 암컷 유혹하는 수컷 매미 마냥 우렁차게 소리 지르며 호랑이를 타고 질주하는 여행객을 먼발치에서 바라보았다. 그는 신세 한탄하며 투덜거리면서 불평했어.

"누구는 호랑이 타고 전국 일주를 하고, 난 종일 힘들게 일하고…."

사람들은 언제나 자신의 관점에서 누군가를 진단한다. 원인 모를 반복된 계류유산으로 꼼짝없이 무기력하게 송장 마냥 침대에 누워 지낸 나의 30대 시절, 어느 학부모가 침대맡에서 도우미 아주머니가 차려 주신 식사 트레이를 받은 내 모습을 바라보며 말했어.

"나도 한 번 누가 이렇게 침대로 상 차려주는 밥 먹어봤으면…."

대부분의 세상 사람들은 내면성을 헤아려 보기보다 외관상의 한 측면을 보고 인간의 희로애락을 판단하려 든다. "꽃은 웃으나 소리는 들리지 않고, 새는 우나 눈물은 보기가 어렵다"라는 시구의 의미를 곱씹게 되더라.

2남 2녀 중 2녀인 엄마는 장남 중심 가정에서 무조건적 상명하복식 팔로워 정신을 강요받았어. 먼저 태어난 것이 노력해서 얻은 상이 아니 듯, 나중에 태어난 게 잘못으로 받은 벌이 아니지 않은가. 복종이 절대 선인 집안 환경 속에서 난 무논리적 명령에 반발하고 저항하는 관성 모멘트를 지니게 된 것 같아. 보수적이고 권위적인 집안 환경 속에서 오히려 나의 비판적 사고는 스스로 학습되었다.

루이자 메이 올컷의 자전소설 「작은 아씨들」에는 네 명의 딸이 주인공으로 등장해. 배우가 되고 싶은 첫째 메그, 작가가 되고 싶은 둘째 조, 음악가가 되고 싶은 셋째 베스, 화가가 되고 싶은 막내 에이미를 통해 성격도 생김새도 완전히 다른 네 자매가 서로의 개성을 추구하며 삶의 주체로서 정체성을 확립해 나가는 모습이 인상적이었다. 글과 그림의 분야는 달라도 작가를 꿈꾸는 너와 나를 '에이미'와 '조'로서 만났다.

난 문장과 문장 사이 좁은 여백 속에서도 따뜻하지만 자기 주관 강한 둘째 조와 조우遭遇하는 기쁨을 누렸어. 난 조의 생각과 행동이 어느새 나에게 투영되고 있음을 느꼈다. 나는 조를 통해서 언젠가 내 책을 출간하는 꿈을 꾸었고, 동시에 4인 4색의 개성 강한 딸들에게 사랑과 용기를 일깨워주는 현명한 어머니 마치 부인처럼 되고 싶었다.

"우리가 읽고 싶어. 우리를 위해 뭐든 써보렴. 세상 사람들은 신경 쓰지 말고 시도해봐. 분명히 너한테 도움이 될 거고 우리도 즐거울 거야."

자녀 모두 스스로 깨닫고 성찰하게 유도하는 마치 부인의 대화는 한 편의 잠언과 같았다.

나의 다자녀 욕심은 권위적 장남 선호 사상에 따른 내 어머니 시대 양육방식에 대한 도전이고 결투 신청이었어. 이미 상처받은 깨물어 안 아픈 한 여린 손가락은 "열 손가락 깨물어 안 아픈 손가락 없다"라는 속담을 실험해 보고 싶었다. 난 마치 부인처럼 여러 명의 아이들을 개성 있게 민주적으로 잘 키울 자신이 있었으니까.

결혼 후 미국 생활을 마치고 한국에 돌아와서는 아기를 점지해주는 삼신할머니의 심통으로 다자녀의 꿈은 무참히 사라져 버렸다. 계속된 유산과 자궁 외 임신으로 인한 입원으로 원망과 불만의 나날은 한동안 지속되었어. 5개월 된 무뇌아 사산의 충격으로 단기 기억 상실증과 신경성 우울증으로 매일 저녁 9시만 되면 온 몸에 발진이 돋았어. 피부과 선생님은 나에게 '9시 뉴스 증후군'이라고 농담하더라.

밤마다 갓난아이 울음소리가 들렸다. 난 그때 깨달았어. 자신의 목숨을 던지는 사람은 이 세상을 하직하고 싶어서가 아니라 악몽의 블랙홀에서 벗어나 무념무상의 무중력 지대를 원하는 생존의 욕구라는 걸.

혼자 침대에 누워 먼발치 바깥을 내다보면 방충망에 가려진 창문을 통해서도 한바탕 고개를 젖히고 웃으며 떼 지어 다니는 사람들의 모습이 보인다. '뭐가 저렇게 행복할까?' 이 세상의 모든 비극을 내가 짊어진 것 마냥 비관적인 시기였다. 남편도 친정엄마도 나에게서 지쳐갔다. 그런데 한결같이 나에게 살갑게 안겨주는 사람이 있었어. 그건 바로 '너'다.

마치 부인은 네 명의 아들을 모두 전쟁터에 보낸 한 노인을 만나고 반성하며 딸들에게 말해.

"불만이 생길 때마다 너희가 받은 축복에 대해 생각하고 감사하는 마음을 가져라. 이미 누리고 있는 축복을 깨닫고 그것을 갚을 수 있는 사람이 되어라. 그러지 않으면 그 축복이 완전히 사라져 버릴 테니까."

메그, 조, 베스, 에이미 네 명의 딸들이 마치 부인의 말씀을 가슴에 새긴 것처럼 난 너의 소중한 존재를 잠시 잊고 지냈어. 내가 너로 인해서 이 세상에서 받은 축복과 감사를 다시 되갚는 존재가 되겠다는 다짐을 했다. 그리고 쓸데없는 '욕심의 굴레'에서 벗어났다.

공자 왈 "싹이 났으나 꽃이 피지 못하는 것도 있고, 꽃은 피었으나 열매를 맺지 못하는 것도 있다"라고 했다. '인생이란 간절히 원하는 걸 얻지 못하는 불완전적 삶을 승화시켜 완전체로 만들어 나가는 과정'이라는 철학적 사고를 했다. 한 친구가 웃으면서 말했어. "너 죽으면 나중에 몸에서 사리 나오겠다."

잃는 것이 있으면 반드시 얻는 것이 있다.

돌부리에 걸려 넘어진 곳에 놓여 있던 보물이 내게 소리 없이 다가왔다. 종교가 그리고 신앙이 절실히 필요했다. 어둠의 그림자가 깊고 짙게 동트는 태양을 가로막은 어느 추운 겨울의 새벽 교회에서 딱 한 소절의 말씀이 기도 응답이 되어 들려왔다.

"너 자식만 잘 키우려고 하지 말고 다른 아이들도 잘 키워 보라."

두개골에 고인 물을 원효대사와 나눠 마신 듯한 환희의 깨달음! 사람은 마음먹기에 달려 있다. 엄마 나이 40세 새로운 가치관이 정립되었어. 자고로 불혹不惑이 시작되었다.

내 딸의
이름은 토토

「창가의 토토」의 실제 주인공인 저자는 구로야나기 테츠코.

일본의 명사회자로 일본 방송계에서 철의 여인이라 불리지만 어린 시절의 그녀는 엉뚱 발랄 천진난만한 말썽쟁이였다. 어른 시야의 주관적 프리즘으로 비추어진 토토는 굴절된 모습의 개구쟁이지만, 조금은 먼발치에서 객관적 파노라마로 바라본 토토의 삶의 실경實景은 순수함 그 자체다. 토토는 어린 시절 주의력 결핍 과다행동 장애와 학습장애로 문제아 취급을 받았다.

'엄마'는 어떠해야 하는지 '교사'는 어떻게 학생을 대해야 되는지 깨닫게 해 준 어느 교육 전공 이론서보다도 값진 교훈을 준 책이다. 엄마는 토토가 참 귀엽더라. 엄마는 학교 수업에는 관심 없지만 호기심 많고 마음씨 고운 꼬마 천사 토토 같은 딸을 갖고 싶었어. 생각은 바로 현실이 된다.

'내 딸이 바로 토토라니….'

"입을 도대체 벌리지 않아요."

딸의 초등학교 시절 노래 선생님이 당황하시며 내게 말했다. 너는 하기 싫은 과목은 아예 안 하고, 돌아서면 배운 걸 그나마 다 잊어버린다. 엄마는 교육자로 일하면서 한참 후에 알게 되었어. 너 같은 과목 편식 증세를 가진 아이들도 있다는 사실을 말이다. 너는 끊임없는 상상의 세계에서 하루는 구름 솜사탕 위를, 또 다른 날은 무지개 구름다리 위를 뛰어노는 행복한 아이였다는 것도 말이야.

초등학교 저학년 시절 너보다 한 살 많은 동네 언니랑 그림 레슨을 받게 되었는데, 첫날 미술 선생님이 방에서 뛰어나오시면서 엄마를 찾으시는데 걱정 반 우려 반이더라.

"따님은 미술을 전공해야만 하는 아이예요."

첫날 자유 그림 시간에 네가 그린 건 벼락 맞은 고슴도치처럼 빳빳하게 털을 세우고 노려보고 있는 중앙 가득 채워진 이름 모를 새 한 마리였다.

"뭐지? 왜?"

예술에 무지한 엄마 눈에도 평범한 그림은 아니었어. 엄마를 노려보고 있던 범상치 않은 새 한 마리의 잔상이 아직도 내 기억 속에서 날갯짓하고 있다.

토토는 전철표 파는 사람이 되겠다고 하다가 길거리에서 광고하는 사람, 어느 날은 스파이, 또다시 교사가 되겠다고 했는데 엄마는 얼마나 다행인지 모르겠더라. 너는 미술을 전공할 예술을 할 아이니까. 네가 틀에 박힌 일에 순응하지 않는 것을 비난하지 않기로 했어. 앞으로 너 같은 몽상가들이 새로운 흐름을 만들어 나갈 거라는 희망찬 긍정적인 마음으로 평범함을 강요해서는 안된다는 좌우명이 생겨났다.

공개 추첨 방식으로 합격하여 입학한 명문 초등학교 3학년 당시 담임 선생님은 미술 전공자로 엄마와 탈권위적 교육관이 비슷하셨어. 엄마와 선생님은 초등학교 시절 획일화된 교육방침에 반대했다. 네가 그림에 재능 있는 걸 간파하시고 그림대회에서 그리다 말고 딴짓하는 너에게 담임 선생님께서는 슬쩍 지나가시면서 강력한 동기부여용 조언을 던지셨지.

"완성하면 상 탈 거다."

이 한마디에 너는 미완성에서 완성 작품을 출품하게 되었고 덕분에 그림대회에서 많은 상을 타게 되었어. 선생님 덕분에 너는 예술가로서의 성취감과 책임감을 배운 거다.

다른 동네로 이사하면서 담임 선생님께 의논을 드렸는데 의외로 공립학교 전학을 찬성하셨어. 어린 나이부터 직면하는 과열된 학업 경쟁보다 감수성과 상상력을 누릴 더 많은 시간적 할애를 권장하셨다. 아침 일찍 스쿨버스를 타고 등교하는 다른 아이들 대신 너는 충분한 아침 숙면이 보장된 셈이지. 추첨 경쟁이 높은 명문 사립학교를 그만둔 걸 도저히 이해 못하겠다는 엄마들도 있었어.

"스쿨버스도 가는데 남들은 서로 들어오고 싶어 하는 학교를 왜 그만둬요?"

대신 엄마는 담임 선생님 말씀을 명심했다. 뮤지엄과 미술관 순례 여행, 갤러리 탐방, 주말마다 동숭동에 위치한 바탕골소극장과 파랑새극장에서 어린이 연극을 너와 함께 관람하면서 엄마 감수성과 미술적 감각이 덩달아 쑥쑥 키성장했다.

너는 공립학교에 입학한 후 고학년이 되어서도 미술 학원과 수영 학원만 다니며 상당히 여유로운 초등학교 시절을 즐기며 보냈는데, 어느 날 미술 학원 부원장님께서 전화를 거셨다. 다른 학생들은 모두 빨간 사과를 빨갛게 칠하는데, 너 혼자 녹색을 칠하고 있다는 거야. 아마 네가 반항하고 있다고 여기신 것 같아.

"너 왜 빨간 사과를 녹색으로 그렸는지 엄마에게 말해 줄래?"

"사과를 담은 바구니가 창가에 놓였는데 빛이 들어오는 거야. 빛을 받은 사과는 더 이상 빨간색이 아니야."

너무나도 아무렇지도 않게 툭 던지듯 말하는 너의 답변에 이런 생각을 했다. 내가 앞으로 세상의 균일화된 잣대로부터 너를 보호해주어야 될지 모르겠다고. 토토 엄마처럼 말이다. 토토 엄마는 딸이 아무리 말썽을 부려도 야단치기보다는 동심의 순수함을 지켜주었고, 덕분에 토토는 자신이 초등학교 때 퇴학당한 걸 알 필요가 없었다.

초등학교 6학년, 너는 예술 전문 중학교 입학을 위한 실기고사 자유화 부문에서 최고 성적을 받았지만 탈락되었다. 전년도까지는 교탁 위에 놓인 과일이나 채소 바구니를 그리는 것이 데생 시험이었지만, 당해에는 수험자가 티슈를 부여잡은 손을 그리는 것으로 갑자기 변경되었다. 자유화는 미래 세상을 상상하는 수채화였어. 문제는 데생이었다. 넌 남보다 속도가 빨라서 손 모양을 다 그린 후 시간이 남아서 책상의 나뭇결무늬와 함께 수험 번호까지 꼼꼼하고 치밀하게 정성껏 그린 거야. 자신의 아이덴티티를 표시하는 세밀화가 부정행위라는 걸 너는 도대체 이해하지 못하더라.

"어떻게 다른 아이들은 그런 것까지 알 수 있었을까?"

너에겐 영원한 미스터리인 거다.

미술 학원 원장님께서는 미리 부정행위에 관한 주의를 주지 않았음을 죄송하다고 거듭 사과하시고, 너는 1주일 동안은 종일 울고불

고했다. 엄마도 당시 하늘이 무너지는 것 같았지만 그래도 항상 솟아날 구멍이 있다고 긍정적으로 생각하는 편이야. 보다 자유롭게 화가의 꿈을 이루게 해 주고 싶어서 외국인학교 입학 준비를 하게 되었다.

이후 외국인학교에 입학해서도 학업의 편식은 여전했고, 너를 이해하지 못하는 선생님과 소통하기 위해 엄마가 열심히 영어 공부를 하게 되었어. 그때 영어 원서로 읽은 「연금술사」, 「파이 이야기」, 「찰리와 초콜릿 공장」이 생각나네. 엄마는 너 덕분에 영어 실력이 일취월장했고, 너네 학교 선생님들과 책 토론도 했단다.

훗날 엄마가 영어 실력 덕분에 유학 가서 박사까지 하게 될 줄 상상이나 했겠니? 평범하지 않은 딸을 키우다 보니, 엄마가 또 다른 평범하지 않은 아이들을 돕기 위해 교육자의 길을 걷게 되었고, 너 덕분에 모든 아이들에게는 그들만의 재능이 있다고 믿으면서 기다려주고 인내하는 교육자가 되어가고 있다.

여러 조각으로 나누어진 일그러진 파편의 얼굴, 왼쪽 눈에 검은 눈동자, 오른쪽 눈에는 눈동자 없이 흐르는 눈물이 거미줄이 된 너의 사춘기 시절 자화상에서 청소년기 정체성 파괴를 느끼게 되더라. 심리학자 에릭슨의 심리 사회학적 발달단계에서 청소년기의 정체성 대 혼돈의 시기를 너는 그림 작품으로 표현하고 극복했는지 모른다. 추측건대 너의 사춘기 시절은 상당히 힘들었던 것 같다.

★

이탈리아 북부의 레지오 에밀리아라는 소도시에서는 1960년 초 획기적인 유치원 교육 방법으로 레지오 접근법이라 불리는 교육 프로그램이 있었어. 「창가의 토토」에 나오는 도모에 학원처럼 말이다. 어린이들은 왕성한 지적 호기심에 잠재력이 충만한 존재로 인정하는 레지오 교육방식은 언제나 아동 지향적이다.

레지오 학교의 설립자 로리스 말라구치가 쓴 시도 이 점을 강조하고 있어.

어린이는 백 가지로 이루어져 있어요.
어린이는 가지고 있죠,
백 가지의 언어, 백 가지의 손, 백 가지의 생각
백 가지의 생각하는 방법, 놀이하는 방법, 말하는 방법을.
백 가지 언제나 백 가지의 귀 기울이는 방식
놀라워하는 방식, 사랑하는 방식
백 가지 세계를 발견하고 백 가지의 세계를 만들어내고
백 가지의 세계를 꿈꾸며 노래하고 이해하는
백 가지의 즐거움을 어린이는 가지고 있어요.

토토는 폭탄 세례와 화염에 싸인 학교를 뒤로 한 채, 전쟁 피난 열차 안에서 두려움 없이 안심하며 잠이 들 수 있었다. 교장 선생님이 늘 들려주셨던 말을 기억해 냈기 때문이야.

"넌 정말은 착한 아이란다."

도모에 학원 고바야시 교장 선생님은 아이들의 해맑은 순진무구의 세계를 지키고 싶었다. 엄마 역시 우리 사회와 문화적 제약이 네가 백 가지의 세계를 꿈꾸는걸 방해하지 않도록 지켜주고 싶었어. 너의 감수성과 직관으로 백 가지 즐거움에서 놀라고 감동하기를 바라면서 말이다.

'자유로운 즐거움'을 터득한 토토처럼 넌 항상 착한 아이였다.

내 딸이 이렇게 자라주었으면...

더글라스 맥아더장군
'아버지의 기도'
패러디 시

주여!

내 아이가 이런 사람이 되게 하소서.

노하기보다는 이해하고

소리 지르기보다는 대화하고

되갚으려 하기보다는 용서하는 지혜를 주소서.

그리하여 결국에는 그 지혜가 옳았다고

본인이 깨닫는 자 되게 하소서.

내 아이가 이런 사람이 되게 하소서.

자기 자신을 가장 먼저 견제하고 조절하여

늘 스스로 조심하게 하소서.

그리하여 모든 과실과 실책도

자기 자신에서부터 나왔다는 걸 깨닫게 하시고

그것을 이겨낼 슬기를 주소서.

자기 스스로가 덫이 될 수도

또한 본이 될 수도 있다는 걸

살아가면서 판단하는 힘을 주소서.

내 아이가 이런 사람이 되게 하소서.
남을 무시하고 교만한 마음을 물리치고
겸손함과 진실함을 주시고 더불어 남을 위해
같이 아파할 줄 아는 동정심을 주소서.
자신의 언행 속에서 자연스레 선이 묻어나게 하시고
베풀 힘이 있거든 베푸는 기쁨을 누리게 하소서.

내 아이가 이런 사람이 되게 하소서.
진실되고 정직하고 성실하여
자신의 능력 안에서 성취감을 느끼며
남을 섬기는 손과 청결한 마음, 듣는 귀를 주소서.
봄에 불어오는 산들바람을 느끼며
아름답고 매력 있는 여인이 되게 하시고
뜨거운 태양 아래
건강미를 나타낼 수 있는 여유를 주시며
하나둘 떨어지는 가을 낙엽 속에서
인생의 가치를 느낄 줄 아는 감성을 주소서.
그리하여 새하얗게 떨어지는 눈송이를 밟으며
한 해를 마감하고

신념 설계를 할 줄 아는 성숙함과 진지함을 주소서.

그러나 이 엄마가 바라는 것은
성공하는 것보다는
사랑하고 사랑받는 자임을 잊지 않게 하소서.
자신을 많이 아끼고 사랑하며
내 아이가 믿을 神을 사랑하고
자녀를 남편을 주변 사람을
사랑하는 따뜻함과 인내를 주소서.

가족 간의 사랑에서도
진정한 사랑은 신뢰와 존중이라는 걸
몸소 실천하게 하시고
나중에 아주 나중에
이런 말을 해 줄 엄마 없이도
서로 주고받은 사랑의 깊이로
진정 행복하게 해 주소서.

가끔은 삶과 인생의 존재감으로 고독해도
속내를 나눌 사람이 있어 외롭지 않게 해 주소서.
나중에 자식이 생기거든

우리가 함께 한 음악을 같이 듣게 하시고
같은 책을 읽으며
그들이 서로 진정한 친구가 되게 해 주소서.

언젠가 내 아이도 또 자신의 아이에게
이런 글을 써 주는 좋은 엄마가 되게 해 주소서.
"네가 내 아이인 것이 정말 행복하다"라는
감사의 말도 잊지 않게 하소서.

진실로 누군가를 사랑하면
보이건 보이지 않건 우리 안에 거居하며
사랑이 우리 안에 온전히 이룬다는 것을
내 아이가 깨닫게 해 주시고
그리고 언제나 기억하게 하소서.
사랑하는 사람은 같이 있다는 것을.
그리하여 가장 아름다운 길은
사랑의 길임을 잊지 않게 하소서.

그 애가 이런 사람이 되었을 때
저는 감히 그에게 속삭일 것입니다.
내가 인생을 결코 헛되이 살지 않았노라고….

토끼 (2000)
종이에 색연필
21cm x 29cm

어린 시절부터 외길 인생, 내 꿈은 화가

난 어릴 적부터 하나에 몰두하고 파고드는 성향이 짙었다. 그래서인지 한 가지에 빠지면 꿈도, 식성도, 음악 취향도 한결같다. 고등학생 때 미국 화가 장 미셸 바스키아의 자유분방한 그래피티 스타일을 좋아해서 따라 하곤 했고, 일본 뮤지션 류이치 사카모토의 음악을 귀가 닳도록 들었다. 뉴욕에 있을 때, 단골 식당 웨이터가 내가 항상 시키는 음식을 기억할 정도로 나는 한 가지 음식에 꽂히면 며칠 동안 일편단심 계속 찾곤 한다.

그리고 난 하기 싫은 일은 도무지 하질 않는 아이였다. 방과 후 노래 수업 시간에는 머리가 백지장처럼 새하얘지고 몸은 쭈뼛쭈뼛 경직되어 결국 목이 잠겨 울음을 터트렸다.

"아- 아- 아~" (훌쩍훌쩍)

오선지 위아래를 교차하며 강박, 약박, 중강박자에 따라 하모니를 이루는 각각의 음표는 점이 있는 흰 콩나물, 꼬리 달린 검은 콩나물, 줄기 없는 콩나물처럼 보였다. 빈번히 음정과 박자가 어긋났던 나는 노래 부르기가 부끄럽고 창피해서 입을 꾹 닫은 채 가만히 서있곤 했다. 결국 울음을 터트린 나를 보며 노래 선생님은 당황하셨고, 엄마는 날 야단치는 대신 레슨을 그만두게 하셨다.

"아이는 부모의 거울이다"라고 하는데 난 왠지 반쪽짜리 거울 같았다. 나와 달리 엄마는 노래를 들을 때 정확한 음정과 계이름을 맞추셨고 전 과목에서 우수한 성적을 보인 모범생이셨다. 산만하고 엉뚱한 나와 다르게 다재다능한 엄마는 나의 선망의 대상이었다.

난 호불호가 뚜렷해서 학업적 편식이 심했다. 한 번 생각이 꼬리를 물기 시작하면 넓은 대서양 바다에 휩쓸려 외딴섬에 표류된 것처럼 홀로 그 세상에 머물곤 했다. 그 와중에도 나는 아빠가 걱정스러운 목소리로 조심스럽게 엄마에게 하시는 말씀을 귀를 쫑긋 세우고 문 너머로 엿듣고 있었다.

"우리 애가 누굴 닮아 미술을 하나?"

흥미롭게도 양측 부모님의 가족들 모두 엘리트 출신이며 예술적 기질이나 직업을 가진 사람이 단 한 명도 없다. 어린 시절 난 돌연변이가 아닐까 하는 생각이 들었을 정도 였으니…. 한국의 치열한 학구열과 경쟁 구도는 뜨거운 햇볕 아래 사막과도 같았다. 하지만 그런 환경 속에서도 아빠는 단 한 번도 학교 성적표를 보여달라고 하시거나 심하게 꾸짖지 않으셨다. 공부가 인생에서 전부는 아니라고 하셨고, 그보다 더 중요한 것은 성실함, 정직함, 재정관리 능력이라고 누누이 말씀하셨다.

내가 초등학교 때 담임 선생님은 각자의 꿈을 서로 발표하는 시간을 갖게 하셨다. 당시 "제 꿈은 화가예요"라고 한 말이 씨가 되었는지 20년 후 나는 글로벌 무대에서 활동하는 아티스트가 되었다. 사실 아티스트의 삶이 어떤지, 어떤 일을 하는지 구체적으로 아는 것이 없었다.

단순히 난 그림 그릴 때가 좋았고 마음이 편해졌기 때문이다. 말괄량이처럼 학교 수업 때 산만하다고 선생님께 꾸지람을 듣던 내가 유일하게 차분히 앉아 몰두한 시간은 그림을 그릴 때뿐이었다. 어린 시절 감수성이 풍부하고 생각이 많았던 나는 무언가를 만드는 행위를 통해 생각이 비워지고 마음이 차분해지는 경험을 했다.

흔히 예술 창작과 감상은 치유적이라고 말한다. 세계적인 현대미술가인 루이스 부르주아와 쿠사마 야요이에게 '예술'이란 자아성찰을 통해 자신의 트라우마를 치유하고 극복하는 매개체였다. 나 또한 보이지 않는 나의 내면의 감정을 색감과 모형, 질감으로 표현하면서 일종의 '자유'를 느꼈으니까…. 그것은 내면의 해방감이었다.

한창 디즈니 애니메이션이 유행하던 초등학교 시절, 누구나 한 번쯤은 자신의 최애 만화 주인공을 마음에 품곤 했다. 내가 가장 좋아하는 캐릭터는 단연코 '뮬란Mulan'이었다. 보수적인 전통을 고수하는 디즈니의 가치관과 달리 1998년 개봉한 〈뮬란〉은 능동적이고 독립적인 삶을 살고 싶어 하는 여주인공이다. 옛 동양 문화의 시대적 사회상을 단적으로 보여주는 뮬란이라는 캐릭터를 통해 자신을 잃지 않고 진정한 모습으로 인정받는 여성상이 참 보기 좋았다.

뮬란은 연못에 비친 자신의 모습을 바라보며 옷소매로 화장을 지우고 자신의 정체성과 삶에 대한 노래를 부른다. 〈뮬란〉의 OST 곡 "리플렉션"은 지금도 잔잔하게 내 마음을 울리는 곡이다.

나를 바라보고 있는 저 소녀는 누구일까?
왜 거울에 비친 나의 모습은 낯설어 보일까?
나는 다른 사람인 척하지 않을 거야.
언제쯤 나의 진짜 내면의 모습이 비춰질 수 있을까?

이 노래를 따라 부르던 열두 살의 어린 소녀였던 나는 성인이 된 지금도 여전히 '진정한 자아'를 찾기 위해 이 노래를 부른다. 그 발자취의 시작점은 그림 그리기와 만들기를 통한 창조적 행위였다. 백지상태의 빈 캔버스는 나만의 우주이자 공간이다. 그 안에서 난 '내면의 자아'를 시각화하여 내 정체성을 표현하고 구축하고자 한다.

"오랫동안 꿈을 그리는 사람은 마침내 그 꿈을 닮아간다."

프랑스 소설가 앙드레 말로의 말처럼, 나는 내가 의식적으로든 무의식적으로든 염원하는 생각과 마음이 그 길로 인도해 준다고 믿는다. 나의 외길 인생 아티스트의 꿈은 앞으로도 그렇게 지속되겠지….

천지창조 (2000)
종이에 수채화
50cm x 36cm

운명의 터닝 포인트, 수험번호 108번

1999년은 나에게 흉흉한 한 해였다. 새로운 천년을 앞두고 'Y2K', '밀레니엄 버그' 공포를 외치며 전 세계에 대혼란이 올 거라는 미신으로 불안감이 가득했다. 이러한 세계 종말보다도 나에겐 정말 무서운 게 있었으니 바로 예중 입학시험! 화가, 무용가, 성악가, 음악가를 꿈꾸는 초등학생들은 매년 10월 예중 입학을 위한 시험을 대비하여 입시 학원에서 1~2년 정도 준비한다.

나의 5~6학년 시절은 거의 미술 입시 학원에서 살다시피 했다고 해도 과언이 아니다. 교실 가운데 놓인 하얀 천을 깔아 놓은 테이블 위에는 유리컵, 고무장갑, 책상 의자, 시멘트 벽돌, 빈 콜라병, 거울, 사과 등의 다양한 물체가 매번 다르게 놓여 있었다. 테이블을 중심으로 여러 개의 이젤들이 놓여있었고 학생들은 각자 자리에 앉아 데생

(정밀 소묘)과 정물 수채화 연습을 한다. 지정된 시간 내에 그림을 그린 후엔, 선생님의 검토가 있었고 평가가 이어졌다.

같은 물체를 그려도 아이들마다 표현하는 그림 스타일(색감, 선 두께, 붓 자국 처리, 등)이 각각 달라서 너무 신기했다. 하지만 개성 있는 그림체를 선호하지 않는 입시 방식에 따라, 학교가 원하는 방향의 그림체를 그리도록 정형화된 교육을 받았다. 그래도 그림 그리는 것을 좋아했던 나는 매일 저녁 방과 후 미술 학원에 가는 시간이 기다려졌다.

어느 주말 수채화 수업 시간, 중앙 테이블 위에는 짙은 갈색의 옹기 항아리와 사과 두 개가 놓여 있었다. 창문을 통해 따스한 오후의 햇살이 사과를 비추었고, 사과는 빛의 각도에 따라 연두색, 옅은 녹색, 은은한 노란색, 짙은 붉은색 등을 띠고 있었다. 눈에 보이는 대로 사과를 색칠했지만 이 부분에 대해 지적을 받게 될 줄 상상도 못했다. 20년이 훨씬 지난 일이라 어떻게 그렸는지 자세히 기억은 안 나지만 내가 빨간 사과를 초록색으로 표현한 것에 대해 의아하신 부원장 선생님은 엄마에게 전화를 거셨다. 내 눈에 단 한 가지의 색상으로만 비치지 않았기에 그렇게 표현했던 것뿐이었는데…. 엄마는 그런 나를 꾸짖지 않으셨고, 초등학생 딸아이의 동심과 상상력을 보호하고 상처를 주지 않기 위해 말씀을 아끼셨다.

★

1999년 가을, 대망의 시험날이 다가왔다. 입학시험은 오전 데생 시험과 오후 수채화 시험으로 각각 3~4시간씩 두 차례로 나누어 진행되었다. 나는 떨리는 마음으로 자리에 앉았고, 지정된 나무 책상 오른쪽 상단에는 내 이름과 함께 108번 수험번호증이 붙어 있었다. 모든 학생들이 자리에 착석한 후, 감독관은 첫 번째 데생 시험의 주제를 발표했다.

"각자 이 앞에 있는 티슈를 한 장씩 가져가서 자신의 한쪽 손에 걸쳐 표현하도록 하세요."

티슈를 손으로 너무 구기거나 쥐어 잡는 것은 금지된다고 덧붙이셨다. 감독관 선생님의 말씀이 끝난 후 아이들은 앞으로 나가 일렬로 줄을 서서 티슈 한 장씩 뽑고 제자리로 돌아갔다. 티슈 한 장을 가져와 제자리로 돌아온 나는 책상 위에 놓인 흰 도화지를 보며 뭘 그려야 할지 몰라 멘붕이 왔다. 이제껏 석고와 정물화 데생 연습만 하다가 예상치 못하게 한쪽 손으로 티슈를 걸쳐서 표현하라고 하다니!

순백의 얇고 부드러운 티슈와 대비된 손의 미세한 주름과 지문을 표현해야 하는 질감 차이와 완성도, 그리고 창의성을 요구하는 시험이었다. 왼손 검지와 엄지로 티슈를 집어보고, 티슈를 한 번 비틀어 중지와 약지 사이에 끼우는 등 여러 시도 끝에 낡아버린 티슈를 새걸로 교체해야 했다.

야속하게도 시계의 초침은 벌써 30분 넘게 흘러 마음은 점점 초초

해져만 갔다. 결국 권총을 잡은 듯한 손동작을 취한 뒤 왼손 검지를 살짝 구부려 티슈를 걸친 후 그림을 그리기 시작했다. 어느덧 시간이 흘러 손과 티슈 묘사를 끝내고, 나는 배경 작업을 위해 책상 나뭇결을 표현해 주고 있었다.

책상 우측 상단에 붙어있던 수험번호증에는 내 이름과 번호 108번이 적혀 있었다. 사실적이고 정확한 배경 묘사를 위해 수험번호증을 그릴지 말지 수백 번 고민한 끝에 결국 종이에 그린 책상 오른쪽 상단부분을 지우고 네모난 종이를 그렸다. 하지만 텅 빈 하얀 수험번호 종이가 왠지 허전해 보였다.

'아, 괜히 지웠나? 이제 와서 지운 책상 나뭇결을 다시 그려 메꾸기에는 정말 이상해 보일 텐데….'

결국 한참을 생각한 후 내 이름을 제외한 108번 숫자를 그렸다. 그리고 얼마 후 첫 번째 시험을 끝마치는 알림종이 교실 전체에 퍼져 나갔다. 그 순간 찰나의 결정이 내 인생을 바꿀 만한 사건이 되리라고는 열두 살의 나는 미처 몰랐다.

입학시험이 끝나고 합격자 발표가 나오기 전에 미술 학원 측을 통해 실격 처리 소식을 전해 듣게 되었다. 자유화 부문에서 가장 높은 점수를 받았지만 데생시험의 수험번호 묘사로 인해 탈락되었던 것이다. 이 사실을 알게 된 나는 약 1주일 동안 거실 소파에 엎드려 대성통곡을 했다. 갑자기 내 꿈을 향한 이정표를 잃어버린 듯한 느낌을 받았다. 입시 부정행위에 대한 인식이 없었던 나는 수험번호를 그리는 일이 그렇게 큰일이 될 거라곤 상상조차 하지 못했다.

2년간의 입시 준비 끝에 예술중학교 진학의 꿈이 내 실수로 인해 산산조각이 났다는 사실을 알고 상실감과 자책감이 컸다. 갈피를 잡지 못했던 나는 엄마 지인의 권유로 외국인 학교에 입학하게 되었다.

미국 보스턴에서 태어났지만 한국인은 한국식 교육을 받아야 한다는 아빠의 교육방침과 보수적인 집안 풍습으로 인해 뒤늦게 영어 공부를 하느라 무척이나 애를 먹었다. 하지만 외국인 학교의 자유로운 분위기와 다양성을 존중해 주는 미국식 교육 환경은 어찌 보면 예술가의 꿈을 가진 나에게 최적의 환경이 되어준 셈이다.

"하늘이 무너져도 솟아날 구멍이 있다"라는 속담처럼 운명의 수험번호 108번은 내 인생의 터닝포인트가 되었다.

자화상 (2005)
종이에 파스텔
45cm x 60cm

내 이름은 리사

내 영어 이름은 리사다.

부모님은 서울에서 결혼하신 후 아빠의 MBA 공부를 위해 보스턴에서 타지 생활을 하셨다. 이듬해 8월, 나는 하버드 의대 수련병원인 브리검 앤 위민스 병원Brigham and Women's Hospital에서 20시간이 넘는 난산 끝에 태어났다. 미국 법에 따라 태아의 성별을 몰랐던 부모님은 수백 장이 넘는 전화번호부Yellow Page를 찬찬히 넘기며 고심 끝에 아들이면 로버트Robert, 딸이면 리사Lisa로 이름 짓기로 정하셨다.

그해 아빠의 석사 학위 졸업과 함께 겨우 5개월인 나는 토끼 귀가 달린 두꺼운 우주복을 입고 귀국했고, 당시 친가와 외가 쪽 할아버지 할머니, 증조할아버지까지 나를 보러 김포공항에 나오셨다고 들었다. 나는 이후 한국인으로서 정체성을 잃지 않길 바랐던 아빠의 교육방침에 따라 어릴 적부터 줄곧 한국식 교육을 받고 자라났다. 예술중학교 입학시험에서 탈락되기 전까지는….

내가 처음 외국인 학교 입학시험을 보기 위해 학교를 방문했을 당시, 1층 복도에는 초등학생 그림들이 한 벽면을 가득 채우고 있었다. 다채로운 색상과 자유로워 보이는 크레파스 선들로 그려진 자화상이 도화지 위에 고스란히 담겨있었다. 사물의 비율과 정확성이 요구되는 입시 준비용 그림체와는 사뭇 달랐다.

정형화되지 않은 자유로움.

자율적인 분위기를 중시하는 외국인 학교의 환경은 복도를 지나가는 학생들의 옷차림과 행동에서도 드러났다. 처음 접하는 환경은 나에겐 낯섦보다는 왠지 모를 기대감을 안겨줬다.

"헤이, 와썹! 방학 잘 보냈냐?"
"난 이번 여름에 가족이랑 여행 갔는데 넌 뭐 했냐?"
(왁자지껄)

입학 통지 후 수업 첫날, 반 학생들은 여름방학을 마치고 새로운 가을학기를 맞이하며 서로 반갑게 인사하고 있었다. 여기가 미국인지 한국인지 헷갈릴 정도로 영어와 한국어를 섞어서 자신들만의 언어로 말하고 있었다. 외국인들, 어린 시절 해외에서 보낸 아이들, 유치원부터 외국인 학교를 다녔던 아이들, 그리고 나처럼 한국학교에서 전학 온 아이들로 구성된 다양한 학생들이 모여 있었다.

영어가 모국어가 아니었던 나는 소수 정원으로 이루어진 IEC Intensive English for Communication 프로그램 반에 들어갔다. 외국인 학교 학생들은 자신의 영어 실력에 따라 IEC, 어댑티드 Adapted, 레귤러 Regular 반으로 배정받고, 그중 IEC와 어댑티드반은 개별적인 지도를 받을 수 있도록 한 학년에 열 명 미만으로 구성되어 있었다.

큰 눈과 장난기 가득한 표정의 로스 Mr.Ross 선생님은 IEC 영어 수업을 가르치셨는데, 영화 〈미스터 빈〉의 주인공을 꼭 닮았다. 원어민 선생님의 지도하에 모든 수업은 영어로 진행됐지만, 아직 귀가 열리지 않았던 나는 영어로 말하려고 하면 쉽사리 입이 떨어지지 않았다.

어릴 적에 활동적이고 호기심이 넘쳤던 나는 나름 새로운 학교생활에 잘 적응했지만, 내 영어 작문 실력은 쉽사리 향상되지 않았다. 첫 학기 학부모의 날 Parent's Day, 로스 선생님은 엄마와의 면담 시간에 별도의 작문 교습 활동을 건의하셨다.

"리사가 영어 작문 실력이 좋지 못해서 수업 이외에 별도 수업을 신경 쓰셔야겠어요."

“선생님, 왜 저한테 그 말씀을 하세요? IEC 과정은 일반과정에 비해 학비가 두 배고, 학생 수는 여덟 명에 불과한데 실력이 부족한 학생을 가르치는 일은 선생님이 하실 일이 아니신가요?”

(몇 초의 정적 후 선생님은 두 손을 모으며)

“어머니 말씀이 전적으로 맞습니다. 제가 더 열심히 지도하도록 하겠습니다.”

우리 엄마는 확실히 남다르셨다. 자녀의 낮은 학습능력에 주눅 들지 않으셨고 오히려 선생님이 학생의 능력을 키울 수 있도록 당당하게 건의하셨다. 엄마의 입장에서는 외국인 학교를 다니는 나에게 사교육으로 영어실력을 더 키우라는 얘기는 이해가 가지 않으셨던 것이다. 부모님은 사교육의 선행학습을 통한 ‘점수를 위한 공부’보단 자율성과 다양성을 통해 스스로 학습하는 교육을 원하셨다.

로스 선생님과 엄마는 면담 이후 오히려 청소년기 교육에 대해 심도 있는 토론을 펼치는 좋은 친구가 되었다. 대신 엄마는 내 영어능력 향상을 위해 홀로 집에서 내 수업 권장 도서들을 모두 읽으시며 나와 함께 토론하는 방식의 맞춤형 교육을 하셨다.

학창 시절의 나는 수업 시간에 친구와 눈이 마주치면 재잘거리느라 선생님으로부터 주의를 듣던 아이로 조금이라도 지루하면 금세 집중력을 잃고 온갖 상상의 나래를 펴곤 했다. 어릴 적엔 뭐가 그리

재미난 게 많고 수다 떨게 많았는지 내 입에서는 연신 까르르 웃음소리가 그치지 않았다.

외국인 학교의 학습 분위기는 모든 사물에 호기심이 넘쳤던 내 '자유로운 영혼'의 아티스트 기질에 날개를 달아준 셈이었다. 내가 가장 좋아하고 집중했던 유일한 수업은 미술 시간이었다. 학창 시절 나는 학교의 연극 무대 디자인, 학교 티셔츠 제작 및 다양한 예술 관련 활동에 왕성하게 참여했다.

어느새 6년이라는 시간이 흘러 고등학교 졸업식을 앞둔 2006년 마지막 해가 다가왔다. 고급 교과과정 프로그램인 AP* 아트 수업을 듣는 소수의 학생들만이 매년 봄 학기 1층 복도의 벽면 전체에 자신의 그림들을 1주일간 개인전 할 기회를 얻는다.

나는 다가오는 5월 고등학교 졸업식을 앞두고 마지막 전시를 장식하는 영광을 누리게 되었다. 나는 학교의 허락을 받아 복도에 보라색 야광등을 임시로 설치하여 몽환적인 분위기를 연출했고, 벽면에 큰 하얀 종이를 입체적으로 붙인 후 그림 열 점을 전시했다. 당시 나는 그림에 대한 열정과 의욕이 넘쳐 밤늦게까지 남아서 작업에 몰두했다.

---

*어드벤스드 플레이스먼트Advanced Placement: 미국 교육제도에서 주관하는 고급 교과과정 프로그램으로 일반 과목보다 난이도가 높아 대학 입시 또는 입학 후 학점에 인정된다.

무제 (2005)
나무에 페인트, 한지, 석고
155cm x 55cm

졸업식 날, 가오Mrs. Gao 중국어 선생님은 내 졸업 전시회를 보고 놀란 표정을 지으시며 엄마와 나를 붙잡고 말씀하셨다.

"어머니, 리사가 이런 재주가 있는지 몰랐어요. 대단하네요. 작품이 너무 좋아요."

"감사합니다 선생님."

"훌륭한 따님을 두셨어요. 못 알아봐서 정말 죄송합니다."

가오 선생님이 날 보고 그렇게 환하게 웃으시는 모습은 처음이었다. 나는 중국어 수입 시간 산만한 수업 태도로 초지일관 꾸중을 들었기 때문이다. 익숙하게 보았던 선생님의 찡그린 표정의 주름들은 온데간데없고 밝은 미소로 나를 반기시는 모습에 조금은 당황스러웠다.

"리사, 네가 그림을 잘 그리는 아이였구나. 너를 다시 보게 됐어. 꼭 네 작품을 사고 싶어."

선생님의 칭찬에 조금 낯설기도 하면서 내심 기쁜 마음에 나도 모르게 입가에 싱긋 미소가 번졌다. 학창 시절의 나는 다양한 모습을 담고 있었다. 누군가에겐 평범한 반 친구, 누군가에겐 말괄량이 학생, 누군가에겐 그저 그림 그리는 애…. 그 당시 나에게 가장 큰 보물은 붓과 물감이었다.

초등학교 때는 사물을 완벽하게 그리는데 초점을 맞추었다면, 중학교 이후 새로운 환경에 놓이면서 나는 다양성과 자유로움을 추구했다. 하얀 캔버스라는 무대 위에서 펼쳐지는 춤사위처럼 손이 가는 대로, 마음이 이끄는 대로, 자유롭게 묘사했다. '잘 그리는 그림'보다는 '나를 표현한 그림'을 그렸다.

그렇게 나만의 '언어'가 생겨나기 시작했다.

2

인생 2막을 향한 여정

불가능이란 직접 경험하고

스스로 포기할 때

사용하는 단어다.

- 최혜림 -

'누군가는'을
찾기 위한 출발

인터넷을 검색하다 보니 은근히 '죽기 전에 꼭~ 시리즈'가 많더라. 죽기 전에 꼭 읽어야 할 책, 죽기 전에 꼭 가야 할 여행지, 죽기 전에 꼭 봐야 할 영화 등등…. 엄마는 죽기 전에 '꼭'이라는 표현이 싫어서 반감의 오죽烏竹이 고개를 치켜든다. 인생에서 '꼭', '절대', '반드시', '결코', '영원히'란 없어. 그것들은 인간의 순리가 아닌 자연의 힘이다. 나이 듦에 따라 '꼭'이라고 생각했던 것이 변하는 법. 엄마는 '인생 베스트 영화'라고 바꿔 부를게.

데이빗 핀처 감독의 〈벤자민 버튼의 시간은 거꾸로 간다〉는 아마 너도 봤을 거야. 「위대한 개츠비」로 유명한 피츠제럴드의 「재즈 시대의 이야기」에 수록된 단편소설을 영화화했다. 시계공 게토는 전쟁 중 외아들을 잃고 그가 다시 돌아오길 바라는 애절한 마음으로 거꾸로

가는 시계를 만들지. 시간을 예전으로 다시 돌리고 싶은 간절함이다. 1차 세계 대전이 끝날 무렵에 한 아이가 태어나는데, 생모는 출산 후 사망한다. 80세 노인의 기괴한 모습으로 태어난 갓난아기 벤자민은 생부의 버림으로 양로원 앞에 놓이게 되지.

벤자민은 그의 엄마가 되어 준 양로원 운영자 퀴니 부인에게 물어.

"내가 점점 변해가는 것 같아요."

퀴니 부인은 덤덤히 말해.

"다른 삶들도 모두 변해. 넌 좀 다르지만, 삶의 종착역은 다 같아. 어떤 길로 가는지만 다 다른 거야. 넌 네 길을 가는 거다."

세월이 흐르면서 점점 젊어지는 벤자민은 어린 시절부터 흠모해 온 사랑하는 연인 데이지와 딸에게 짐이 되고 싶지 않았어. 애절한 영혼은 그 둘 곁에 고스란히 남겨놓은 채 이성의 육체는 떠나간다. 데이지는 임종의 순간, 딸 캐롤라인에게 아버지 벤자민의 편지를 보여준단다. 벤자민은 사랑하지만 만날 수 없었던 딸에게 글로 말해. 가치 있는 일을 하는데 늦었다는 것은 없으며 네가 되고 싶은 사람이 되어 자랑스러워하는 인생을 살라고 말이다.

벤자민은 시간을 역행하는 자신의 인생 순리를 수용하며 삶을 배워 나가고 찐사랑을 하지. 살아가면서 너무 늦은 일은 없다는 말은 내게 큰 힘이 되어 주었어. 벤자민은 꿈을 이루는데 시간제한은 없으며, 새 삶을 시작해도 된다고 우리 모두에게 말해주는 것 같더라. 현실에서 거꾸로 가는 시계를 만들 수도, 시간을 다시 돌릴 수도 없다면 우리는 시간의 앙금이 남기는 후회를 최소화해야 한다.

당시 엄마 나이 40세, 새롭게 살아보고 싶은데 할 수 있을 것도 같은데 용기도 나는데 말이야, 정말이지 뭘 해야 할지 뭐부터 시작해야 할지 모르겠더라. 엄마 '꿈'은 이미 빛바랜 오래된 장롱 속 먼지 가득한 실타래 뭉치가 되어 있었어. 어린 시절 이것저것 하고 싶은 것만 그득했던 엄마는 무얼 하고 싶은지, 어떻게 살고 싶은지 막막한 채 뭉쳐진 낡은 실타래 속 안에 갇혀 있는 느낌이었다.

벤자민의 편지 말미에 나오는 글이다.
누군가는 강가에 앉아 있기 위해 태어난다.
누군가는 번개에 맞고, 누군가는 음악에 조예가 깊고
누군가는 예술가이고, 누군가는 수영을 하고
누군가는 단추를 잘 알고, 누군가는 셰익스피어를 알고
누군가는 어머니다.
그리고 누군가는 춤을 춘다.

나는 나 자신에게 물어봤어. "나는 무엇을 위해 태어난 누구인가?" 엄마가 초등학교 6학년 당시, 글짓기반 선생님께서 학교를 방문한 너 외할머니한테 엄마가 앞으로 글 쓰는 일을 하게 될 거라고 하셨대. 잠시 어린 시절의 '나'에 대해 생각해 본 순간, '내가 도대체 어떤 글 쓰는 일을 하겠어?' 씁쓸하게 헛웃음이 나오더라.

"소크라테스와 점심을 먹을 수 있다면 애플이 가지고 있는 모든 기술을 포기할 수 있다"라고 말한 스티브 잡스처럼 엄마는 존재 이유와 정신적 가치에 대해 번뇌했다. 엄마 생애 가장 철학적인 순간이었어. 내가 소크라테스와 점심을 먹는 걸 상상해 보니 이런 말을 들었을 것 같았다.

"무지한 너 자신을 알라."

'맞아, 내가 새로운 삶을 살기 위해선 무언가를 배워야 해.'

오랜 기간 주부로만 생활하다 보니 '내가 대학은 나온 건가' 하고 문득 삶이 텅 비어 버린 느낌이 들 때가 있었거든. 엄마는 이제부터 진짜 공부를 해야 했어. 있는 힘을 다해서 주먹을 불끈 쥐었는데 그 각오의 여진으로 푸르르 떨리는데 어느새 손가락 끝부터 하나하나 힘이 빠져나가는 느낌이랄까? 앞으로 뭘 어떻게 무슨 공부를 해야 할지 도통 모르겠더라. 난 더 이상 오랜 시간 침잠의 호수에 머무를 수는 없었어. 칠힉적 시고에서 벗어나 행동으로서의 전환이 필요했다.

"당신이 취하는 모든 행동이 보잘것없다 하더라도, 중요한 것은 일단 행동을 취하는 것이다" 마하트마 간디의 말이 생각났어.

파울로 코엘료의 「연금술사」에서 '자아의 신화'를 찾기 위해 피라미드로 향하는 산티아고처럼 난 인도자가 필요했다. 그 당시 만학을 원하는 무경력의 대학 나온 솥뚜껑 운전사에게 조언해 주는 지인은 없었다. 엄마는 퀴니 부인이 벤자민에게 말해준 것처럼 나만의 길을 스스로 찾아야 했어. 히말라야 등정은 아니더라도 셰르파 역할을 해 줄 전문가를 만나고 싶었다. 덜컥 연세대학교 사회교육원 상담 심리 과정에 입학 원서를 냈어.

'누군가는'이 되기 위한 해답의 열쇠를 나 스스로 구해야 했다.

L.Park

엄마, 난 어릴 적에 빨리 어른이 되고 싶었는데 막상 어른이 되니 다시 어린이로 돌아가고 싶더라. 사람에겐 두 개의 시간이 있다는데 하나는 '물리적 시간', 그리고 '마음의 시간'이래. 반복되는 일상 속에서 나이가 들어감에 따라 기억에 남을만한 특별한 일들이 적어지기 때문에 어른이 되면 시간이 빨리 흘러간다고 느낀대. 시간의 속도는 나이에 비례해서 흐른다고 하던데, 엄마의 '마음의 시간'이 '물리적 시간'을 초월했나 봐. '최혜림'이라는 이름보다 '리사 엄마'로서 불리는 주부의 삶 속에서, 40대부터 학업을 병행하고 유학을 준비해온 엄마가 진심으로 멋있는 것 같아요.

선택과 결정의 우왕좌왕 혼돈의 시기

미국 40대 대통령을 지낸 어린 시절의 레이건은 어느 날 부모님과 함께 제화점에 갔다. 가게 주인은 레이건에게 물었어.

"앞이 둥근 것과 네모진 것 중 어느 구두가 마음에 드니?"

레이건은 구두를 계속 살펴보기만 할 뿐 결정을 못 하고 집으로 돌아갔다. 며칠 후도 또 며칠 후도 계속 선택하지 못했어. 요즘 세대 너희 용어로 말하면 '결정 장애'인 거야. 결국 제화점 주인이 말했단다.

"알았다. 내가 너의 맘을 알았으니 너는 내가 지어주는 대로 구두를 신으면 절대로 후회하지 않을 거다."

며칠 후 레이건이 맞춘 구두를 찾기 위해 제화점에 갔는데 주인은 구두의 한 짝은 둥글고 다른 한 짝은 네모지게 만든 짝짝이 구두를 주었다. 이후 어린 레이건은 스스로 결정하지 않으면 다른 사람이 자신의 일을 결정지어 버린다는 소중한 교훈을 얻게 되었다. 수동적이기보다 적극적으로 인생을 개척하라는 의미에서 엄마가 '셀프 리더십' 과목에서 대학생들에게 들려줬던 일화다.

인생에서 우리에게 주어진 길이 단 한 가지일 리는 없어. 한 번뿐인 삶이지만 기회가 단 한 번뿐인 건 아니다. 주어진 여러 기회 중에서 어떤 선택을 하고 결정을 내리는 지가 인생에서 중요해. 다른 사람의 조언과 피드백은 새겨들어도 네 지혜와 경험으로 스스로 결정하고 결과에 책임지라는 말 오늘 꼭 해주고 싶은 이야기야. 누군가가 네 인생을 맘대로 재단하지 않도록 말이다.

"상담자 과정을 1년 안에 수료하도록 허락해 주세요."

2003년 여름 연세대학교 사회교육원 상담자 입문과 심화 2년 과정을 1년에 수료하겠다고 찾아갔다. 주변의 지인들은 선례가 없는 일이라 모두 안될 거라고 했어. 엄마 역시 당연히 거절당할 것을 예상하고 호기豪氣로 해본 말인데 뜻밖에도 교육원 측에서 두 과정 동시 수강을 허락했다.

현대의 고 정주영 창업주의 말이 생각나더라. "해보긴 해 봤어?" 엄마는 불가능이란 직접 경험하고 스스로 포기할 때 사용하는 단어란 걸 학습했다.

9월의 가을, 신촌의 연세대학교 캠퍼스에 들어서는데 생소한 냄새가 났어. 여름의 짠 더위를 물리친 가을의 기분 좋은 미풍은 상아탑 지성의 솔 내음과 합쳐져 활력의 향기가 났다. 봄엔 이름 모를 풀씨가 날리고 여름엔 다양한 꽃이 만개하고 크고 작은 새와 나비가 날아드는 여백 없이 신성하고 역동적인 초가을 캠퍼스 숲 안에 내가 서 있다.

뒷걸음질 치는 청년은 보이지 않고 앞으로 나아가는 모두 힘찬 모습의 에너자이저다. 불규칙하고 비정형화된 집단지성의 소리 묶음도 들린다. 오랜만에 오감을 만족하는 긍정적인 희망찬 풍광이다.

상담이론, 교육 심리, 발달 심리, 가족 상담, 집단 상담의 과목을 가르치시는 강사님은 연세대 학부와 대학원 수업을 담당하시는 전임 및 겸임교수님으로 수업 퀄리티는 상당히 수준급이었다. 프로이트와 융, 피아제와 에릭슨을 학습하면서 엄마는 인지 발달과 사회·심리적 성격발달 분야에 흥미를 느꼈어.

집단 상담 시간에는 서로에 대해 느끼는 감정과 피드백을 주고받았는데, 엄마의 첫인상은 차가운 도회적 이미지란 말을 들었다. 내가 생각해도 푸근한 중년의 이미지는 아니라 그리 상처가 되지는 않더라. “손이 차가운 것은 마음이 따뜻하다는 증거다Cold hands, warm heart” 란 영어 표현도 있잖니.

우울증에 뇌수술을 받고 자살하기 위해 샴푸를 한 통 모두 통째로 마셔버린 20대 청년, 아이 넷을 데리고 외국에 가야 하는 몸과 마음이 늘 고단한 전도사님 부인 등등 다양한 사람들의 아픈 이야기 속에서 그런 생각이 들더라. 뱃속 아기가 혼자 울고 세상에 태어난 것처럼 우리는 모두 각각 나름대로 홀로 아파. 어른이 되면 울지 못하고 표현하지 않기 때문이지. 엄마는 집단 상담을 통해서 외관이 아닌 내면을 들여다보는 진정한 공감으로 그들의 아픔이 위로받도록 함께 울어 줬다.

인지 치료자는 환자가 스스로 계획하는 자율성과 치료자가 지시적으로 다루어야 하는 구조에 대해 균형을 유지해야 한다. 이 당시에 배운 기초적인 상담 심리에 관한 학문은 현재 엄마의 직업인 컨설팅과 코칭의 기본 지식이 되었어. 훗날 엄마가 교육자로서 학생들 스스로의 학습을 기대하며 교수자의 개입과 관여를 최소화하는 교육과정을 설계하는데도 큰 도움이 되었다.

배움이 헛된 일은 없어. 단지 활용하지 않았을 뿐이다. 바닷물을 막아 기다리고 졸여지고 쓸어내고 담아내야 그제야 소금이란 결정체가 보이는 것처럼 학문 역시 마찬가지다.

사회교육원 입문과 심화 과정을 담당하는 연세대 박사 과정 조교가 있었다. 당시 키가 아담하고 소녀처럼 보이는 박사 과정생은 학업에 매진하는 우리에게 용기를 주면서 도움을 주기 위해 노력했어. 언제나 친절하고 상냥했고 과정 수료 이후에도 든든한 학문적 지원자가 되어 주었다. 또 한 명의 키 큰 조교 박사 과정생은 사회교육원생들을 무시하는 듯하게 권위적으로 행동했어. 미아리 부근에서 유치원을 운영하는 원장 선생님이 첫 수업에 결석하자 다음 수업 시간 그 분의 성함을 집단 상담 명단에서 아예 빼놓았더라. 원장 선생님은 사회교육원 개강 날 원내에서 큰 사건이 터져 빠져나올 수 없었노라 하시며 자신의 그룹을 찾지 못해 고생했어. 교수님에게는 유능할지 모르지만, 수강생들의 편의에 도움을 주지 않는 조교였다.

하루는 내가 그 조교 선생에게 물었다.

"어떻게 하면 연세대 석사 과정에 입학할 수 있을까요?"

그는 나를 아래위로 훑어보더니 대답했다.

"토플을 봐야 해요."

꾸준히 영어를 배우며 영어 잡지를 읽었던 난 순순히 대답했거든.

"토플 보죠, 뭐."

그 조교 선생은 기막히다는 표정으로 서둘러 교실 밖을 나갔다.

연세대 상담 심리 석사 과정에 토플시험이 없다는 걸 나중에 알았어. 그 당시 연세대학교 박사 과정이라면 구름 위에 떠다니는 신령님처럼 대단하게 보였던 당시 나였지만, 이제 와 생각해 보니 박사 과정생은 공부를 좀 더 한 사람 중의 한 명인 거더라. 상담 과정에서 가장 중요한 공감과 배려 없는 박사 과정생을 보면서 진정한 학습은 교과서에 있지 않음을 깨달았다.

인지 상담 수업 담당 교수님께서 나를 눈여겨보시더니 감사하게도 사회교육원 원장님과의 미팅을 주선하시겠다고 하셨어. 당시 연세대 교육학과 상담 심리 전공 교수님 연구실로 찾아뵈니 점심 식사하실 시간이 없으셨다고 차가운 샌드위치를 드시고 계셨다. 내게 한쪽을 건네셨어. 긴장했는지 제대로 목에 넘어가지 않더라. 지금 생각해보면 어떤 이야기를 주고받았는지 도통 생각이 나지 않아. 내가 상당히 똑똑하다는 말을 전해 들으셨다는 것과 대학원에 가서 제대로 공부를 하라는 조언만 간신히 기억난다.

엄마는 그 후 1년이 지난 2004년 6월, 연세대학교 강당에서 사회교육원 상담자 연수 과정 입문과 심화 과정 졸업생 대표로 단상에 올라가 수료증을 받았어. 대학원에서 공부를 더 하라는 교수님의 조언에 따라 당해 연세대 상담 교육 전공 석사 과정을 응시했는데 객관식 문항과 인터뷰 심사에서 엄마는 보기 좋게 떨어졌다.

연세대 교육대학원에서 고배를 마신 후 모교인 이화여대 교육대학원에도 응시했는데, 이번에는 질의응답 인터뷰 시험을 잘 본 것 같았어. 두 분의 남자 교수님께서 계속 질문을 하셨고, 막힘없이 답변을 제대로 했다고 생각했어. 거의 질문이 없으셨던 나머지 한 여자 교수님께서 질문하셨다. 영어로 수업하는 과목도 있는데 제대로 따라갈

자신이 있냐고 말이야. 난 물론 따라갈 자신이 있다고 했어. 그 말밖에 더 할 말이 없더라. 주부로만 살아온 오랜 공백으로 수업 진도를 쫓아갈지 어떻게 입증할 수 있냐고 하셨어. 최종적으로 정식 대학원생이 아닌 청강생도 좋다면 입학 허가하시겠다고 하셨다.

엄마는 그 자리를 박차고 나왔어. 그리고는 신촌길을 하염없이 걷고 또 걸었어. 내 마음속 그리웠던 모교 캠퍼스의 모습은 기차 떠난 플랫폼처럼 싸늘하게 바뀌었고, 활기찬 젊음의 신촌역 모습은 을씨년스럽게 내 등 뒤로 사라져갔다. 신호등이 마중하고 가로등이 배웅하기를 여러 번, 얼마나 걸었는지 모르겠는데 어둑어둑해질 때쯤 집으로 돌아왔다. 연이은 낙방의 고배苦杯는 쓰다 못해 떫었다.

어른도 가끔은 애처럼 굴고 싶을 때가 있어. 심통 내고 땡깡 부리며 울고 싶을 때 말이야. 집에 와서 내색하지 않으려 애썼는데 엄마는 그때 기회조차 가질 수 없는 현실이 슬펐어. 누군가에게 아무것도 입증할 공인된 실력이 없다는 사실이 더 비참했다.

이튿날 아침, 바다 위에 혼자 떠다니는 조각배 심정으로 나 자신에게 놀어봤어.

"내가 도대체 무얼 할 수 있을까?"

갑자기 한국인이랑 결혼한 캐나다인과 언어 교환language exchange 하던 게 생각나더라. 엄마는 2004년 9월에서 12월까지 한국외국어대학교 교육대학원 한국어 교사 양성과정을 수료했고, 그 덕분인지 면접전형 후 2005년 3월 동 대학의 국제대학원 한국학과 석사 과정에 입학했다.

"모교를 두고 왜 외대 대학원에 응시하셨나요?" 학과장님께서 질문하셨다.

"집에서 더 가까워서요." 어차피 떨어질 것 같아서 설렁설렁 대답했어. 물론 한국학을 통해 외국인에게 한국어와 한국 문화를 알리는 가교가 되겠다는 뻔한 이야기를 했지만 훗날 합격 소식에 '혹시 정원 미달 아니었을까?' 혼자 생각했다.

☂

동해안 바닷가에서 석양이 불그스레 노을질 때, 한 무리의 철새들이 떼 지어 허공을 가르며 질서정연하게 날아가는 장면을 본 적이 있어. 어디로 가는지 방향감을 어떻게 유지하는지 궁금하지 않니? 긴 여정을 지도도 나침반도 없이 말이다. 과학자들은 새들의 눈에는 마치 우리가 색을 보듯 자기장을 보게 하는 크립토크롬이란 특별한 단백질이 있어서 철새들이 지구의 자기장과 태양의 위치를 이용해 길을 찾는다고 믿는다.

체내 내비게이션을 발동하여 허공 속에서 방향감을 지니고 태어난 새들이 부럽다. 자신의 위치를 알고 목표로 삼아 진로를 결정하는 새들에게 우리는 더 이상 '새대가리'라고 불러선 안 된다. 싸이의 '나 완전히 새됐어'란 가사도 적절치 않다.

인간은 어디로 가야 할 지 도통 알 수 없다. 엄마는 더더욱 그랬다.

L.Park

세상에서 가장 무심한 말은 "너 할 수 있겠어? 못할걸?" 인 것 같아. 타인이 무심코 툭 내뱉는 언행으로 인해 자신이 가지고 있는 무한한 가능성, 꿈, 노력이 비하되는 그런 경험 다들 있을 거야. 항상 당찬 모습이었던 엄마에게도 그러한 경험이 있었을 거라고는 상상도 못했어. 스티브 잡스의 유명한 연설 중 connecting the dots란 말을 하잖아. "우리는 미래의 어떤 일도 예상할 수 없지만 뒤돌아보면 과거의 일들이 현재와 연결된 것을 볼 수 있습니다. 그래서 우리는 현재의 일들이 미래에 어떻게든 연결될 것이라고 믿어야 합니다." 그 당시의 엄마는 본인의 내면의 나침반을 인지하지 못했지만 항상 존재했었던 것 같아. 40대 때 묵묵히 꿈을 위해 전진하고 준비했던 그 과정들이 엄마의 현재와 미래를 연결하는 끈이 된 거에요.

응답하라 2005
만학 필살기

"우리 국제대학원에 40대 아줌마가 입학했대."

"정말이야?"

두 명의 여학생이 자기들끼리 쏙닥대는 말이 내게도 들려왔다. '그건 바로 나'라고 말하기도 숨기기도 애매한 시츄에이션을 뒤로 한 채 엄마는 오랜만에 수강 신청하랴 교재 사랴 3월 한 달 정신이 없었어. 또 다른 배움과 지식과 학식과 지혜까지 난 모든 걸 배울 의욕이 넘쳐났다.

한국외국어대학교 국제대학원의 한국학과는 엄마와 당시 27세 여학생 두 명 빼고는 모두 외국 학생이었다. 일본, 중국, 카자흐스탄 등 아시아 각국에서 한국어와 한국 문화를 배우러 온 젊은 친구들이었는데, 여학생들은 나를 '언니'라고 부르며 잘 따랐어. 한국외국어대학교 국제대학원은 뜻밖에 내 인생의 터닝포인트가 되었다.

토플시험 봐야 한다고 말한 사회교육원 시절 연세대 박사 과정생, 석사 과정에 영어 원서로 공부하는 과목 있다고 청강생을 권유했던 이화여대 교수님이 강조했던 그 영어 역량으로 내가 이곳에서 빛을 발할 줄은 상상도 못했다. 교수님들로부터 영작과 독해 실력을 인정받았고, 특히 '프리젠테이션의 교과서'라는 민망한 칭찬도 받았다. 엄마는 영어로 진행되는 미국 문화전공 수업을 선택과목으로 수강하여 점차 학술 영어 실력을 쌓아 나가게 되었어.

엑셀, 워드, 파워포인트 작업도 이때 배워 나갔다. 동료 대학원생들이 왜 그런 생각을 했는지 모르지만, 엄마가 언젠가 가르치는 일을 할 거라는 말을 했어.

"누가 나한테 배울 사람이 있겠어?"

내가 기막히다는 듯 묻자 "저요, 저희들이요"라고 응답했어. 덕분에 막연하게나마 대학에서 학생들을 가르치는 장면을 조심스레 상상해 봤다.

자신의 고교 축구팀에 들지 못했던 농구의 레전드 마이클 조던, 록그룹을 전전하면서 오디션에서도 자신이 힘들게 만든 앨범에서도 실패한 엘튼 존, 첫 영화를 찍고 해고된 미국의 영화배우이자 감독인 클린트 이스트우드, 끄적거리는 습관 때문에 비서직에서 해고된 조

앤 롤링은 한 번에 자신의 재능을 인정받은 사람들이 아니다. 이 세상에서 실패하는 걸 좋아하는 사람은 없을 거야. 우리가 실수하고 실패하는 것이 당연한 과학자라고 여겼으면 좋겠어. 난 이전에도 많은 실패를 했고 앞으로도 더 할지 몰라. 하지만 실패는 과정이고 내 인생의 결과는 아니다. 때론 실패가 다른 행운을 기다리는 법. 포기하지만 않는다면 말이다.

엄마는 국제대학원에서 아줌마 학생으로 유명했고, 내가 선택한 만학도의 생활은 한마디로 행복했다. 어느 교수님께서는 첫 수업 후 "드디어 얘기로만 듣던 최혜림 선생님을 만났군요" 말씀하시곤 했다. 나는 이제 누구의 부인, 누구의 엄마가 아닌 내 이름 '최혜림'이 불리는 이곳 대학 캠퍼스에서 또 다른 성장을 꿈꾸고 있다. 내 이름이 살아있는 이곳의 존재감이 행복했다.

영국의 소설가 페넬로페 피츠제럴드는 알코올 중독자였던 남편과 가족 부양으로 58세가 되어서야 글쓰기를 시작하고 20년 동안 열두 권의 소설을 집필했다. 말 그대로 나이는 숫자에 불과했어. 그에 비하면 엄마는 아직 40대, 한창 젊은 나이란 생각을 했다.

뉴욕주 북부지방 한 농장에서 태어난 그랜드 모제스는 78세가 되어 자신의 재능을 분출하기 시작했다. 100세에 사망하기까지 151회 전시회로 왕성한 작품 활동을 했다. 농부와 결혼할 당시 나이 17세, 결혼 생활 동안 열 명의 자녀가 태어났지만 다섯 명의 자녀가 사망했어. 남편의 갑작스러운 죽음으로 생활고에 시달렸고 관절염 통증으로 손가락을 제대로 움직일 수 없었지만 자수로 생계를 이어 나가야 했다. 딱하게 여긴 동생이 붓 몇 자루를 선물했고 취미로라도 그림 그리기를 권했어.

그랜드 모제스는 붓을 들고 전원 속으로 나아가 풍경을 화폭에 담아냈다. 인생의 전환점을 성공적으로 끌어낸 노령의 그랜드 모제스의 이야기는 「뒤늦게 발동 걸린 인생들의 이야기」란 재미난 제목의 책에 실려 있다. 엄마야말로 아줌마 대학원생이 뒤늦게 면학에 단단히 발동이 걸렸다.

엄마는 대학원 성적 모두 A 학점 이상으로 매 학기 반액 장학금을 받았고, 교수님들과 동료 학생들의 인정을 받아 조교 아닌 조교 생활을 해야 했어. 교수님들과 외국 학생들 사이에서 중간다리 역할을 하면서 외국 학생들이 한국 문화에 잘 적응하도록 도움을 주었다. 선릉 부근에 있는 한국문화재단의 공예전에 외국 학생들을 인솔해서 견학하러 간 적도 있어. 한국 문화를 전공하면서 한글의 위대함, 한국인의 정통성과 문화 및 역사를 깊이 있게 학습하고 토론한 것은 훗날 글로벌 리더십 프로그램 설계를 하는데 큰 자산이 되었다.

하버드 대학교에서 인류학을 전공하신 미국인 교수님께서 엄마에게 미국 유학을 적극적으로 권유하셨어.

"반드시 공부해야 하는 사람이고, 미국 가서도 아주 잘할 거다."

'반드시', '아주 잘'이란 단어가 너무 기뻐서 아직도 내 귀에 생생히 들리는 듯해. 꿈결에서도 생각해 보지 못한 풍운의 꿈을 꾸게 되었다.

대학원에 간신히 입학한 처지에 유학의 꿈을 상상하는 일은 망상이고 몽상이고 환상이었다. 외대 국제대학원의 입학은 신의 한 수였다고 할까? 그 순간 열여덟 곳의 출판사로부터 거절당한 후 간신히 초판이 출간된 리처드 바크의 「갈매기의 꿈」이 생각났어.

꿈이 있는 자는 꿈이 없는 곳을 뛰쳐나와야 한다.

조나단 리빙스턴이 살아야 할 이유가 생긴 것처럼 난 배우고 발견하고 자유로울 수 있을까? 나의 한계는 어디까지일까?

이 글을 쓰면서 20년 만에 조나단 리빙스턴을 재회해 보고 싶었다. 리처드 바크가 오래전 써 놓았다던 4장이 첨가된 완결판이 나왔더라. 조나단은 거듭되는 실패 속에서도 자신의 인생을 도전하고 개척해 나가는 것에 그치지 않고, 새로운 제 2의 삶의 길을 가는 자들에게 조언자와 멘토가 되어 주었어. 4장에서는 조나단의 이름을 덮는 의례와 의식을 거부한 채 자신의 길을 가는 갈매기 앤서니가 나온다.

조나단은 자신이 전설의 존재가 되기보다 우리가 모두 그 자신 자체가 되길 원하는 것 같더라. 우리가 모두 각자 행성의 전설이 되는 것! 타인의 판단이 아닌 우리 스스로 선택하고 결정하고 도전하는 자유로운 삶이 조나단이 우리에게 보여준 갈매기의 꿈이다. '평범함'에 만족하지 못하고 관습과 규제에서 '자유'를 추구하는 점은 너랑 엄마가 많이 닮은 것 같아.

리처드 바크는 이야기 초반에 "우리 모두의 내면에 사는 진짜 조나단에게 이야기를 바친다"라고 말했어. 오늘 밤 우리 이 이야기를 함께 나누어 보자. "가장 높이 나는 새가 가장 멀리 본다"에 대해서도 말이야. 오랫동안 움츠렸던 날개 하늘로 더 넓게 펼쳐 보이며 우리 비상飛上할 테니….

L.Park

어른들은 아이들에게 종종 "네 꿈은 뭐니? 나중에 커서 뭐가 되고 싶어?"라는 말을 묻곤 해. 하지만 정작 부모님들은 자신들에게 그 질문을 하지 않아. 사회생활을 하며 가정에 대한 책임감을 지면서 성인이 된 엄마와 아빠 본인들에겐 더 이상 꿈과 비전을 묻지 않아. 그래서 '꿈'은 어린아이, 청소년, 청년들의 전유물 같이 여겨지죠. 이러한 전형적인 사고방식과 편견을 벗어던지고 전업주부였던 엄마는 자신의 '꿈'과 '엄마' 이 두 단어의 거리감을 좁혀 나가는 과정을 이루어 낸 것 같아. 누군가의 엄마, 누군가의 아내가 아닌 '최혜림'으로서 '아줌마 학생'이란 타이틀을 달고 열심히 날갯짓한 엄마에게 큰 박수를 보냅니다.

엄마는
초대받지 못한 손님

얼마 전 신문 기사에 방송인 하하가 20년 지기 유재석의 철저한 일상을 언급하며 "그렇게는 못 살겠다"라고 말해 눈길을 끌었어. "유재석은 새벽 6시에 일어나 신문을 본다. 바둑 두고 운동 세 시간씩 하고 영어, 한문도 공부한다"며 하하는 유재석의 아침 습관을 공개했고, 네티즌들은 그의 자기 관리력에 역시나 '유재석'하는 존경의 반응이었다.

엄마도 늦깎이 대학원생이자 유학 준비생으로 살면서 유재석의 반의 반만큼은 산 것 같아. 아침 6시 기상해서 아침 준비하고 너 학교 보내고, 신문 읽고 바로 아침 9시까지 운동하러 간 다음 11시 영어학원에 다녔어. 집안일과 대학원 공부와 유학 준비, 시댁 대소사 챙기기가 끝나고 저녁 준비에 너 과제 점검하고 나면 나 홀로의 시간은 저녁 9시 이후더라. 그때만 해도 내 방도 내 PC도 없던 시기라 낮에는 네 방 컴퓨터로 저녁에는 식탁에서 공부하고, 밤에는 TV 소음으로 우리 아파트 독서실에 정기회원으로 등록해서 늦은 새벽까지 공부했다. 주로 중고생과 대학생들이 사용하는 그곳 독서실에서도 난 최고령자였고 다들 엄마를 슬금슬금 쳐다봤어.

깜깜한 어둠과 이어지는 밤 새벽은 고요하다 못해 서늘하다. 세상 속 오만가지 망상이 어둠과 함께 내려앉아 먼지조차 잠들어 있다. 나 역시 온갖 산만함을 내려놓는다. 피곤함에 졸음이 눈가에 매달려도 평화로운 이 새벽의 세상이 참 좋았어. 모두가 잠든 시간에 깨어 있는 일반적이지 않은 사람이라는 우쭐함과 평범함을 거부하는 반항심으로 새벽 기운을 껴안으며 살금살금 까치발로 집안에 들어서곤 했다.

당시 늦은 저녁 독서실에 가면 어김없이 공부하러 오는 한 청소년 남매가 있었는데, 그 집 엄마가 공부하는지 가끔 점검하러 와. 누나인 여학생은 누가 보든 안 보든 열심히 공부하는데 남동생은 그렇지 않더라. 훗날 그 여학생은 로스쿨을 다닌다고 들었어. 그 여학생의 무표정하지만 반짝이던 눈빛이 생각난다. 공부로 성공할 애들은 따로 있어. 될성부른 나무는 떡잎부터 다르다.

유학 준비에 첫 관문은 토플 준비였다. 그래도 읽기와 듣기는 독학이 가능했지만 작문의 경우는 누군가의 첨삭지도가 필요했어. 압구

정동 동호대교 남단 끝자락에 있는 박정어학원에서 주 2회 토플 작문 클래스를 수강했는데 매번 수업에 올 때마다 두 개의 작문을 써 오라고 하셨어. 무료 첨삭을 해주신다고 해서 매번 수업 때마다 여섯 개의 작문을 써 갔고, 감사하게도 강사님께서는 매번 첨삭하여 피드백을 주셨다.

드디어 안국동에 있는 한미 교육 위원단 풀브라이트 빌딩에 토플 시험을 보러 입장했는데, 너도 아는 엄마 친구 진하 아들 둘을 만난 거야. 둘 다 토플 시험 보러 온 거였어. 내가 토플 시험장에서 번호표를 달고 대기하고 있자 놀래서 자기 엄마에게 전화하는 것 같더라. 그래도 한 번에 원하는 점수대가 나와서 토플 공부는 쉽사리 끝이 났다. 더 이상 너희 또래 애들을 만나 놀라게 할 일은 없었으니까.

다음은 대학원 입학 자격을 위해 GRE Graduate Record Examination 준비를 해야 했다. 단어는 혼자 외우면 되겠지만 문제는 수학이었다. 지인으로부터 압구정동에 있는 유학원을 소개받고 수학 개인 교습 선생님을 연결 받기로 했어. 당시 두 명의 남자 수학 선생님이 계셨는데, 둘 다 나를 보고 화들짝 놀라는 것 같았어. 그중 한 명의 선생님이 용기 내어 묻더라.

"수학 마지막으로 공부하신 게 얼마 전인가요?"

"20년인가? 아니 25년은 족히 되었겠네요."

엄마가 한쪽 입꼬리 살짝 올리며 겸연쩍게 대답하자, 두 명의 선생님이 움찔 뒷걸음질 치며 물러서더니 자기들끼리 뭐라 뭐라 이야기하더라. 들리지는 않았는데 느낌에 엄마를 서로 맡기 싫어하는 눈치였어. 그중 한 선생님이 마치 '가위바위보'에서 진사람 마냥 마지못해 어쩔 수 없다는 표정으로 GRE 수학 교재를 사러 가자고 하셨어. 엄마는 첫 수업 날짜를 지정받고 400페이지가 넘는 교재를 가슴에 소중하게 껴안고 힘차게 집으로 향했다.

첫 수업을 하러 갔더니, 선생님께서 책 첫 장을 넘기시며 일일이 설명하려고 하시는 거야. "선생님, 이렇게 수업하면 1년도 넘게 걸려요. 혼자 공부하고 매 수업 전까지 문제를 풀어올 테니 제가 모르는 것과 질문하는 것 위주로 수업을 진행해 주세요." 망연자실한 표정으로 멍하게 바라보는 선생님의 얼굴을 뒤로한 채 그날은 그냥 집으로 씩씩하게 가버렸다.

엄마는 매번 혼자 영어로 된 수학 용어와 개념을 익힌 후 문제를 풀고 잘 모르는 문제에 빨간색 동그라미를 쳐서 수학 개인 교습을 갔다. 400페이지가 넘는 GRE 수학책을 열 번의 개인 교습으로 마치게 되었어. 첫 장을 열었을 때의 불안한 느낌과 마지막 장을 닫는 성취감의 감회는 정말 남달랐다. 수학 선생님이 엄마를 존경의 눈빛으로 달리 보기 시작했고 수업 마지막 날 자신의 속마음을 털어놓으셨어.

"그동안 공부 안 하겠다는 애들, 숙제 안 해오고 부모 속이는 애들, 그냥 시간만 때우는 애들 가르치다가 어머니처럼 스스로 동기 부여된 분을 가르치는 게 얼마나 기쁜 일인지 깨닫게 되었어요."

캐나다 교포였던 수학 선생님은 내 수업 이후 수학 개인 교습 일을 그만두고 대기업 연구소로 가겠다고 하셨다. 나는 잘된 일이라고 말하면서 오히려 내 쪽에서 용기를 드렸어. 스튜어트 에이버리 골드의 「리스타트 핑」에서 핑은 "용기는 두려움이 없는 상태가 아니라 두려움에도 불구하고 앞으로 나아가는 것"이라고 말했다. 그 수학 선생님도 나도 안락했던 안전지대를 벗어나고자 한다. 우리 둘 다 새로운 도착지를 향해 점프를 시도하는 거야. 개구리 핑처럼.

새롭게 변화하고자 하는 욕구는 오늘의 편안함을 물리쳐 버렸다.

'그 선생님은 지금 어디서 무슨 일을 하고 계실까?'

L.Park

46세의 나이에 나와 함께 유학길을 오르기 위해 엄마에게 수식어처럼 따라오는 '늦깎이', '최고령자' 학생이란 타이틀은 엄마가 꿈을 진심으로 이루길 바랐던 간절함과 절실함의 상징인 것 같아. 한국의 단일화 문화에서 사회적·연령적 편견을 뛰어넘고 늦은 나이에 다시 공부한다는 것은 결코 쉬운 일이 아닌데…. 흔히 '나이는 숫자에 불과하다'라는 말을 하는데 오늘의 편안함을 물리치고 변화를 추구한다는 것은 정말 실천하기 힘들거든. 나도 엄마와 같은 시기에 대학교 진학을 위해 TOEFL과 SAT 시험 준비를 했지만 민망하게도 제 노력은 엄마에 비하면 새 발의 피인 것 같아요. 엄마의 근면·성실함, 끈기, 노력의 열매가 꽃을 피우기 위하는 과정은 제게 늘 자극제가 되었죠.

오사카에서의
하룻밤

'헐, 도대체 이런 단어들도 있었나?'

GRE 어휘는 미국 대학원 입학 여부를 가늠할 척도이니 토플 단어보다 당연히 난이도가 높았다. 고등학교 3학년 때 수능 볼 때도 생전 만들지 않던 단어장을 지참해 다니면서 끔찍하게 생소한 단어들은 색색 가지 형광 하이라이트를 쳐가면서, 대학원 수업 쉬는 시간에서도 점심 식사 때도 수시로 꺼내 외우곤 했어. 실은 화장실에서도. 몇 달 후에는 단어장이 넝마 상태로 꼬깃꼬깃 너덜너덜해지더라.

'아 이런 시험 보기식 공부 싫은데. 솔직히 이렇게 암기하는 어휘는 시험과 동시에 머리 한 번 가로세로 흔들면 다 잊힌다니까.' 투덜투덜 중얼중얼 불평하면서도 어쩌겠어, 시험을 곧 앞두고 있으니 말이다.

대학원 학기 중에는 수업과 과제로 정신없고, 유학 일정상 겨울 방학을 이용해서 GRE 시험을 보려니 어쩔 수 없이 일본에 가서 CBTComputer Based Test를 봐야 했어. 당시 우리나라에서는 봄가을 1년에 두 번 PBTPaper Based Test 밖에 없었거든. 2005년 12월 대학원 지원서와 교수님 추천서 등 모든 서류를 미리 제출해 놓은 상태이고 2006년 1월에 본 GRE 점수 결과는 미국 대학원에 직접 발송된다. 모든 서류가 완료 상태가 되면 합격 결과는 4월 즈음이면 알 수 있다고 했어. 엄마는 너랑 함께 미국으로 유학 가기 위해선 단 한 번에 원하는 점수를 받아야 했다.

엄마는 주변 누구에게도 토플이나 GRE에 관해 물어볼 사람이 없었어. GRE 시험은 언어, 수리, 작문으로 이루어지는데 가장 걱정이었던 수학은 10회의 개인 교습이 끝나가면서 오히려 마음이 느긋했다. 문제는 어휘와 작문인데 학습 방법은 매일 외우고 글을 쓰는 거였어. 지금은 인강도 있나 본데 엄마는 주로 독학을 했고, 인터넷 스터디 카페에 가입해서 여러 정보를 얻었다.

현재 이슈와 관련된 예상되는 작문 주제를 뽑아 댓글 토론도 했어. 엄마는 다양한 주제에 맞추어 찬성과 반대의 근거를 대며 논리적 작문 연습을 했단다. 그리스어, 라틴어, 프랑스어에서 파생한 어원과 어근을 토대로 단어 외우기, 접두사와 접미사를 통해 어휘 숙달하기 등 언어 부분이 가장 많이 신경이 쓰였어. 시험은 실력도 중요하지만 연습으로 판가름 나지. ETS 문제집과 기출문제들을 계속 풀어가면서 제한 시간 안에 정답 맞히기 속도를 높였다.

☂

스터디 카페 정보에 따라 일본 오사카에서 GRE 시험을 보기로 했고, 호텔도 나카츠 센터 시험장에서 가까운 곳으로 예약하고 비행기표를 예매했다. 오사카에서 시험을 보면 고득점을 한다는 미신 같은 말을 신봉한 채 간사이 공항에 도착했어. 생애 들어 처음으로 혼자 가는 외국 여행이 기껏해야 GRE 시험 일본 원정 여행이라니, 입이 쭉 삐져나와 혼자 구시렁구시렁 투덜거리는데 1월의 찬 바람을 가르며 택시가 미끄러져 왔다.

"미쯔이 어반호텔에 가 주세요" 일본어로 이야기하자 택시 기사님이 연속 말을 시켜왔어. "한국에서 오셨냐?"고 해서 "그렇다"고 하니까 부산을 자주 간다고 했다. 한국 역사 드라마를 좋아한다면서 〈대장금〉을 열심히 봤는데 한국 음식 대단하다고 계속 "스고이すごい" 그러는 거야. 그런데 오랜만에 일본어를 사용하니 영어와 상충 작용이 일어나더라. '혼도本当'라고 생각하고 "리얼리really" 라고 대답했어. 뒤늦게 배운 제2외국어의 한계를 느끼는데 불현듯 GRE 단어들이 공중 부양하며 떠다니는 것처럼 아무 기억이 안나는 불길한 감이 들기 시작했어. 호텔에 도착해서 다음 날 아침 시험 볼 때까지 일본어로는 단 한마디도 안 하겠다고 다짐했다.

오사카에서 맞이하는 아침은 눈치로 시작되었어. 사람들이 우르르 가는 곳을 뒤따라가니 아침 뷔페식당이었고, 식사 후 또 대다수의 한국 사람들이 줄줄이 떼 지어 가는 곳이 바로 ETS 시험장이었다. 난 약 3시간 45분에 걸친 몰입의 경지에 빠져들어야 했어. 드디어 엄마의 지구력을 발휘할 때다.

작문과 어휘, 수리영역의 시험이 모두 끝이 났는데, '어 이건 뭐지?' 무작위로 나온다는 더미 섹션dummy section의 문제가 튀어나왔어. 새로 만든 기출문제를 테스트하기 위한 더미 섹션은 시험 점수에 반영되지 않는다. 근데 이 문제들을 풀지 않으면 시험을 끝낼 수 없는 거야. 이건 인터넷 카페에서 들어보지 못한 정보라 혼란스러웠어. 컴퓨터를 당장 꺼버리고 싶은 심정이었다. 아니 울고 싶었다.

한 명 한 명 수험생들이 빠져나가는데 엄마는 그래도 호흡을 가다듬고 더미 섹션 문제를 풀어나갔어. 기진맥진 마침내 가까스로 다 마치고 시험 종료가 되니 너무 기뻐서 눈물이 나올 지경인데, 언어와 수리 비공식 점수를 즉시 확인할 수 있는 스크린이 엄마를 노려보고 있었다. 갑자기 가슴이 확 막혀오는데 심장이 두근거리는 소리가 앞에 있는 시험 감독관에게까지 들릴 것 같았어.

고개를 떨구고 어깨를 웅크리고 누가 보는 사람도 없는데 두 팔로 살며시 가리면서 점수 버튼을 클릭했더니, 와! 어휘와 수학 두 영역의 점수가 생각보다 잘 나온 거야. 그동안의 노력이 보상받는 느낌이

랄까? 너랑 같이 유학을 갈 수 있을 것 같은 실낱 아닌 굵은 동아줄 희망이 보이기 시작해서 옆에 있는 그 누구라도 껴안고 싶은 심정이었다. 그보다도 제대로 기억나지도 않을 듣보잡 단어들을 머리에 쑤셔 넣듯이 외우지 않아도 되는 게 더 기뻤어.

시험장 바깥으로 나오자마자 손을 힘차게 들며 택시를 불러 세웠다. 일본어로 으스대며 말했어.

"오사카 시내 가장 좋은 스시 식당으로 안내해 주세요."

혼자 스시 오마카세를 먹으며 스몰 윈small win을 자축하는데 촌스럽게 자꾸 가족 생각만 나더라. 서울로 향하는 비행기를 타기 위해 공항으로 향했는데 어제 본 간사이 공항과 오늘의 간사이 공항은 달라 보였다. 내 기분의 온도 차가 그랬어.

비행기 안에서 2004년 가을 개봉된 〈조제, 호랑이 그리고 물고기들〉이란 제목의 일본 영화가 떠올랐다. 다리가 불편해 걷지 못하는 조제라는 한 여성을 할머니는 숨기듯이 감추며 키우지. 할머니는 조제를 세상에 쓸모없는 사람 취급을 하면서 세상에 내보내지 않아. 조제는 사랑하는 사람이 생기면 호랑이, 물고기, 바다가 보고 싶었어. 조제에게 호랑이는 무섭고 냉혹한 현실을 의미하고 자신은 깊은 바닷속 물고기라고 여긴다. 조제가 장애로 인한 편견으로 이루지 못한 꿈의 현실을 무서운 호랑이라고 표현했다면, 엄마의 호랑이는 나이 많고 경력 없다는 시선 때문에 겪어야 하는 만학의 꿈일 거야.

가장 두려운 존재는 동물의 제왕 호랑이가 아니라 편견에 맞서야 하는 냉혹한 현실인지 모른다. 사랑하는 연인 츠네오와 헤어지고도 담담했던 조제의 일상처럼 조제에게 사랑은 실패가 아니라 성장이었어. 엄마도 앞으로 얼마나 더 많은 실패를 할지 몰라. 하지만 엄마는 실패한 숫자만큼 성장하겠지.

조제가 자신을 심해의 물고기로 동일시했다면 현재의 엄마는 마치 비버 같아. 동물원 사육사는 나뭇가지를 넣어주고 비버가 집을 지으면 그들의 행동 풍부화를 위해 다시 허물어 버려. 그러면 비버는 망연자실한 표정을 짓다가 다시 힘내서 또 집을 짓는다. 동물원에서는 최대한 비버의 자연적인 본능을 지켜주고 싶은 거야.

비버가 만든 댐이 각종 오염물을 걸러내고 홍수 피해를 방지하며 습지 생태계를 살린다고 한다. 댐과 저수지를 만드는 달인 비버는 미래의 보상을 위해 댐을 쌓는 노동을 하는 게 아니야. 비버가 온종일 댐을 쌓는 이유는 바로 비버의 타고난 본능 때문이다. 결과물에 연연하기보다 본능에 충실한 비버처럼 엄마는 열심히 살았고 그래도 앞으론 누군가에게 도움이 되는 역할을 하고 싶다.

오사카에서의 하룻밤을 무사히 마치고 서울로 향하는 비행기 창문 좌석에서 밖을 내려다보는데 모처럼 내 마음이 한적하다. 어두워지는 바다가 사방으로 보인다. 조제가 보고 싶었던 바다! 깊은 바닷가

속에서 헤엄쳐 나온 조제는 사랑하는 사람이 떠나가면 길 잃은 조개 껍데기처럼 깊은 바닷속을 데굴데굴 굴러다닐 것 같다고 말해. 그런데 그것도 그리 나쁘지 않을 것 같다고…. 아무것도 하지 않은 것보다는 백배는 나은 거니까.

조제가 매일 아침 유모차에 실려서 아침 일찍 세상의 공기를 맛보러 밖으로 향했던 것처럼 엄마는 힘들더라도 더 넓은 세상 밖으로 나가보려 해. 또 다른 성장통이 그리 나쁘진 않을 것 같다. 엄마 역시 아무것도 하지 않은 것보다 백 배는 나을 거니까….

L.Park

옛말에 "늦게 배운 사람이 남보다 몇 배 열심히 하여 크게 이룬다"라는 뜻을 가진 '만학대성晩學大成'은 엄마를 두고 하는 말 같아. 변화를 추구하는 마음과 꿈을 향한 간절함이 시너지가 되어 40대에 만학을 한 엄마는 10대, 20대 누구보다 더 열심히 공부했어. 2004년에 엄마가 GRE 시험을 보기 위해 1박 2일로 오사카로 갔을 당시 나도 덩달아 긴장이 되더라. 그렇지만 한편으로는 시험을 잘 치를 거라는 굳건한 믿음이 있었어요. 이번 기회에 같이 책을 집필하지 않았더라면 전혀 몰랐을 엄마의 비하인드 스토리. 그동안 보이지 않는 노력을 한 엄마, 너무 수고 많았어!

우리의 행선지는 뉴욕? 캘리포니아?

안드레아 보첼리와 셀린 디옹의 '기도문'을 들어본 적이 있니? 요즘처럼 이 곡이 절절하게 와닿은 적이 없어. 불안했던 그 당시에 마음의 위안이 된 곡이다.

"매일 밤 별들이 떠오를 때 우리가 기억하게 하소서. 제 기도 속에서 당신이 영원한 별이심을 이것이 저희의 기도가 되게 하소서." 매일 밤 너랑 나랑 두 손 모아 무릎 꿇고 기도하는 것이 습관이 되었다. 혹시 별이 보일까 아파트 베란다 밖을 내다보며 밤공기를 관찰하는 없던 취미가 생겨났다.

주님께서 우리의 눈이 되어 주시어
어디를 가든지 살펴 주시길 기도합니다.

우리가 무지할 때 현명해지도록 도우소서.

우리가 길을 잃었을 때 우리의 기도가 되게 하시고

당신의 은총으로 우리를 이끄시어 안식처로 인도하소서.

3월이면 달력상으로 봄의 도래를 알리는 계절이지만 합격자 발표가 나기 전까진 내 마음속은 여전히 꽁꽁 얼어붙은 겨울 날씨였어. 집배원 아저씨의 오후 3시 방문 일정을 확인하고 그 시간 이후 매일 아파트 우편함을 들여다보는 규칙성은 엄마의 신종 일과다. 일일여삼추一日如三秋! 지루한 기다림의 연속된 나날이었어.

넌 반드시 아트센터디자인 대학교ArtCenter College of Design를 입학하겠다는 각오로 대부분의 미대 지망생은 응시하지 않는 SAT를 치렀다. 덕분에 대학 선택의 폭이 넓어졌어. 우리의 행선지 1순위는 캘리포니아고, 2순위는 뉴욕으로 정했다. 학교 측에서는 당시 아트센터디자인 대학교 미대를 보낸 학생이 없어서 코넬대 미대 얼리 디시젼early decision 입학을 강력히 권유했으나 네가 마다하더라. 너 고집이 오히려 고마웠어. 네가 가고 싶은 대학 선택이 확고하니 엄마도 같은 주 인근 지역 대학원을 지원하게 되었다.

엄마는 학비 경감을 위해 뉴욕, 뉴저지, L.A.에 위치한 주립학교 석사과정 네 군데와 사립학교 한 군데를 지원했는데 놀랍게도 단 한 군데도 떨어진 곳이 없었어. 한국에서는 대학원 석사 과정 입학하기가 힘들더니 미국의 대학원에서는 오히려 자신의 학교로 와 달라는 이메일을 여러 통 받았다. '왜지?' 한동안 그 해답을 얻기 위해 골몰했다.

이제는 집배원 아저씨와 얼굴 마주치는 것이 조금은 민망해서 오후 4시쯤 1층 우편함에 내려갔다. 기도하는 심정으로 손끝을 슬쩍 밀어 넣었는데 봉투에서 느껴지는 감촉이 다른 날과 달랐어. 아트센터 디자인 대학교에서 온 국제 우편물이었다. 얼른 꺼내 들고 달려 올라가 너에게 갖다주고는 같이 뜯어보는데 순간 너 표정이 노랗게 질린 느낌이었어.

"뭐야? 왜 그래?"

"작품은 아주 우수한데 내 포트폴리오가 일러스트레이션Illustration 전공에 맞지 않으니 순수미술Fine Art에 다시 지원해 달래."

또 한 번의 기회를 얻은 너는 지원서와 포트폴리오를 다시 준비하느라 힘들었지만, 지금 생각 해 보면 넌 일러스트레이션이 아닌 순수미술 전공에 맞는 재능을 갖추고 있었어. 엄마의 '왜지?'라는 질문에 대한 해답은 의외로 간단했다. 엄마가 미국 대학원에서 낙방하지 않은 이유도 마찬가지다. 그들은 엄마가 제출한 비전 선언문에서 교육자로서의 잠재성을 발견했다. 중요한 건 현재 보이는 스펙보다 성장 가능한 잠재력이다.

안드레아 보첼리와 셀린 디옹이 부른 '기도문' 가사처럼 우리의 기도 덕분인가? 엄마는 우리가 무지하여 잘못된 길에서 방황하면 신의 은총이 우리를 이끌어 주신다는 종교심이 생겨났어. 실패해도 또 다른 더 좋은 길을 개척할 지혜를 주신다는 믿음은 엄마를 긍정적인 사람으로 변화시켰다.

스콧 니어링 박사는 소박함 가운데 인생의 가치와 삶의 행복을 추구했고 지혜로운 삶을 통해 사회를 발전시키려는 가치관을 따르고 있었다. "인생은 그 자신의 길을 따라가면서 거기에서 통행료를 내는 것이다. 통행료를 내는 데 인색하지 말라"라고 말했어. 우리는 인생을 살면서 더 많은 통행료를 낼지도 몰라.

"우리 기꺼이 내자. 대신 더 멀리 갈 테니…."

너는 결국 다시 지원해서 목표대로 아트센터디자인 대학교 순수미술 전공에 신입생 장학금 입학 허가를 받았고, 시카고와 뉴욕에 위치한 미술대학교에서는 전체 장학금과 기숙사 특별 혜택을 제시했다. 엄마 역시 지원한 모든 대학원에 입학 허가를 받아서 너랑 같은 지역으로 유학을 가는데 아무런 지장이 없게 되었어.

최종 결정을 위해서 2006년 4월 초 너희 학교 봄방학을 이용해서 캠퍼스 투어를 가기로 했다. 4월의 날씨 아직은 봄이라 하기엔 쌀쌀했지만, 엄마 마음속에는 이미 꽃도 피고 새와 벌도 날아들었다.

"노루야? 사슴이야?"

캘리포니아 로스앤젤레스 북동부 방면 15km 지점 패서디나에 위치한 아트센터디자인 대학교 힐사이드 캠퍼스를 방문했는데, 학교 인근 조용한 산자락 주택가 길거리에서 노루인지 사슴인지 소요逍遙하고 있더라. 한쪽 길가 모퉁이에 '디어 크로싱Deer Crossing' 사인이 보인다. 서울에서 태어나 성장하고 줄곧 도시에서 생활한 엄마는 고풍스러운 교외 도시에 반해 버렸어. 엄마가 소싯적 다니던 신촌에 위치한 대학교 근방은 음식점과 가게로 점철되어 있었는데 이곳 학교 인근의 조용하고 평화롭고 고즈넉한 주택가 분위기는 한마디로 코지cozy했다.

높은 산을 바라보고 서 있는 학교 건물은 상당히 모던하고 디자인스럽고, 카페테리아에서 퀘사디아를 먹고 있는데 창가에 비친 잔디밭에 자그마한 도롱뇽이 스르르 지나친다. 이곳에서의 시계는 한마디로 멈춰 있는 것 같더라. 그동안 정신없이 '기계의 속도'로 달려온 후 느끼는 이 고요한 느림은 바로 '자연의 속도'다. 이 기분 좋은 감성의 열림과 영혼의 충만감으로 풀내음과 바람 냄새가 잔뜩 올라오도록 오랜만에 긴 큰 복식호흡을 했다. 그리곤 나도 모르게 소리 질렀어.

"여기 천국이다."

이 천상의 기분을 간직한 채 엄마가 다니게 될 캘리포니아 주립대

학교Cal State LA 교육대학원Charter College of Education 과사무실에 방문했다. 해당 학과 스태프가 불친절했지만 뭐 어때? 다 괜찮았어. 학과 안내 브로슈어를 받았는데, 내 전공에 로리 킴Lori Kim이란 성함의 교수님이 계셨다. 외국에 나오니 한국계 미국인 이름을 활자로만 만나도 너무 반갑고 기쁘더라. 한국에 가서 이메일 드려봐야지 막연히 생각했다.

패서디나에서 지내는 동안 우리 둘 다 소화가 잘 안 돼 컨디션이 좋지 않았는데 뉴욕에 도착해서 한식을 먹고 나니 더부룩하게 체한 느낌이 모두 사라졌어. "우리는 역시 음식도 코리안, 약도 코리안"이라고 말하며 소화제 펩토비스몰을 멀찌감치 치워버렸다. 뉴욕 맨해튼에 위치한 뉴욕대, 쿠퍼 유니온, 파슨스, FIT를 방문했는데, 건물만 횅하니 있는 삭막함이 자꾸 패서디나의 한적함과 비교가 되었어.

이왕 온 김에 컬럼비아 대학교도 구경하러 가자고 너랑 의견 일치하고 어퍼 이스트사이드 방향 지하철을 탔는데, 어~어 컬럼비아 대학교를 계속 지나치는 거야.

"실례합니다, 이 전철은 왜 컬럼비아 대학교역을 지나치는 건가요?" 거의 울먹거리듯 옆에 서 있는 흑인 남성에게 물었는데 한 번 언뜻 쳐다보더니 아무 대꾸도 안 하더라. 나중에 알았지만 우린 주요 역만 정차하는 익스프레스를 탄 거다.

위로 올라가면 할렘가인데 불안한 마음으로 건너뛰는 역을 세기 시작했어. 첫 번째, 두 번째, 세 번째, 네 번째 역을 지나 다섯 번째 역에서 전철이 섰다. 할렘에 도착했다. 일단 너를 데리고 역 바깥으로 나갔는데, 온통 모두 검은 세상에 아시아인은 우리 둘밖에 없었어. 그 당시 우버도 없던 시절, 검은색 세단이 다가오더니 호객행위를 하더라. "괜찮다" 하고는 방향치, 길치인 내가 순간 절실하니 동서남북 방위감이 잡히더라.

아직 오후 4시경이고 폐쇄된 공간보다 개방된 공간이 안전할 것 같아서 무조건 컬럼비아 대학교 부속병원 방향을 향해 계속 걸어갔어. 할렘가 주택가를 지나치는데 현관 바깥쪽 둥근 회색 철통으로 된 쓰레기통 위에 걸터앉은 흑인 청년들이 러닝셔츠만 입은 채 라디오를 한 손으로 비스듬히 들고는 랩을 웅얼거리며 우리 둘을 힐끗 쳐다보더라. 의식하지 않고 계속 걷고 걸어갔더니 노란색 택시가 보이기 시작했다. 2킬로미터쯤 멀리서 우뚝 솟은 프레스바이테리안 병원이 보였어. 나도 모르게 '살았구나' 혼잣말을 했다. 두려움 속의 도보에 지친 우리 둘은 컬럼비아 대학교를 대충 보고 호텔로 돌아가서 뻗어버렸다.

내일은 한국으로 떠나기 전날이라 백화점을 구경 가기로 했어. 아침부터 비가 보슬보슬 내리더라. 당시에는 세계에서 가장 큰 백화점이었던 맨해튼 34번가 헤럴드 스퀘어에 위치한 메이시스Macy's로 향했다. 마침 부활절 휴일로 백화점 앞 도로가 수많은 사람으로 얼마나 북적거리던지 어린 시절 만원 버스처럼 몸이 밀착되어 도대체 움직여지지 않았어. 너는 밀려서 저만치 앞서가 있고 나는 앞에 있던 어느 부인의 우산에 머리가 제대로 찍힌 채 몸이 흔들려 신발이 벗겨졌다.

사람들이 인산인해인 건 부활절 행사가 아니라 매년 봄맞이 메이시스 백화점 플라워쇼 이벤트 때문이었다. 1964년부터 시작된 플라워쇼는 매해 테마에 따라 꽃이 선정되고 진열되는데, 이번 기획 쇼의 주제는 'Bouquet of the Day'였어. 수많은 인파 속에서 시달렸지만 알록달록 수많은 꽃들의 향연이 뉴욕에서의 모든 성가심을 잊게 해 주었다.

"우리 뉴요커는 아닌가 봐."

서울에 돌아와서 우리 둘은 캠퍼스 투어의 소감을 나눈 후 캘리포니아로 유학지를 결정했다.

모래 속에 있던 새끼 거북이들은 생존을 위한 무기가 있다. 바로 카벙클carbuncle이라고 불리는 임시 치아인데 이 도구를 이용해서 알의 내벽을 깨고 처절하게 바다를 향한다. 새끼 거북이들은 바다 갈매기와 독수리와 같은 포식자를 피해 한밤중이 되면 바다를 향해 전력 질주를 해. 유튜브 동영상을 봤는데 정말 위대한 서바이벌의 여정이더라. 생존한 새끼 거북이들은 어른 거북이가 되어 다시 고향으로 귀향한다. 바다의 파고를 넘나들 어린 거북이의 힘찬 여정처럼 우리 둘은

'꿈'이란 카벙클로 알을 깨고 더 넓은 바다로 나아간다.

2006년 7월 중순 태평양을 지나 캘리포니아를 향하는 비행기 안에서 너는 무슨 생각을 했니? 어떤 기분이 들었어? 너무나도 기다렸던 순간에는 오히려 아무런 희로애락의 감정이 돌출되지 않는다. 유학의 꿈을 이룬 만학도의 기쁨과 기대, 타지에서 너를 돌보아야 하는 가디언으로서의 걱정, 시부모님 몰래 유학 비자를 받아 언제 들킬지 모르는 며느리의 불안감 등 상반된 복합 감정의 과부하로 골치 아프면 잠자는 습관의 엄마는 비행시간 내내 잠들어 버렸다.

"도착하면 깨워줘."

L.Park

미국 대학 캠퍼스 투어를 할 생각에 들떠서 한동안 "캘리포니아 드리밍"을 지겹도록 들었던 게 엊그제 같은데 벌써 까마득한 옛날이네. 이 노래의 작곡가가 뉴욕의 추운 날씨를 끔찍이 싫어해 엘에이의 따스함을 그리워하는 곡인 만큼, 뉴욕의 날씨는 변덕스럽고 '잠들지 않는 도시'처럼 24시간 화려하고 정신없었던 기억이 너무 강했어. 엘에이의 여유로움과 따스함과 대비되는 뉴욕에서 엄마랑 같이 살기에는 환경적으로 적합하지 않다고 판단했어요. 그게 벌써 15년 전 얘기라니! 그때 당시만 해도 엘에이에 반해서 학교에 갔는데 결국 난 청개구리처럼 뉴욕에 대한 환상과 그리움에 다시 뉴욕대 대학원을 가게 되었지만…. 이 얘기는 to be continued.

3.1

40대 엄마의 LA 유학일기

엄마

네가 뉴욕과 엘에이 사이에서 고민을 했는데, 왜 뉴욕 말고 캘리포니아로 유학 가겠다고 했어?

딸

내가 고 3 봄 방학 때 일주일간 엄마랑 뉴욕, 엘에이 학교 방문한 적 있잖아. 그때 가보니 엄마랑 뉴욕에서 같이 살기에는 생활적인 부분에서 어려울 것 같았어.

엄마

캘리포니아는 날씨도 좋고 자가운전이 대중적이라서 엄마가 덜 고생했지. 엄마 추운 거 정말 못 참거든. 뉴욕 지하철에서 안 좋은 경험도 있었고 ㅠ

딸

맞아. 그때 전철이 갑자기 익스프레스 라인으로 바뀌어서 할렘가에 내려야 했던 적도 있었지. 뉴욕은 워낙 항상 바쁘고 정신없는 도시라서…

엄마

우리 처음 유학 가서 아빠가 2 주 있다가 서울로 돌아갔는데 그때 낯선 곳에 너랑 둘이 달랑 남게 되니 엄마가 참 겁나고 두려웠어. 너 몰랐어?

딸

엄마가 항상 당당해 보이고 워낙 미국 애들 하고 잘 지내길래 전혀 몰랐어.

엄마

엄마가 너 태어난 보스턴에서 살 때 실은 고속도로 운전도 안 해봤어. 아빠가 다 했지. ㅋ 너랑 나랑 무사히 건강하게 유학 잘 끝낼 수 있기를 기도했어. 그런데 생각해보면 엄마는 네가 옆에 있어서 너무나도 위안이 되었고 덕분에 외롭지 않게 박사 학위까지 얻을 수 있었어.

딸

나도 엄마랑 엘에이에서 지냈던 3~4 년 간의 시간이 너무나도 뜻깊은 추억으로 남은 것 같아. 덕분에 나도 학업에 열중해서 조기 졸업을 했으니까 말이야. 고마워 엄마.

엄마

최선이란 자신의 영혼까지
감당할 정도의 모든
힘을 다함이다.

- 최혜림 -

드디어 딸과 함께 미국으로 유학

남편이 2주간 머물면서 미국 생활에 필요한 온갖 도움을 주고 한국을 향해 떠나갔다. 이삿짐 정리에서 자동차 구매, 은행 계좌 개설까지 남편 뒤만 졸졸 따라다녔다. 남편을 배웅한 후 로스앤젤레스 국제공항LAX에서 패서디나 집으로 돌아가는 택시 안에서 난 그만 소리 내어 엉엉 울어버렸다. 하염없이 눈물과 콧물이 흘러나왔다. 어디엔가 숨어있던 액체가 폭포수처럼 쏟아져 나오기를 한참, 내 몸 안 진액이 고갈됨을 느낄 즈음 옆에 앉아 있는 딸을 힐끔 쳐다봤다. 생소한 도시 광경을 음미하는지 아무런 미동도 표정도 없는 딸을 보자 덜컥 겁이 나기 시작했다.

"도대체 내가 지금 여기서 무슨 짓을 하고 있는 거지?"

창밖을 내다보니 로스앤젤레스 시가지市街地의 모든 거리가 낯설다. 갈라파고스 제도 이름 모를 섬에 남겨진 채 시간이 멈춘 느낌이다. 눈을 지그시 감으니 어디선가 거친 파도 소리가 들렸다. 유학 가겠다는 일념으로 앞만 보고 달려온 나는 소기의 목적을 달성하여 지금 이곳 L.A.에 와 있는데 갑자기 두려운 마음이 거센 밀물이 되어 밀려들어 왔다.

구불구불한 110번 프리웨이 북쪽을 향해 패서디나로 가면서 택시기사가 말했다.

"여기가 영화배우 제임스 딘이 교통사고로 사망한 그곳입니다."

"110번 도로는 오래된 고속도로인가 봐요."

어색한 고요 속에 던진 내 질문의 동문서답치고는 살벌했다.

남편이 서울로 향한 다음 날 아침, 퉁퉁 부은 얼굴로 딸에게 넌지시 물어봤다.

"아빠 한국에 돌아가고 우리 둘만 남았는데 넌 괜찮아?"

"엄마 있잖아."

아무런 근심 걱정 없는 딸의 시크한 그 짤막한 한 마디가 부담감으로 목이 메어왔다.

'과연 무사히 딸과 함께 유학을 잘 마치고 금의환향 대신 면포환향이라도 할 수 있을까?'

갑자기 한국에 있는 지인들의 우려의 목소리가 메아리가 되어 이곳 L.A.까지 들려왔다.

"한국에서 영어 좀 한다고 너 나이에 미국 애들 상대로 잘하겠어?"

"미국에서 학위 따도 그 나이에 한국 와서 뭔 일을 할 수 있겠니?"

"이제 애들 대학 보내고 좀 놀아야지 무슨 공부야?"

"그러다가 남편 바람나겠다."

딸이 다니게 될 아트센터디자인 대학교는 기숙사가 없어서 되도록 딸의 등교가 편한 학교 근방 아파트를 구해야 했다. 4월 캠퍼스 투어 당시 미리 아파트를 결정해서 관리인과 이메일로 숙소 가격 협상을 마쳤고, 경비 절약을 위해 침대에서 프라이팬까지 이삿짐을 모두 미리 배편으로 부쳐서 이곳에서 살림살이를 사러 다닐 필요가 없었다. 신혼 당시 보스턴에서 살 때의 경험이 큰 도움이 되었다.

여기저기 물건 사러 발품 다닐 시간을 절약한 대신 9월 말 석사 과정에 입학할 때까지 약 두 달 동안 근처 영어학원에 다니기로 했다. 프리토킹 클래스를 다녔는데 주로 한국, 일본, 중국 학생들이 대다수였고 간혹 유럽 학생들이 있었다. 다양한 주제를 두고 토론하는 방식의 수업은 각 나라 학생들로부터 대립된 의견을 들을 수 있는 좋은 경험이 되었지만 내가 오래 머물 곳은 아니란 걸 알았다.

대중교통이 발달하지 않은 캘리포니아는 자가운전자가 대다수이고, 미국은 한국과 달리 주민등록증이 없기 때문에 신분증 역할을 담당하는 운전면허증을 발급받아야 한다. 나는 20년 전 신혼 당시 획득한 후 면허가 만료된 매사추세츠 운전면허증을 지참하고 빠른 예약이 가능한 링컨파크 운전면허시험장Lincoln Park DMV을 방문했다.

"20년 전 보스턴에서 운전면허를 따고 한국에서 20년간 무사고 운전을 했는데 제가 다시 필기와 실기 시험을 치를 필요가 있을까요?"

오래전 만료된 미국 운전면허증, 국제면허증, 한국 운전면허증을 줄줄이 보여주며 자신 있게 말하자 시험관은 순간 멈칫하더니 도로 표지판 책자를 넘기며 몇 개 표지들을 손가락으로 짚으며 물어봤는데 내가 그만 마지막 표지판 문제를 틀려 버렸다.

"우리나라 표지판과 다르다"라고 하자 시험관은 기막힌 듯 나를 내려다보더니 표지판 책자를 주면서 다음 예약 날짜까지 외워 오라고 말했다. 나는 약속한 날 모든 표지판 질문에 통과하여 필기와 실기 시험 없이 캘리포니아 운전면허증을 발급받았다. 이 경험은 내가 당당하게 미국 생활을 해 나가는데 커다란 도움이 되었다. 되든 안되든 일단 부딪혀 보기! 무조건 질러 보기! 모든 사회에서 때론 예외가 발생한다.

4월 캠퍼스 투어 후 연락처를 알게 된 로리 킴 교수님께 이메일을 드렸더니 다른 교수님께서 Cal State LA 캠퍼스 투어와 석사 과정에 대해 설명을 해 주실 거라고 하셨다. 제임스 딘이 사망한 110번 프리웨이에 대한 공포심 때문인지 천천히 거북이 운전을 하니 바로 뒤

차의 운전자가 경적을 울리며 빨리 가라고 재촉했다. 그러고도 화가 안 풀렸는지 창문을 열고 얼굴을 잔뜩 찌푸리며 스페인어로 뭐라 뭐라 하는데 무슨 말인지 알아듣지 못함이 그나마 다행이었다. 스페인어가 참 아름답다고 생각했는데 사람에 따라 다르다는 걸 깨닫는 순간 학교에 도착했다.

진땀이 마를 새도 없이 교육대학원 교수님 연구실을 방문했는데 어깨까지 내려오는 구불구불한 컬이 아름다운 금발 머리에 헤어밴드를 하고 계신 여자분의 뒷모습이 보였다.

"Excuse me, Mam."

영화 한 장면처럼 천천히 머리를 휘날리며 뒤돌아보시는데 아뿔싸, 남자 교수님이셨다. 나중에 학생들에게 인기가 많은 알버트 존스 Albert Jones교수님인 걸 알았다.

교수님과의 캠퍼스 투어를 마치고 과 사무실을 방문했는데 테이블 위에 색색가지 티를 둥글게 진열해 놓은 예쁜 접시가 보였다. 학생들에게 공짜로 제공하는 티백인가 싶어 만지작만지작하니 한 명의 직원이 나를 조금 이상한 눈빛으로 바라봤다. 가장 색깔이 화려한 티백 한 개를 들고 포장지에 쓰인 글자를 찬찬히 읽어보니 콘돔이 아닌가! 대학원 학생들에게 무료로 제공하는 콘돔이었다. 상당한 문화 충격으로 어찔했다. 이날 운세는 진땀 나는 일만 가득한 실수투성이 하루였다.

올챙이가 개구리로 탈바꿈하면 수조 안에 큰 돌을 넣어서 밖으로 나올 수 있게 도움을 주어야 한다. 개구리가 물 밖으로 나오지 못하면 죽는 이유는 아가미 호흡에서 폐호흡으로 숨 쉬는 구조가 달라졌기 때문이다. 개구리는 결코 올챙이로 돌아갈 수 없다. 진화를 맞이해야 하는 동물이 있고 변화를 대처해야 하는 인간이 있다. 나는 공부를 마치기 전까지 한국에 돌아가지 않을 거다. 나는 한국에서의 이전의 삶과 다르게 살아나가야 한다.

역사학자 아놀드 토인비는 인류의 문명이 '도전과 응전의 역사'라고 했다. 나는 앞으로 새로운 삶을 향해 겁먹지 않고 뒷걸음질 치지 않으려 한다. 힘들겠지만 버틸 만하다고 스스로 위로하며 그 속에서 기쁨과 교훈을 찾을 생각이다.

나는 이제 주변 사람들이 놓아준 큰 돌을 디디고 이제 막 물 밖으로 나온 개구리다. 나는 이제 개구리로서의 삶에 익숙해질 필요가 있다. 영어로 숨 쉬고 잠자고 꿈꾸고 그들이 먹는 음식을 먹고 그들의 삶 속으로 서서히 들어가고 있다. 나는 이제 올챙이가 아니라 개구리다.

나의 롤모델
멘토 교수님

드디어 교수님을 만났다. 내 전공에 한국계 미국인 교수님이 계시다는 사실만으로도 추운 겨울 따뜻한 핫팩의 온열감처럼 마음이 든든했다. 내가 보낸 이메일에 언제나 친절하게 답변해 주신 로리 킴 교수님은 미국 현지에 도착해서 CBEST California Basic Educational Skills Test 시험을 패스한 후 학교 측에 통보하라고 조언해 주셨다.

내가 다니게 된 Cal State LA 교육대학원 Charter College of Education 의 Educational Leadership 전공은 석사 과정과 자격증 CA Preliminary Administrative Services Credential* 동시 취득 가능한 1년 4학기 쿼터 Quarter 제 프로그램이다. 쿼터제는 10주 수업에 1주 쉬고 곧바로 다음 학기

---

*행정가 자격증 Tier 1 credential 은 캘리포니아 공립 유치원에서 공립학교 12학년까지 해당 학교 종사자로 행정가와 관리자(교장과 교감) 후보자를 위한 자격증으로 5년 동안 유효하다.

가 시작하는 하드코어 과정으로 5주 차 중간 과제, 10주 차 기말 과제를 제출해야 하는 정신없이 돌아가는 쳇바퀴 속의 다람쥐 생활이다. 똑같이 쳇바퀴 도는 삶이라도 나와 다람쥐의 차이점은 나는 현재의 상태에 머물지 않고 성장하고 있다는 점이다. 나는 언젠가 쳇바퀴에서 뛰어내릴테니.

대부분의 동물들은 필요할 때만 먹이를 구하지만, 다람쥐는 먹이를 미리 저장해 두는 것으로 잘 알려져 있다. 내 전공에서 유일하게 혼자 외국인인 나는 닥쳐서 과제를 제출할 능력이 되지 않아서 다람쥐처럼 모든 과제를 미리미리 저장해 놔야 했다. 다른 학생들보다 최소 10일 전에 과제를 완성해서 외국 학생들을 위한 학습 지원센터의 교정을 받고 수정한 후 제출했다.

겨울잠을 자는 다람쥐처럼 겨울학기는 성탄절과 신정 명절로 2주 동면을 거친다. 이때의 2주 방학은 하루 종일 입안이 달달하도록 너무나도 달콤하다. 방학 첫날은 너무 좋아서 뭘 할지 몰라 좁은 집안을 뱅뱅 돌아다니느라 하고 싶은 일은 정하지 못한 채 청소하고 빨래하고 밑반찬을 만들었다.

첫 학기 석사 과정 중에는 'Fieldwork in Educational Leadership' 과목이 있는데 교육 현장 관리자supervisor 밑에서 최소 20시간의 업무 경험을 익혀야 하는 수업이다. 로리 킴 교수님께서는 방금 한국에서 날아온 경험 없는 신출내기를 위해 로스앤젤레스 공립학교 교장 선생님을 소개해 주시며 방문하여 찾아뵙고 그곳에서 현장 수업을 받으라고 하셨다. 한인 교육계의 대모라고 불리시는 그 교장 선생님은 '올해의 교장 상'도 수상하시고 한국에 방문하여 초청 강연을 하실 정도로 유명 인사다.

L.A. 지리에 익숙하지 못한 나는 되도록 좋은 인상을 드리기 위해 약속 시간보다 20분 일찍 초등학교에 도착해서 주차장 차 속에서 10분을 머문 후, 대기실에 앉아 긴장감을 수그린 채 우두커니 나머지 10여 분간 교장 선생님을 기다렸다. 그 후 약속 시간보다 30분 늦게 자신의 사무실로 들어오신 교장 선생님은 "오늘은 너무나도 바쁜 하루였다"라고 퉁명스럽게 푸념하시면서 안쪽 방으로 들어오라고 하셨다.

로리 킴 교수님으로부터 연락을 받았다고 하시면서 미국에서의 경력을 질문하시더니 갑자기 교장 선생님 목소리 톤이 높아졌다. 소프라노였다. 쏘아붙일 듯한 하이톤 목소리는 마치 모차르트의 오페라 〈마술피리〉의 '밤의 여왕' 아리아를 듣는 듯했다. 무안하고 당황한 나는 그래도 열심히 성심껏 일해 보겠다고 했는데 교장 선생님은 로리 킴 교수님께 전화하시더니 자신이 해 줄 수 있는 일은 아무것도 없다고 하시는 것이 아닌가. "Nothing"이란 단어에 상당히 힘이 들어가 있었다. 너무 창피하기도 하고 로리 킴 교수님께 죄송하기도 해서 쥐구멍에라도 들어가고 싶었다. 날쌘돌이 생쥐 제리처럼 어디론가 달려가 숨고 싶었다.

"바쁘신데 시간 내어 주셔서 감사합니다."

마음에도 없는 입에 발린 인사말을 한 채 그곳을 떠나갔다. 차에 올라타서 운전대를 잡으니 자꾸 눈물이 기어 나왔다. 울지 않으려고 눈에 잔뜩 힘을 주고 운전을 하는데 방울방울진 눈물이 또르르 뺨 위로 흘러내렸다. 앞이 뿌옇게 시야가 흐려졌다. 서러워서 나오는 눈물은 울음을 삼키기 때문에 소리가 나지 않는다. 생각보다 여러 종류의 눈물이 있다는 걸 그때 알았다.

자동차에 기름을 넣기 위해 주유소에 다다른 후 셀프 주유를 하는데 힘을 많이 줘야 쥘 수 있는 빽빽한 주유기 손잡이가 미끄러져 오른손 첫째 손가락과 둘째 손가락 사이에 박혀 걸려버렸다. 살점이 떨어져 나간 순간 피가 철철 흐르고 차에 있는 티슈로 피 나는 곳을 대충 감아쥐고는 운전석에 털썩 앉았다. 어떻게 집에 도착했는지 기억나지 않을 정도로 지쳐버렸고, 범상치 않은 나의 몰골에 딸이 걱정스럽게 물어봤다.

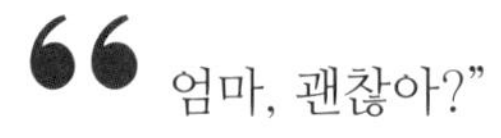

엄마, 괜찮아?"

'나'는 전혀 괜찮지 않은데 '엄마'는 괜찮다고 대답했다. ❞

피가 멈추자 로리 킴 교수님께 죄송하게도 추천해 주신 학교에서 현장학습이 허용되지 않았음을 알려드리는 이메일을 보냈다. 다음

날 아침, 서둘러 이메일을 열어보니 로리 킴 교수님으로부터 답신이 와 있었다.

"마침 더 좋은 현장 슈퍼바이저가 생각났으니 걱정하지 말아라."

누구나 신참 시절, 자신이 초라하다고 느낀 경험이 있을 거다. 나는 유학 시절 하찮은 사람으로서 취급받은 그 민망했던 기억을 잊지 않으려 한다. 내 경험을 바탕으로 누구를 만나든지 최소한의 존중과 배려를 하리라 다짐했다.

아침 일찍 134번 프리웨이를 타고 패서디나에서 서쪽 방향에 위치한 글렌데일로 향했다. 아침 7시 40분쯤 윌슨 중학교Wilson Middle School에 도착해서 방문자 신고를 한 후 지애 키타야마* 교감실 문을 조심스레 두드렸다.

'어떤 분이실까?' 심장이 졸아 들대로 졸아진 그때, 다정한 미소와 부드러운 목소리의 주인공 키타야마 선생님께서 나를 반겨 주셨다. 로리 킴 교수님으로부터 부탁 들었다고 하시면서 내가 작성해 간 현장학습 신청서에 사인부터 해주시는 게 아닌가?

'Fieldwork in Educational Leadership' 과목은 교육 현장의 리더를 선정하여 매번 현장에서 일어나는 일, 날짜와 시간, 어떤 일과 역

---

*지애 키타야마Chiae Kitayama: 이후에 교장 선생님이 되시고 USC에서 박사를 하신 후 로스앤젤레스 통합교육구 감독관L.A. Unified School District, Director, Cal State LA 겸임교수로 활동하셨다.

할을 담당했는지를 기술하고 최종적으로 한 학기 동안 자신이 느낀 소감을 작성하는 과목이다. 교육 현장의 담당 관리자가 성적을 평가하게 되어 있는데 상당히 현장 중심적인 교육과정이라 생각했다.

나는 한 학기 동안 교감 선생님의 섀도잉shadowing(그림자처럼 따라다닌다는 뜻)을 하면서 미국 교육 현장의 실상과 교육 현장에서 발휘되는 키타야마 선생님의 원칙과 사람 중심의 리더십을 체험했다. 교감 선생님께서는 모든 게 익숙지 않은 나에게 현장 학습 대신 더 많은 개인 학습 시간을 허락해 주셨다. 이후로도 키타야마 선생님은 여러 가지 도움을 주신 은인으로 나와 계속 친분을 쌓아 나갔다.

로리 킴 교수님과 키타야마 선생님을 통해서 교육자가 갖추어야 할 기본적인 인성과 가치관, 교육에 대한 열정과 헌신을 배운 것이 나에게 가장 큰 유학 결실이었다. 막연하게 동경했던 설리반 선생님이 아닌 내가 체험한 교육자 롤모델이 생겼다. 설리반 선생님을 믿고 배우면서 헬렌 켈러가 변하기 시작한 것처럼 나에게도 '변화의 물결'이 일어났다.

내가 박사 과정을 무사히 마친 후, 한국으로 떠나기 전 로리 킴 교수님을 방문했다.

"제가 누군가를 가르칠 수 있을까요?"

"충분하다."

"제가 누군가를 가르칠 지식이 있을까요?"

"충분하고 충분하다."

교수님께서는 내게 미국에 남아서 전임 교수가 되는 길을 밟으라고 권하셨다.

"저… 남편, 한국에 있어요."

교수님께서는 싱긋이 미소 지으시면서 남편 직장까지 알아봐 주시겠다고 말씀해 주셨다. 한국에서는 어느 누구도 나에게 이런 말을 해 주신 분이 없었기에 감격해서 콧등이 시큰해졌다. 나를 진심으로 신뢰하고 응원해 주신 로리 킴 교수님으로 인해 이런 관계가 '스승과 제자'라고 새롭게 개념이 정리되었다. 그리고 한국에 돌아가서 교수님처럼 훌륭한 제자들을 육성하는 데 진심을 다하겠다는 약속을 했다. '감사'의 눈물로 내 마음이 따뜻하게 촉촉해졌다.

세상에 나와보니 저명하다고 반드시 훌륭한 사람인 건 아니었다. 세상에는 알려지지 않은 더 많은 숨겨진 참교육자가 있다. 미국에서 진심과 열정의 참교육자를 만난 건 엄청난 행운이다. 나에게 인생 비전과 교육 철학이 생겨났으니까. 모두 로리 킴 교수님의 가르침이다.

'교육은 누군가의 삶을 변화시킨다.'

너무나도 다른 딸
진정 난 몰랐네

수면 세포가 덜 깨워져 투덜거리는 딸을 서둘러 깨워서 바깥으로 데리고 나갔다.

"와 스타워즈다. 저 공룡, 저 나비와 꽃차 좀 봐. 해외 토픽에서 보던 로즈 퍼레이드를 이렇게 가까이 보다니 이 아파트 좋아."

패서디나에서는 12월 31일이 되면 새해 첫날 로즈 퍼레이드를 관람하기 위해 전국에서 몰려온 길거리 노숙 인파들로 장사진長蛇陣을 이룬다. 나와 딸이 사는 아파트는 바로 퍼레이드가 지나가는 위치라서 일찌감치 베란다에 명당 자리를 잡았다. 두 시간에 걸친 장엄한 퍼레이드는 새로운 환경에 적응하느라 지친 우리를 동심의 열차 안에 머무르게 해주었다. 나는 모처럼 흥분했고 딸은 내내 덤덤했다.

즐거움도 잠시, 동심의 열차에서 내리자마자 미국의 생소한 학교법 과목이 나를 괴롭혔다. 법률 용어도 익히고 사례도 외우면서 가까스로 중간 과제를 마쳤는데 한국에서 가져온 오래된 컴퓨터가 다운되었다. 달러 좀 아껴보려고 한국에서 가져온 220볼트용 컴퓨터에 다운 트랜스를 사용하여 110볼트로 변환해서 써왔는데 이제 완전히 맛이 갔다. 글 쓰는데 몰두하느라 깜박하고 USB에 저장해 놓지 않았다. 황당해서 멍하니 바라보니 컴퓨터 화면도 까맣고 내 머리 속은 더 칠흑이다.

기껏 써 놓은 내 영혼 같은 과제물이 내 눈앞에서 몽땅 사라졌다. 깜깜한 밤하늘 불빛 없는 시골길을 헤매도 지금보다는 낫겠다 싶다. 숨이 턱 하니 막히는 것 같아 미국에서 출산 당시 배운 라마즈 호흡법으로 정신을 가다듬기 시작했다. 책상 바로 옆에 위치한 킹사이즈 침대에서 잠든 딸의 모습이 스쳐 지나갔다. 침대 옆이 바로 책상이라서 자는 딸 깰까 봐 타자 소리조차 삼켜가며 과제를 했는데, 아니 거의 다 써가는데 다 날라가 버렸다. 중앙등 없이 스탠드만 사용하는 미국의 어두운 조명 구조 속에서 잠든 딸의 모습이 흐릿하다.

'아~ 꿈이었으면….'

석사 과정 첫 학기는 거의 멘붕 상태였다. 교육 분야에 웬 약어略語가 그리도 많은지 도대체 수업을 알아들을 수가 없었다. 내 애착 드라마 〈슬기로운 의사생활〉을 보면 의사와 간호사들이 사용하는 의학용어를 시청자들을 위해 얼마나 친절하게 자막 처리를 해주는가? 내가 유일한 외국 학생이다 보니 원어민 수강생 위주로 수업이 진행되어 천천히 말해주는 교수님도 약어를 설명해 주는 교수님도 없었다. 매일 수업시간에 들은 생소한 단어들인 LAUSD, NCLB 를 끄적끄적 적어와서 인터넷 서핑을 해야 했다. 내가 아는 SES는 유진, 바다, 슈로 구성된 인기 여성 아이돌 그룹인데 미국에서 쓰이는 SES는 Socio Economic Status로 사회경제적 지위를 말한다.

더 기막힌 일은 모두가 웃는 타이밍에 나 혼자 우습지 않다는 사실이다. 모두가 깔깔거리는데 혼자 가만히 웃지 않고 있기는 참 곤혹스럽다. 그런데 우습지 않은데 억지로 웃을 수도 없는 입장이다. 그냥 입꼬리를 올려 어정쩡하게 웃는 듯한 부드러운 표정을 지을 수밖에 없었다.

학교 수업 중에 토론이 오고 간 〈엘렌 쇼〉, 〈닥터 필쇼〉 TV 프로그램 및 각종 시사부분에 관해서도 찾아보고 공부해야 했다. 신문도 읽고 할인 쿠폰도 얻을 겸 일요판도 사고 TV 뉴스도 시청해야 했다. 그러다 보니 난 독사가 독액을 내뿜는 것처럼 신경이 극도로 예민하고 날카로워졌다. 지금 내 몸 안의 쓸개 속 담즙에 독이 쌓여가는 기분이다. 당분간 혈액검사를 하면 안될 것 같은 착잡한 기분이 드는데, 마침 딸이 말했다.

"엄마 요즘 신경질 진짜 심해. 이런 적 첨이야 첨. 엄마 안 같아."

딸은 예민하게 신경질 부리는 엄마의 모습에 놀란 것 같았다. 엄마도 사람이고 예수님도 부처님도 아닌 걸 이제서야 알았나 보다. 놀란 것은 딸만이 아니다. 좁은 원룸 스튜디오에서 딸과 동고동락하다 보니 그동안 20년이나 키운 딸인데 내가 딸에 대해 모르고 있는 부분이 너무나도 많다는 걸 새삼 알게 되었다.

"내 자식 내가 젤 잘 알아요."

아니, 이렇게 말하는 부모가 젤로 자신의 자녀에 대해 모른다. 엄마들은 자신의 자녀에 대해 상당히 많이 알고 있다는 자기 세뇌적 착각에 빠진다. 잔혹한 연쇄 범행으로 언론을 떠들썩하게 했던 흉악범의 부모가 "내 자식인 줄 몰랐다. 집에서는 말수도 없고 순한 애였다"라고 말하기도 한다.

우리는 자식에 대해 많이 알고 있다고 자만하지만, 조하리의 창 Johari's Window에 따른 숨겨진 영역, 즉 부모가 자녀에 대해 모르고 자녀만 알고 있는 영역은 점차 늘어간다. 그 이유는 자녀들이 부모에게 자신의 마음을 열고 깊은 내면의 이야기를 하지 않기 때문이다. 나는 딸과 함께 유학을 하면서 좁은 원룸에 동거하다 보니 허심탄회하게 많은 대화를 나누게 되었고 딸의 숨겨진 영역에 대해서도 새삼 많이 알게 되었다.

부모는 자녀들의 교육에 절대자다. 나 역시 마찬가지였다. 그 과정에서 자녀들이 어떤 상처를 받았는지 어느 부모도 알려고 하지 않는다. 나는 다른 맹모들처럼 딸의 미술교육을 위해 강남으로 이사를 갔고, 아침 일찍 먼 거리의 사립학교를 스쿨버스로 보내는 대신 도보 거리의 가까운 동네 공립학교로 전학 시켰다.

딸은 성인이 되어서야 자신의 숨겨진 영역을 열린 영역으로 전환시켰다. 전학 간 초등학교 아이들이 자신을 화장실에 가둔 이야기, 미술 이외에 다른 과목에 집중하지 않았던 자신을 주의력 결핍증 ADD이라고 야단친 초등학교 선생님 이야기를 10년 만에 털어놓았다. 당시 딸은 상처를 받았고 누구에게도 말하지 않았고 엄마인 나는 전혀 몰랐다.

나는 마음속 깊이 반성하고 순간 딸을 꼭 안아주었고 진심으로 사과했다. 부모는 자녀에게 한마디 상의 없이 부모의 마음대로 자녀의 앞날을 결정한다. "다 너를 위해 한 결정이야"라고 말하면서 내 판단에 대해 면죄부를 주고 공유된 이해라고 치부해 버린다.

"너 잘되라고 한 일인데 그런 일이 있었는지 몰랐어. 미안해."

나의 진심 어린 사과 발언 이후부터 나와 딸과의 관계는 서로를 신뢰하고 속마음을 나누는 '절친'이 되었다.

에드워드 홀Edward Hall은 비언어적 의사소통에 대해 연구했다. 개인 영역을 네 가지 구역으로 구분했는데, 45cm까지의 밀접한 거리,

45~120cm정도의 개인적 거리, 120~130cm까지의 사회적 거리, 360cm를 넘는 공적 거리다. 나와 딸과는 한국에 있을 때부터 개인적 거리를 적절히 잘 유지하는 비교적 좋은 모녀 사이였다.

일상적인 생활에서 가장 문제시되는 구역은 '밀접한 거리'와 '개인적인 거리'영역이다. 각각의 방이 별도로 존재했던 서울 생활과는 달리 모녀가 원룸 스튜디오에서 거주하다 보니 서로의 공간을 침범하게 된다는 점이다. 사람들은 자신의 공간에 누군가가 '침범'하면 자기 공간을 다시 '확보'하려고 투쟁한다. 나와 딸은 점차 물리적인 구분이 요구되는 경계가 필요해졌다.

원룸 스튜디오에서 딸과 함께 사는 게 이렇게 힘든지 몰랐다. 가장 힘든 점은 모든 것이 정리되지 않으면 일을 하지 못하는 나와 모든 것을 펼쳐 놓고 일을 하는게 편한 아티스트 딸과의 일 스타일 차이의 괴리감이다. 주로 조용히 책을 읽고 컴퓨터로 글 쓰는 일을 하는 내 경우는 집이 잘 정리되고 조용해야 작업을 할 수 있는 성격인 반면에, 아티스트인 딸은 모든 그림 재료를 펼쳐 놓고 널려 있는 상태가 편하고 익숙하다.

"엄마, 화가들 작업실 가서 봐. 이건 아무것도 아니야."

어느 날 집에 와보면 현관에서 침대까지 각종 미술 재료들이 쌓여져 있고 널브러져 있다. 어릴 때 친정집에서 100포기 김장할 때의 어수선한 장면처럼 좁은 집 바닥에 언제나 배추와 무, 각종 양념이 가득하니 늘어져 있는 기분이다. 나는 매일 김장하는 분위기의 정돈되지 않은 환경을 견디기 힘들었다. 하루는 현관에서부터 까치발로 책상 앞까지 도달한 적도 있다. 내가 화나는 이유는 정리되지 않은 집안 구석이 딸은 아무렇지도 않다는 점이고 내가 자기 물품을 함부로 정돈하면 안된다는 거다.

하루는 참다 참다 내 현장수업 슈퍼바이저인 키타야마 교감선생님께 하소연했다. 깔끔하신 성격이라 내 편을 들어주실 거라 확신하고 불평불만을 한 보따리 늘어놓았다. 교감선생님께서는 역시 교육자셨다.

"그게 선생님과 리사가 다른 점이에요. 리사는 비주얼에 치중해야 하는 아이니 당연히 자료들이 펼쳐져 있는 게 편하겠죠. 그만 싸우시고 이 기회에 좀 더 넓은 원 베드룸 아파트로 이사를 가세요."

선생님 말씀이 맞는 것 같았다. 부모는 아이들을 부모 방식으로 훈련 시킨다. 나는 마음속으로 외쳤다.

'딸이 틀린 게 아니라 다른 거야.'

나와 딸이 함께 영화를 보면 나는 장면마다의 대사를 세세히 기억한다. 나에게 중요한 것은 영화 대본의 퀄리티다. 반면에 딸은 색감, 배경 디자인을 아주 자세히 세부적으로 기억해 낸다. 딸에게 중요한 것은 영화의 예술성이다.

사람은 모두 재능이 다르고 그에 따라 환경도 달라야 한다. 엄마와 성향이나 기질, 재능이 유사한 자녀가 태어나는 경우도 있지만 정반대의 경우도 있다. 나와 내 딸의 경우가 그렇다. 피아제가 자신의 세 자녀를 피험자로 하여 자녀들의 행동을 관찰하여 심리학의 새로운 연구영역을 개척한 것처럼 나 역시 딸로 인해 교육학적 인사이트를 얻었다.

'다름'에 대한 이해와 뇌과학, 가드너의 다중 지능 이론 학습은 훗날 내가 귀국 후 재능 검사와 자기 주도성 검사를 개발한 모티브가 되었다. 내가 개발한 HPTIHigh Potential Talent Index, LSDILearners Self Directed-ness Index 검사 결과를 보더라도 우리 둘은 상당히 다르다. 그 다름의 수치가 그래프로 연결되어 시각화 되어 있는 보고서를 보면 서로의 개성을 인정할 수밖에 없다.

나와 딸과의 관계는 '다름' 속에서 서로 '영감'을 주고받는 관계로 발전하고 있다. 모든 사람들에게 주어진 재능이 존재한다는 것, 그것을 스스로 이루도록 동기부여해 주고 기다려주는 것이 엄마와 교육자의 역할이라는 소중한 교훈을 얻었다. 나는 내 딸과 내 학생들에게 선택과 자유를 선사하고 싶다. 자율성만큼 좋은 학습은 없기 때문이다.

슬기로운
인턴생활

정신없이 돌아가는 쳇바퀴 안에서 날다람쥐가 된 나는 이제 조금 여유가 생겼다. 드디어 6월 말부터 8월 말까지 석사 과정 막학기만 남겨놓은 상태다. 나는 이전 슈퍼바이저 키타야마 선생님께서 교장으로 부임하신 토피카 드라이브 초등학교에서 3학점 인턴십을 하게 되었다. 나는 교장선생님께서 행정 업무를 수행하시는 걸 지켜보고 교실수업을 참관하고 학교 행사에 참여하기도 했다.

어느 날 오후 초등학교 4학년 사회 과목 수업을 참관하게 되었다. 수업 중간에 교실 안으로 멋적게 삐죽이 들어갔는데 마침 선생님께서 학생들에게 질문하고 계셨다.

“영국의 청교도 백인들이 북아메리카로 건너가서 원주민 인디언들에게 자신들의 크리스천 문명을 강요하는 것에 대해 어떻게 생각하니?"

아이들은 제각각 손을 높이 들고 선생님과 눈을 마주치며 자신의 차례를 요청하는 것 같았다.

"우월한 문명을 미개한 민족에게 전파하는 일은 인류애적 차원에서 필요하다고 생각합니다."

"우월한 문명이라고 간주하는 그 기준을 알고 싶습니다. 원치 않는 강요는 옳지 않습니다."

수업 시간 찬반 토론이 오고 간 후 선생님께서 다시 질문하셨다.

"만약에 어떤 방문자가 너희 집에 와서 가구를 이렇게 옮기는 게 좋겠다고 하면서 재배치를 하려고 한다. 여러분은 어떻게 할까?"

"총을 들고 나오겠어요."

아이들이 빵 터졌다. 하지만 그 웃음은 비아냥이 아니었다. 수업 시간이 끝나는 종이 치자 아이들은 자신들의 생각을 쓴 포스트잇을 교실 벽에 붙이고는 우르르 운동장으로 뛰쳐나갔다. 이때는 천상 개구쟁이 애들 모습이었다. 우리나라 4학년 학생보다 체격이 왜소한 미국 아이들을 보고 깜짝 놀랐는데 어른스러운 토론 내용과 진지한 경청 자세에 또 한 번 놀랐다. 나중에 키타야마 교장 선생님께 참관 수업 소감을 말씀드렸더니 미국 애들은 중고등학교 때 폭풍 성장한다고 말씀하셨다.

캘리포니아의 화창한 날씨의 점심시간, 아이들은 운동장에서 삼삼오오 무리 져서 뛰놀고 있었다. 갑자기 '쿵'하는 소리가 들려서 나도 모르게 소리 난 곳으로 달려가게 되었다. 멀찍이 운동장 농구대 아래, 입에서 하얀 거품을 쏟아내며 땅바닥에 쓰러진 남자아이가 보였다. 선생님으로 보이는 분께서 다가가시더니 침착하게 주변 아이들을 안심시키고 간질발작으로 쓰러진 아이의 옷을 느슨하게 해 주신 후 머리를 측면으로 돌려서 이물질이 나오도록 하셨다. 어디선가 사이렌이 울리며 911응급차가 달려오더니 그 아이를 싣고 떠나갔다. 나는 너무 놀라서 흙먼지를 뿜고 사라진 응급차가 보이지 않을 때까지 멍하니 운동장에 말뚝처럼 고정되어 있었다.

나는 그날 특수교육반 보조교사 역할을 맡게 되었는데, 한 자폐증 아이가 수심 가득한 얼굴로 다가와 조심스레 말을 걸었다.

"쓰러진 아이가 병원에 실려 갔나요?"

나는 쓰러진 아이가 병원에 안전하게 실려 갔고 곧 회복될 테니 걱정하지 말라고 위로해 주었다. 그후 5분 정도 흘렀을까? 커다란 눈망울에 눈물을 글썽인 채 다시 나에게 다가왔다.

"선생님이 병원에 전화해서 그 애가 깨어났는지 알아봐 주세요."

5분마다 나에게 다가와서 질문하는 아이로 인해 순간 당황하면서 나는 병원 의사 선생님이 잘 치료해서 내일이면 건강한 모습으로 등

교할 것이라고 안심시켜 주었다. 하지만 그 자폐 아동은 구급차에 실려간 아이의 건강을 염려하며 5분 간격으로 똑같은 질문을 반복했고, 내 꽁무니를 졸졸 따라다녀 초보 보조교사를 난처하게 했다. 담임 선생님께서 병원에 전화를 걸어 실려간 아이의 의식이 깨어났음을 확인했다고 말해 주었으나 그 자폐 아동은 또 다른 슬픈 표정을 지으며 말했다.

"그 아이 많이 아파요."

나도 모르게 자폐 아동을 꼭 껴안아 주었고 작은 새같이 여린 아이가 파르르 떨며 내 품에서 울음을 터뜨렸다. 자폐증 환자에 대한 몹쓸 편견을 가져온 나 자신을 향한 반성의 눈물을 참느라 내 눈이 벌개져 버렸다.

우리는 신체가 성하다는 이유만으로 장애를 가진 사람들을 부정적으로 여기고 함부로 대하면 안된다. 아니 어쩌면 우리가 더 마음의 병을 가진 장애인인지 모른다. 우리는 보이는 것밖에 보지 못하는 어른이며, 세상에서 가장 아름다운 것을 보지 못한다. 그 아이는 자폐아가 아닌 세상에서 가장 따뜻한 마음씨를 가진 어린아이였다.

「어린 왕자」의 비행사가 밤하늘의 별을 보고 어린 왕자를 생각하듯이 나는 아직도 그 아이의 순수한 눈망울을 잊지 못한다. 나는 캘리포니아의 어느 작은 초등학교에서 나의 '어린 왕자'를 만났다.

미국 교육의 단면을 보면 학업성취도와 학교 폭력 측면에서 여러 가지 문제점들이 지적되고 있다. 장점은 학교 자체가 바로 민주 사회의 단면을 보여주고 있다는 점이다. 학교라는 한 지붕 아래 다양한 능력과 인종, 문화가 공존한다. 나보다 잘난 애들을 인정하고 몸이 불편한 아이들과 함께 어울리고, 가정 형편이 어려워서 점심 제공을 받은 것이 그리 창피하지 않는 함께 더불어 사는 그런 사회가 바로 미국 공교육 현장이다.

미국 아이들은 평등한 사회가 균등함을 의미하는 것이 아님을 안다. 고학년 학생이 여전히 나눗셈을 배우는 학급이 있다. 수학을 못하는 아이들은 '수포자'도 '루저'도 아니다. 주어진 능력 이상으로 무리하게 누군가와 경쟁하기 보다는 자신의 능력에 맞는 일을 계획하고, 자신보다 잘난 사람들이 더 큰 일 하기를 기대하고, 육체적으로 불편한 사람들을 위한 편익시설이 제공되는 것이 당연하다고 여기는 것은 바로 어린 시절부터 익숙한 '다양성'에 대한 인식이고 체험 때문이다. 서로 '성공'에 대한 정의가 다르기 때문에 '행복'을 가르칠 수 있다.

☾

'우리나라 아이들도 마냥 뛰놀고 웃고 즐겁게 지냈으면….'

'숨겨진 채 보이지 않는 우리나라 장애아들이 일반학교에서 함께

어울릴 수 있었으면….'

'우리나라 아이들이 공부를 못해도 당당하고 행복했으면….'

매번 인턴 업무를 마치고 집으로 향하는 차 안에서 혼자 중얼거리는게 습관이 되었다. 뭔가 꽉 막힌 듯한 답답한 마음에 자동차 창문을 열었다.

아름드리 꽃망울을 활짝 피워 몽롱한 세상을 뽐내고 있는 재커랜다Jacaranda 꽃의 우아한 자태가 내 눈동자 깊숙이 들어왔다. 나는 흐드러지게 핀 보랏빛 꽃 터널을 헤엄쳐 주렁주렁 꽃다발의 오케스트라 연주가 펼쳐지는 환상적인 풍경을 통과하고 있다. 풍성하고 거대한 재커랜다가 양쪽 가로수길을 보랏빛으로 가득 물들인 장면은 아름답다는 표현만으론 약하다. 보랏빛 신비함에 빠져 정신이 몽롱해지며 행복해졌다. 재커랜다의 꽃말은 '화사한 행복'이다.

'내가 앞으로 우리 학생들에게 재커랜다가 되어 줄 수 있다면….'

'키다리 아저씨'가 되고 싶다는 또다른 독백이 이어졌다.

나는 우리나라의 학생들이 행복하면 좋겠다.

피 말리는 박사 과정 등록 007 작전

로리 킴 교수님의 조언은 한마디로 결정타였다.

"너는 간판 따려고 온 거 아니잖아. 공부하려고 왔으면 최고의 명문 대학에서 학위를 받아야 돼. 서던캘리포니아 대학교USC 박사 과정에 지원해라."

로리 킴 교수님의 한마디는 조지 포먼이 묵직하게 한방 날리고 더 이상 펀치를 날릴 필요조차 없는 파괴력 있는 KO펀치였다. 난 바로 KO패를 인정하고 수건을 던졌다.

나는 석사 과정 막학기를 남겨놓고 입학 허가가 쉬운 대학교에서 박사 학위를 따려고 입학 원서를 쓰고 교수님께 추천서를 부탁드렸다. 수업 후 교실을 나가시던 로리 킴 교수님은 내 지원서를 한 번 훑어보시더니 땅바닥에 그대로 떨어뜨려 버리셨다. 1년 4학기 쿼터제 석사 과정에서 지친 나는 엄살을 떨다가 교수님의 한마디 꾸짖음에 바로 꼬리를 내렸다. 얼마나 내가 어리석은 생각을 한 것인가? 나의 몽매함을 교수님께 여과없이 드러낸 게 너무나도 창피했다.

교육자로서 '마음' 못지않게 중요한 것이 '실력'이란 걸….

'나는 최고의 대학에서 실력을 쌓아야 해.'

훗날 교수님은 최종학력이 가장 중요하고 내가 만학을 했기에 오히려 최고의 명문 대학교를 가야 인정받는다고 설명하셨다. USC 박사 과정 한 군데만 지원하라고 하셨지만 난 여전히 내 자신의 실력이 불안 불안했다. 교수님 아니었으면 한 번의 잘못된 선택으로 헛된 노력이 될 뻔했다. 아니 어쩌면 내 꿈이 이루어지지 않았을 수도 있었다. 내가 지원서를 썼던 대학교는 솔직히 등록금만 내면 갈 수 있는 무명의 듣보잡 학교였다. 그만큼 난 많이 지쳐 있었다.

로리 킴 교수님이 박사 학위를 따신 USC를 내가 지원하게 되리라고는 단 1%도 상상해 보지도 못했다. 교수님 조언을 깊이 새기고 귀가하여 USC 홈페이지를 들어가보니 헉! 박사 과정 신청 기간이 어제로 끝났다. 혹시나 하는 마음에 학교 행정실에 전화를 해보니 내일 아침까지 제출하면 받아주겠다는 것이 아닌가? 학교 수업을 다녀온 시간은 저녁 9시! 이제부터 내일 아침 9시까지 이력서, 자기소개서, 비전선언문을 제출해야 한다.

'나에겐 12시간이 남았다.'

눈앞이 캄캄했지만 닥치는 대로 정신없이 써 내려갔다. 문법과 오타를 체크한 후 새벽 3~4시경 온라인으로 지원서를 제출했다. 추천서는 학술적인 면과 인성, 현장에서의 능력이 어필되어야 한다고 하신 교수님 조언대로 로리 킴 교수님, 키타야마 교장선생님, 교회 목사님 세 분께 부탁드리기로 했다. 토플과 GRE 성적을 온라인으로 제출했다.

다음날 오전 9시 USC 학과 행정실에 전화를 해서 지원서 제출 완료를 통보했고 확인 요청을 했다. 긴장이 풀려서인지 갑자기 몸살 기운이 들었다. 거의 밤새워서인지 혼이 나간 듯한 멍한 모습의 엄마를 본 딸은 한마디 했다.

"나이도 생각해야지, 엄마 잠 좀 자야겠어."

USC 박사 과정 한 군데만을 지원한 나로서는 절실했다. 학부에 다니는 딸은 엄마가 박사 과정에서 떨어지면 한국으로 돌아갈 수도 있다는 절박함을 인지하지 못하고 있었다. 조급할 이유가 없는 딸이 부러웠다.

모든 지원서를 제출하고 결과를 기다리는 초조함은 또다시 찾아온 일일여삼추의 애태움의 시간이었다. 7월 말이 되었는데도 합격 통지서를 받지못한 불안한 마음에 로리 킴 교수님께 연락을 드렸다.

"교수님, 아직도 통지서 받지 못했어요. 저 떨어졌나봐요."

"내가 대학 교수인데 모르겠니? 너는 합격하게 되어 있어. 기다리면 연락 올 거야."

'교수님은 어떻게 나에 대해 그리 확고하게 자신하시는 걸까?'

「멀티플라이어」의 저자 리즈 와이즈먼은 조직원의 능력을 감소시키는 디미니셔diminisher와 아랫 사람을 더 유능하게 만드는 멀티플라이어multiplier 두 유형의 리더가 있다고 했다. 가브리엘 오즈는 군대에 입대하여 레바논 전투에서 유능하고 빠른 상황 판단 능력으로 인정받았다. 계속 지적하고 나무라는 지휘관 유발의 지휘를 받은 가브리엘은 실수가 잦아지고 결국 퇴소의 위기에 처했으나 새로운 중대장 라이어는 세부적인 정보를 공유하고 칭찬을 아끼지 않았다. 가브리엘은 눈부신 성적으로 장교 학교에서 1등을 하고 최고의 전차장 자리까지 올랐다. 로리 킴 교수님은 멀티플라이어로서의 라이어 중대장이었고, 나는 훈련병 가브리엘이었다.

누군가를 만나느냐에 따라 '인생'이 바뀐다.

석사 과정 마지막 학기 마지막 달, 숨막히는 기다림 속에 드디어 로리 킴 교수님의 예언대로 USC 박사 과정 합격 통지 우편물을 받았다. 미국 학생들은 대부분 7월에 통지서를 받았는데, 나는 8월 초가 되어서야 두다리를 뻗을 수 있었다. 두 다리를 뻗고 자는 날도 단지 며칠, 또다른 복병인 예상치 못한 난관이 기다리고 있었다.

Cal State LA 석사 과정 종강일은 8월 29일인데, USC 박사 과정 개강일은 8월 30일, 바로 딱 하루 차이였다. 문제는 내가 아직 Cal State LA 학생으로서 졸업을 하지 않았기 때문에 비자 연장을 위한 입학허가서I-20 Verification form를 받을 수가 없다는 점이었다. 원래는 재학 중인 학교를 졸업한 후 진학할 대학에 SEVIS 기록을 넘겨야 한다.

Cal State LA 인터내셔날 오피스 어드바이저와 미팅을 했는데 종강을 한 후 최소 2-3주 후 입학허가서 트랜스퍼transfer가 가능하고 새로운 SEVIS ID로 비자 연장용 I-20를 받을 수 있다고 말했다. 어드바이저로 오랜 기간 일했지만 석사 과정 종강 바로 다음날 박사 과정 개강 수업 출석하는 유학생은 처음 본다고 말하며 고개를 절레절레 흔들었다.

"You are crazy."

나는 거의 매일 인터내셔날 오피스에 출근부 도장을 찍으며 방법이 없는지 자문을 구했다. 내가 미국 온 지 1년 만에 석사 과정을 마치고 USC 박사 과정에 입학허가를 받았는데 당신이라면 포기하겠느냐고 설득했다. 언어와 문화가 달라도 한 가지 공통어가 있다.

'지성이면 감천'

나에게 또 다른 은인인 그 어드바이저는 내 석사 입학허가서를 일찍 풀어주겠다[release]면서 USC 인터내셔날 오피스 담당자에게 연락하여 새로운 입학허가서[I-20]발급을 요청하겠다고 했다. 나는 USC 입학처에 연락해서 내 사정을 설명한 후 입학허가서 발행을 위한 제반의 서류를 제출했다.

가까스로 힘겹게 새 입학허가서를 받은 나는 개강 직전이 되어서야 등록금 고지서와 수강신청 안내절차를 통보받았다. 마침 이곳 캘리포니아를 방문한 남편과 함께 우리 세 식구는 노트북을 챙겨 들고 USC 유니버시티파크 캠퍼스로 달려갔다. 오늘이 박사 과정 수강신청 마지막 날이고, 등록을 하지 못하면 입학이 취소된다. 나에게는 등록금을 납부하고 수강 신청할 몇 시간만이 주어졌다.

남편은 등록금을 내려고 캠퍼스 내 입학납부처 은행에 가서 줄을 서고, 나와 딸은 수강 신청을 위해 노트북을 부여잡고 인터넷 속도가 빠른 건물을 찾아 헤매며 이동했다. 등록 마감시간은 불과 2~3시간밖에 남지 않았다. 다한증 환자처럼 내 얼굴과 몸 구석구석 땀이 흘러내렸다. 목이 너무나도 탔다.

'아! 주여.'

내가 드라마 〈오징어 게임〉을 조마조마하게 마음 졸이고 본 건 제한 시간을 가진 데스 게임이었기 때문이다. '무궁화 꽃이 피었습니다'는 5분안에 결승선을 통과해야 되고, '설탕뽑기'의 제한 시간은 10분,

'구슬치기'는 30분 안에 상대방의 구슬을 다 얻어야 되고, '다리 건너기'의 제한 시간은 16분이다. 나는 12시간 안에 박사 지원서를 제출해야 했고, 등록 마감 시간 2~3시간을 남겨놓고 가까스로 수강신청을 마쳤다. 박사 과정까지 오기까지 나는 숱한 제한 시간을 남겨두고 매순간 아슬아슬한 게임을 통과해왔다.

드디어 간절하게 원하던 USC 교육대학원Rossier School of Education 교육학박사EdD 과정에 입학했다. 미국인들은 원리원칙이 강하고 미국이란 나라에서는 요행이 통하지 않는다. 하지만 나는 미국에서 여러 가지 예외 혜택을 받았고 은인들을 만났고 운이 참 좋았다. 남편은 유학간 지 1년 만에 박사 과정에 입학한 나의 만학 사실을 시댁에 알렸고 난 시부모님으로부터 '면죄부'를 받았다.

8월 29일 수요일 Cal State LA에서 종강하고, 30일 목요일 오후 4시 USC 개강수업에 참석했다. 첫 수업 오리엔테이션 시간에 교수님은 수강생들에게 자기소개를 하라고 하셨다. 내 차례가 되었다.

"어제 Cal State LA 석사 과정 마지막 수업을 마치고 오늘 USC 박사 과정에 입학한 한국에서 온 유학생 Hyelim Choi입니다."

여기저기에서 웃음소리와 함께 속닥거리는 소리가 들렸다.

"She is crazy."

'살아남기'
동기부여 전략

나의 발표 시간,

"뭐라고 말하는 거야? 무슨 발음인지 못 알아듣겠어."

맨 뒤 앉은 두 명의 동료 학생들이 미간을 찡그리려 속닥대는 걸 보았다. 입 모양만으로 영어로 무슨 말을 하는지 알아채다니…. 나에게 초자연적 현상인 초능력이 일어난 거다. 좋은 성적으로 교수님으로부터 칭찬도 받고 할리, 줄리아, 에릭, 나로 구성된 4인방 팀 과제 동료도 생겨서 오히려 박사 과정이 여유롭고 편해질 즈음, 위의 두 문장은 나의 모든 자신감 뿜뿜에 찬물을 끼얹는 사건이 되었다.

한국에 있을 때의 미국인들은 한국인의 발음에 익숙해져서인지 내가 무슨 말을 해도 다 알아들었다. 하지만 이곳은 달랐다. 갑자기 자신감 결여 현상으로 학업 의지의 그래프가 수직 강화되어 꺾어짐을 느꼈다. 특히 발표하기가 겁이 나고 두려워졌다.

약 22개월 전 캘리포니아 도착 후 약 두 달가량 다니던 집에서 도보 5분 거리의 어학원을 다시 찾아갔다. 강사님과 스태프분들의 따뜻한 환대에 마음이 푸근해졌다. 박사 과정에 입학했다고 대단하다고 해 주시는 칭찬 한마디에 단단하게 굳어 있던 내 마음속 빙하가 사르르 녹기 시작했다. 일주일에 두 번 프리 토킹반에 합류하기로 했다. 수업 시간에는 일단 먼저 말을 뱉어 놓고 떠오르는 생각을 일단 저지르는 식으로 말하다 보니 조금은 순발력이 생겨난 것 같았다.

가장 수준이 높은 프리 토킹 수업은 아이리쉬계 미국인 빌Bill이 담당했는데 그의 아버지는 6·25 전쟁에 참여한 군인으로 한국 문화에 관심이 많았다. 문화의 다양성을 인정하고 포용하는 다문화적 소양을 갖춘 그는 역사적, 종교적, 정치적인 예민한 부분의 토론에는 상당히 중립적이었다. 수업 중에 각 나라에 대한 공통된 고정관념인 스테레오 타입에 대해 서로의 의견을 나눈 것이 인상적이었다.

"한국인들은 부자다."

"한국 여자는 아름답다."

"한국 여자는 공격적aggressive이다."

내가 예상해 보지 않은 뜻밖의 답변들이었지만, 외국의 젊은 친구들에게 한국은 더 이상 한국전쟁을 겪은 가난한 나라가 아니었음이 흡족했다. 간혹 대한민국과 북한을 구별 짓지 못하고 "Are you from South Korea or North Korea?"라고 묻는 유럽 친구들로 당황하기도 했다.

"아버지 자동차 안에서."

"그건 너무 뻔한 거 아니야? 난 지하 주차장."

"난 공중화장실에서."

"난 그런 경험이 없어…."

내 대답에 모두 한심하다는 표정을 지으며 말했다.

"넌 솔직할 필요가 있어."

"난 진짜 그런 경험이 없어…."

유럽과 미국 젊은이들은 낯 뜨거운 주제에 대해 전혀 개의치 않고 솔직해서 민망할 때가 한두 번이 아니었다. 그들은 남들에게 들킬 뻔하게 짜릿했던 자신들의 섹스 경험 장소에 관해 이야기를 나누었고 그 대화에서 난 상당히 비정상적이었다.

조너선 스위프트의 소설 「걸리버 여행기」는 특별한 곳을 여행한 이야기다. 네 나라의 낯선 곳에서 일어나는 이야기를 통해서 우리와 익숙하지 않은 '다름' 속에 인간의 보편적인 '닮음'이 존재함을 풍자하고 있다. 인종도 체격도 언어도 상대적이며 어느 문화가 우월하냐 열등하냐의 문제가 아니며 '옳다', '그르다'의 문제는 더더욱 아니라는 것….

나는 지금 인간과 말이 뒤바뀐 후이늠의 나라에 도착한 걸리버가 된 느낌이다. 학교가 아닌 바깥세상은 온 천지가 학습장이다. 미국과 유럽 국가들의 역사적 배경과 지리, 문화와 풍습 등을 알게 된 소중한 경험이었다.

미국 유학 시절 로스앤젤레스에 도산 안창호 도로와 우체국이 있음에 깜놀했고 USC 캠퍼스 안에 도산 안창호관이 별도로 설립되어 있음에 다시 한 번 놀랐다. 나는 도산 안창호관을 방문하여 각종 세미나에 참석했고 동아시아학 분야의 학자들과 많은 대화를 했다. 동아시아 역사와 문화에 대해 더욱 심층적인 관심을 갖고 다른 문화의 관점에서 우리나라를 객관적으로 바라보게 된 소중한 계기가 되었다.

도산 안창호관에서 학술 강연이 있으면 달력에 미리 커다랗게 동그라미를 쳐 놓고 학수고대했다. 강연 시작 30~40분 일찍 도착해도 언제나 기다란 줄에 끼어 있어야 했다. 긴 웨이팅 줄에 서 있으면서 서로서로 뒤돌아보며 이런저런 대화를 나누었다.

"한국 음식이 정말 맛있다. 오늘도 그 국수가 나올까?"

미국 학생들의 대화 내용에 내가 끼어들어 말해주었다.

"너희들 잡채 좋아해?"

다들 고개를 끄덕거리며 '잡채' 발음을 연습했다. 난 그 순간마다 한국어 선생님으로 돌변했다.

도산 안창호관에서 주관하는 학술 세미나에서는 매번 한국 음식으로 푸짐한 뷔페가 준비되어 있었다. 미국 세미나에서 야채와 딥, 나초와 랩으로 구성된 핑거 푸드에 비하면 한국 세미나에서의 김밥, 불고기, 전, 잡채, 떡 등 푸짐한 한식은 미국 대학생들에게 훌륭한 한 끼 식사 대용의 영양 보충식으로 인기가 높았다.

나도 식탐을 내며 의욕적으로 이곳저곳의 접시를 섭렵하고 다니는데 30대 초반으로 보이는 한국인 남성이 자기소개를 하면서 말을 걸어왔다. 그는 아내와 아이를 데리고 유학 와서 현재 석사 과정 중에 있는데 수업을 쫓아가기가 힘들다고 고충을 털어놓았다. 언어도 문화도 적응하기 어렵다고 하면서 모교 교수님이 무조건 미국에서 학위를 따야 한국에서 교수직이 가능하다 하셨다고 하소연했다. 석사 과정도 어려운데 어떻게 박사까지 견뎌야 할지 모르겠다고 한숨을 쉬며 신세 한탄을 했다. 그는 내가 박사 과정에 있다는 걸 알고는 서둘러 물었다.

"선생님은 박사를 따신 후 어디 가시기로 되어 있어요?"

"난… 가기로 한 데가 없어요."

내가 당황하며 대답하자 그가 말했다.

"선생님은 정말 공부를 하려고 오신 분이네요."

그는 내 답변에 짐짓 놀라는 눈치였고 난 귀국 후 나를 받아줄 곳

없는 현실적 처지를 깨닫게 되었다. 정수리 위로 세게 뿅망치를 맞은 느낌이었다. 그는 박사 과정에 있는 내가 부러웠고, 나는 학위 취득 후 갈 곳이 있는 그가 부러웠다.

나의 고질적 문제는 혀가 굳을 대로 굳은 중년의 나이에 발음 교정을 받는 일이었다. 내가 거주하는 집 근처 교습비가 비싸지 않은 발음 교정 단체반을 찾아보니 마침 패서디나 시티 칼리지Pasadena City College에 단체반이 있었다. 준비물은 거울과 녹음기. 이왕 간 김에 단기간의 프리젠테이션 과정도 신청해 버렸다. 나의 무조건 저지르고 보는 전략이 재연되었다.

강사 선생님은 외국 학생들에게 어려운 발음을 따라 하게 했다. 수강생들은 각자의 거울을 들고 입 모양 연습을 했는데 특히 r과 l이 겹쳐 있는 'world', 'girl'의 발음은 거울 속으로 혀가 구르는 모습을 확인하곤 했다. 가끔은 내가 아줌마 학생인 게 마음에 들었다. 발음만 고칠 수 있다면 창피한 줄 몰랐으니까. 프리젠테이션 과정에서는 한 주제에 대해 리서치를 하고 실제로 발표를 한 후 강사 선생님은 비디오 촬영을 한 후 피드백을 주었다.

나는 미국인 친구들과 야구 경기도 함께 가고 경기 규칙도 모르는 USC 미식축구 경기에 가서 전광판을 본 후에나 득점했음을 알아채고 환호의 괴성을 지르기도 했다. 친구들과 함께 설날 퍼레이드 행사를 보기 위해 차이나타운에 가기도 하고 할리우드에 있는 미국식 클럽에도 가봤다. 미국 친구들은 내가 지나치게 교양 있는 말을 사용하는 게 재미없다면서 속어를 가르쳐 주기도 했다. 나는 더 생생한 영어 표현을 배우기 위해 미국 원어민 친구들과 어울려 다녔고 때론 딸도 함께 동행했다.

내 전공에서 가장 똑똑하다고 모두가 인정하는 뉴욕 출신 할리Holly가 나에게 말했다.

"난 우리 중에 네가 가장 스마트하다고 생각해. 영어로 이만큼 하니 너네 말로 하면 얼마나 더 잘하겠어?"

스피킹을 잘하기 위해서는 무조건 그 나라 언어권 안으로 깊숙이 들어가야 했다. 영어를 배울 수 있다면 어느 모임과 기회도 마다하지 않았고 유일한 한국어 사용은 집에서 딸과의 대화와 교회 모임이었다. 내 동기부여 전략은 액티브한 참여였다. 내 수준보다 높은 단계에서 허덕일 때 조금 낮은 수준의 클래스 합류는 확실히 내 자신감을 고양시켜 주었다. 그 자신감은 박사 과정 클래스로 공간 이동되었다.

드디어 내 개인 프로젝트 발표 시간이 되었다.

"나는 3개 국어를 하는데, 한국어는 너네 영어만큼 잘하고, 일본어 조금 해. 영어는 옵션이야. 영어를 제일 못해."

동료들이 "Wow" 하는 시선으로 나를 바라봤다.

"내가 오랜 추수감사절 휴일 이후 발표라서 영어가 잘 안 나오거든. 내가 발음 틀리면 너네가 좀 나서서 고쳐줘."

모두 까르르 웃었다. 나는 나의 부족한 걸 숨기지 않았고, 모국어가 한국어인 외국인으로서 중요한 것은 발음보다 정확한 메시지 전달이라는 걸 깨달았다. 나는 더이상 움츠러들지 않았고 서슴없는 셀프 디스로 폭소가 유발되었다.

다양성Diversity 수업 시간, 세 명이 한 팀이 되어서 미국 교육 현장의 문제점을 지적하는 발표를 했다. 백인, 히스패닉, 아시안 '나'로 구성된 다양성 조를 짠 우리 팀은 미국 공교육 현장의 ESLEnglish as a Second Language 수업의 문제점에 대해 조사, 발표했다.

내가 첫 주자로 나섰는데 나는 우리나라 동요 '학교종이 땡땡땡'을 틀어준 다음, 얼마큼 알아들었는지 물어보았다. 동료들은 어리둥절해하면서 호기심으로 교실 안이 시끌벅적해졌다. 내가 바로 단어 퀴즈를 보겠다고 했더니 이번에는 다들 '까르르' 웃었다. 나는 우리말인 엄마, 학교, 교실 등 녹음된 열 개의 단어를 여러 차례 반복해서 들려준 후, 시험지를 나눠주었다. 시험지 왼쪽에는 단어가 가진 소리인 Omma 오른쪽에는 영어 단어 Mom처럼 열 개의 단어들을 알아맞히는 줄긋기 문제가 출제되었다.

"자, 지금 보는 퀴즈는 성적에 반영될 거예요. 모두 준비하세요."

동료들은 조금은 당황한 표정을 지었고, 할 수 없이(?) 제한 시간 안에 퀴즈 시험을 치러야 했다. 점수를 매기는 시간, 대부분의 동료들은 30, 40점을 맞고서는 서로 마주 보며 '히히 하하' 웃었다.

"왜 웃지? 너희들은 모두 F를 맞은 거야. 외국에서 미국으로 이민 온 학생들이 얼마나 영어 배우기 힘들지 너희들 생각이나 해봤어?"

내 말에 다들 갑자기 숙연해지면서 조용해졌다. 내가 내 자리로 돌아가려는데 흑인이신 홀린스Hollins 교수님의 목소리가 들려왔다.

"Inspirational!"

동료들은 나에게 대단한 프리젠테이션이었다고 다가와 말을 걸었다. 이후 나는 매 발표 시간마다 나 자신에게 주문을 걸었다. '난 뒤늦게 영어를 배운 외국인이고, 이 정도 발음이면 너희들이 알아듣도록 노력해'라는 배짱으로 자신감을 회복했다.

나는 최선을 다했다는 말을 자주 사용하지 않는다. '최선'이란 가장 높은 단계의 온 정성을 말하기 때문이다. 내가 생각하는 '최선'이란 자신의 영혼까지 감동할 정도의 모든 힘을 다함을 뜻한다. 나는 박사 과정에서 살아남기 위해, 더 잘하기 위해, 더 멋진 한국인의 모습을 보이기 위해 정말 '최선'을 다했다.

오로지
박사 논문을 향해서

이제는 도저히 목과 어깨의 통증을 견디기 힘들어 집 근처 스포츠 마사지샵과 침 맞을 수 있는 클리닉을 수소문하게 되었다.

"도대체 무슨 일을 하세요? 어깨와 목에 손압이 들어가질 않아요."

한국계 중국인 마사지 치료사가 말했다.

"극도의 스트레스인 것 같아요. 평소 통증 못 느끼셨어요?"

클리닉 원장님은 뭉친 근육을 풀어야지 혈액순환도 좋아질 거라고 하시면서 진료 중 내 배를 꾸욱 누르시면서 말씀하셨다. 그리곤 혼잣말로 중얼거리셨다.

"소화도 안 될 텐데…."

USC의 Educational Leadership 교육학 박사EdD 과정은 봄, 여름,

가을, 1년 3학기제trimester로 구성되어 있다. 2년 동안의 전공기초와 심화 과정의 코스웍이 끝나면 3년 차부터 논문 학기다. 석사 과정 쿼터제 1년을 끝내고 한 학기도 쉬지 않고 박사 과정을 계속 달려오다 보니 나는 조금씩 지쳐갔다.

어느 더운 여름날, 동기부여Motivation 담당 교수님께서 모두 책을 덮고 밖으로 나가자고 말씀하셨다. 우리들은 영문을 모른 채 두리번거리며 잠시라도 바깥바람을 쐬는 게 흥분되어 힘차게 교실 문을 박차고 나갔다. 앞장서신 교수님께서 뚜벅뚜벅 걸어가시더니 우뚝 멈추시면서 우리를 뒤돌아보시며 말씀하셨다.

"이 곳이 바로 여러분이 박사 학위를 수여받을 장소입니다. 그 순간을 상상해 보세요."

박사 가운과 박사모를 착용한 내가 호명되어 단상으로 올라가는 뿌듯한 상상을 해 보았다. 때마침 불어오는 L.A.의 선선한 바람이 그 동안의 고단함을 씻어내 주는 듯 내 얼굴에 머물러 있었다.

"미국 내에서 수조 원의 돈을 들여 리더십 훈련을 하는데 왜 리더는 없을까?"

박사 과정 초기 읽은 저널의 질문은 내 머릿속에 계속 남아 논문 주제 선정의 강력한 모티브가 되었다. 나는 박사 코스웍 과정 내내 이와 연관된 내용의 저널이나 신문 기사를 내 서재 책상 아래 라면 박스 안에 비상식량감으로 비축해 놓았고, 전자 저널과 논문은 별도 파일을 만들어서 역시 김장 김치처럼 차곡차곡 정리해서 저장해 놓았다. 가장 걱정이 되는 부분은 통계였는데 다행히 통계 수업은 따라갈 만했고, 모르는 부분은 워크샵을 쫓아다니며 배우고 집에 와서 연습해 보곤 했다.

"너 뭘 그런 책까지 사서 봐."

박사 과정 동료생들은 내가 두꺼운 통계책을 사서 자율 학습하는 모습을 보더니 다들 한 마디씩 했다. 하지만 내 공부 철학은 '느려도 제대로 알고 간다'이다. '느린 것 같아도 그게 지름길'이기 때문이다. 다른 학생들은 자신들의 논문을 지도해 주실 통계 전공 교수님을 선정하지 못했는데 오히려 미셸 리콘첸테Michelle Riconscente 교수님께서 내 논문을 지도 해 주시겠다고 자청하셨다.

당시 보잉 항공사에 다니던 이탈리아계 미국인 에릭Eric과 나는 기업에서의 리더십 연구에 관심을 가지고 USC 부총장을 역임하신 경영대학교 마이클 다이아몬드Michael Diamond 박사님을 지도 교수님으로 초빙했다. 학생들 사이에서 새로 조교수로 부임하신 리콘첸테 교수님이 USC에서 막강하신 다이아몬드 교수님께 잘 보이기 위해서 내 지도 교수를 자청하셨다는 소문이 돌았다. 이유야 어쨌든 난 든든한 빽을 얻은 듯 흡족했다.

다이아몬드 교수님은 친절하셨지만 'Top 100 Most Influential

People in Accounting'에 선정되신 회계학 전문가로 상당히 꼼꼼하고 세밀한 분이셨다. 동료인 에릭과 나에게 논문 프로포절을 적어오게 하셨는데, 내가 쓴 것을 보시더니 한숨을 쉬시는 것 같았다. 교수님께서는 내 종이에 검은 글자가 보이지 않을 정도로 빨간 줄을 치셨다. 나는 순간 너무나도 겸연쩍어서 얼굴을 들 수가 없었고 내 파일을 서둘러 가방에 욱여넣고 교수님 연구실을 나섰다. 이후 나는 치밀하게 교정하고 새로 보완한 후 박사 지원센터의 에디터에게 수정을 요청하고, 피드백을 받은 후에도 고치기를 여러 번 했다. 다음 미팅에서 내 논문 프로포절은 통과되었다.

이왕이면 우리나라 리더십 관련 학술연구에 도움이 되고 싶었다. 지도 교수님께서도 좋은 생각이라고 칭찬해 주셨다. 챕터 1을 완성한 후 지인이신 K대 교수님을 통해 EMBA 과정 수강생들에게 설문조사를 하고 싶다는 의향을 해당 학과에 내비쳤는데 결과는 담당자의 거절이었다.

"한국 학생이 한국을 위한 논문을 쓰고 싶다는데 왜 거절하지?"

"……."

다이아몬드 지도 교수님께서는 의아해하시며 두 번이나 같은 질문을 하셨다. 나는 유구무언일 수밖에 없었다. 내가 해당학교 학생도 아니라서 EMBA 수강생에게 설문 요청하기가 쉽지 않았고, 솔직히 학교 측에 큰 도움이 되지 않을 연구 결과가 나올 수도 있었다.

대신 다이아몬드 지도 교수님께서 USC EMBA 과정 담당자에게 연락을 취해 주셨고 나는 챕터 1 Introduction을 새로 작성할 수밖에 없었다. USC EMBA 담당자는 수강생들에게 내 설문지 링크를 이메일로 전송해주었고 설문지 참여율이 떨어지자 독려하는 이메일을 한 번 더 보내주었다. 마이클 다이아몬드 내 지도 교수님이 하신 말씀이 여전히 내 가슴에 울림으로 남아있다.

"대학이란 고등기관은 학술 연구를 지원할 책무가 있다."

USC EMBA 과정생과 졸업생으로 구성된 충분한 샘플링 덕택에 연구 가능한 좋은 데이터 결과를 얻을 수 있었다. 바로 챕터 3 통계 작업을 진행할 수 있었는데 슬슬 온몸이 아파왔다.

남들은 아트센터디자인 대학교를 4~5년 이상 걸려 졸업하는데 딸은 3년 반 만에 졸업하겠다며 막학기를 남겨 놓았다. 딸은 한국에 귀국하고 며느리만 남아서 미국에서 논문 쓰는 시추에이션을 상상하니 머리가 깨질 것처럼 아팠다. 다급한 마음에 빨리 논문 끝내고 귀국해야 한다는 나의 징징거림을 지도 교수님은 이해해 주셨고 감사하게도 외국 출장 중 비행기 안에서도 내 논문을 리뷰하시고 피드백을 주셨다.

보다 큰 사이즈의 아파트로 이사한 다음, 내 방에서 논문을 쓰면 잠이 들까 봐 현관 입구의 간이 책상에서 논문을 써 내려갔다. 여느 날처럼 새벽 3시까지 논문 쓰기 작업을 하던 중 내 의사와 상관없이 쓰러져 잠시 잠이 들었는데 다음 날 아침, 가슴 통증을 동반한 심한 어깨 결림으로 혼자 힘으로 몸을 일으킬 수가 없었다. 갑자기 겁이 덜컥 났다.

"엄마, 왜 그래? 어디 아파?"

너무나도 놀라서 내 방으로 달려온 딸은 놀란 토끼 눈을 했다. 미국에서 가장 힘든 일은 병원 가는 일이다. 우리나라보다 의료보험 체계가 미흡한 미국에서 유학생들이 하는 말이 있다.

"비행기 탈 힘만 있으면 무조건 한국에 가라."

다행히 학생 의료보험이 있어서 USC 메디칼 크리닉에서 치료받을 수 있었다. 흉통을 동반한 어깨 통증으로 받은 여러 검사 결과 오십견의 판정을 받았다. 이 정도 통증이면 한국이면 주사도 놔줄 터인데, USC 클리닉에서는 매주 두 번씩 운동 치료를 시키고 집에서 공부할 때의 자세 모습을 사진으로 찍어서 가져오라는 숙제를 주었다. 오십견 치료 과정은 '안단테 안단테'이고 논문 쓰는 일도 더뎌지고 힘도 빠지게 되면서 난 좌절의 구름 속에 파묻혀 버렸다. 프레스토Presto(빠르고 성급하게)로 진행된 내 논문의 속도와 분위기는 렌토Lento(느리고 무겁게)로 바뀌었다. 점점 조바심이 생겨났다.

매주 토요일 오전 7시 로리 킴 교수님과 함께 하는 '바이블 스터디' 모임에서 건강 이상과 심적 부담을 하소연했더니 교수님께서 말씀하셨다.

"하나님께 기도해. 하나님 뜻대로 제가 이곳에 와있는데, 제가 앞으로 논문을 끝내고 한국에 돌아갈지 앞으로 어떤 일을 하게 될지 하나님 뜻대로 하세요."

난 꼬리 빳빳이 올리며 앙탈 부리는 고양이 마냥, 처음으로 생떼 써가며 내 인생 맘대로 하시라는 푸념 섞인 기도를 드렸다. 하나님 뜻대로 하시라는 내 기도는 약효가 있었다. 점차 회복되면서 챕터 4와 챕터 5를 술술 써 내려갔고 박사 논문을 두 달 반 만에 다 써버렸다. 한마디로 광기 어린 몰입이었다.

☾

미국 동료들은 박사 디펜스 날 아침에는 너무 긴장해서 오줌이 진한 노란색으로 변한다는 말을 했다. 오랜 기간을 준비하고 상상하고 연습해서 그런지 그리 떨리지 않았다. 디펜스 날 아침, 무슨 옷을 입는 것이 프로페셔널해 보일까 여유로운 마음으로 검은색 정장을 집어 들고 흰 와이셔츠에 밝은색 스카프로 포인트를 주었다. 오전 8시 반에 도착해서 PPT가 잘 작동하는지 점검하고 어제 타겟Target 슈퍼에서 사다 놓은 냅킨을 깔고 일회용 컵에 커피와 녹차, 생수, PPT 자료를 교수님 좌석 테이블에 가지런히 올려놓았다.

"와, 무슨 호텔 세미나 온 기분이 드네."

정각 9시가 되자, 약속이라도 하신 듯 나란히 입장하시면서 한 마디씩 하셨다. 한 분씩 들어오시는 교수님들의 표정이 밝아서 안심이 되었다. 일단 좋은 날씨에 향긋한 커피 냄새가 풍기는 상쾌한 아침 분위기가 연출되었다. 나는 PPT 슬라이드를 넘기면서 약 20~30분간 논문에 관해 브리핑했다.

"Thank you for listening and any questions?"

예상되는 질문에는 준비된 답변을 했고, 예상치 못한 질문에는 성심껏 논리적인 답변을 했다. 세 분 교수님들은 잠시 나가 있으라고 하시면서 회의를 하셨고, 나는 약간은 초조한 기분으로 복도에서 어정쩡하게 기다리고 있었다. 잠깐 멍한 사이, 다시 들어오라고 하시면서 한 부분만 약간의 수정을 하면 좋겠다고 하시면서 디펜스 서류에 사인하셨다. 나는 운이 좋게 단 한 번에 디펜스를 통과했다.

내가 벌써 논문 디펜스에 성공했다는 소문이 파다해지면서 동료들에게 연락이 오기 시작했다. 하버드 대학교와 스탠포드 대학교 출신 동료들도 내 논문을 보고 싶다는 이메일을 보내왔다. 나는 내가 쓴 논문과 논문 디펜스를 위한 팁을 보내주고 "Good luck"이라고 용기를 주었다. 딸이 조기 졸업을 하고 서울로 떠난 후 혼자 지내기를 약 한 달 반, 온갖 종류의 라면과 카레, 즉석밥을 섭렵하며 몸에서 방부제 냄새가 날 즈음 나의 논문 쓰기 여정은 드디어 끝이 났다.

파울로 코엘료의 「연금술사」의 산티아고가 꿈을 좇는 여정 속에서 많은 깨달음을 얻은 것처럼, 나 역시 진정한 자아 탐색의 소중한 경험을 했다. 땅 위에 존재하는 그 누구라도 그가 무엇을 하든 늘 우주 속에서 저마다 중요한 역할을 하고 있음을 깨달은 양치기 산티아고는 긴 여정의 끝에서 '자아의 신화'를 찾았다. 중년의 나이에 미국 유학이라는 좋은 기회를 가능케 한 환경에 감사하며 되갚는 마음을 가지고 살기로 다짐했다. 나만의 중요한 '역할'에 대해 고민했다.

"당신은 살아가면서 자신의 우주를 창조한다"라고 윈스턴 처칠이 말했지만 나는 그리 대단한 사람이 아니다. 난 미국 유학을 통해 스스로 구형을 유지할 만큼의 중력을 가진 소행성을 발견했을 뿐이다. 앞으로 주변의 말에 흔들림 없이 내 인생의 고유한 궤도를 만들어나갈 생각이다. 나는 내 '보물'을 찾았다.

나는 이곳 미국에서 나의 인생행로에 도움을 준 숱하게 많은 연금술사를 만났고 나 역시 누군가에게 연금술사가 되어야 한다는 소망이 생겨났다. 2010년 1월, 석사 1년에 박사 과정 2년 반을 거쳐 유학비자를 가지고 떠난 지 3년 반 만에 박사 학위를 취득하고 귀국했다.

사회가 현대화되고 개인주의가 발달하면서 '서로 간섭하며 스트레스받을 바에야 혼자 즐기는 게 낫지'라는 마인드를 가진 사람들, 즉 혼족이 유행이라고 한다. 혼자 한 달 반을 살다 보니 돌아갈 집이 그리운 것은 사랑하는 가족이 있기 때문이었다. 혼자서 이삿짐 정리를 마치고 L.A 공항 근처 홀리데이인 호텔에서 1박을 했다. 내일이면 한국으로 돌아간다는 기대감과 설렘이 너무나 커서 잠이 오지 않았다. 나는 이곳 캘리포니아에서 마치 경주마처럼 전력 질주로 달려왔다. 후회도 없고 여한도 없는 내 인생의 소중하고 절실했던 자랑스러운 시간이었다.

누군가가 대기업 면접을 갔더니 자신의 인생에서 잘한 일 세 가지를 말해보라는 질문을 받았다고 한다. '나라면 뭐라고 대답할까?' 잠시 생각 중, 뜻밖에 바로 즉답이 나왔다. 딸을 출산한 것, 유학간 것, 하나님을 영접한 것, 인생에서 가장 힘든 시절에 한 일이 인생에서 가장 잘한 세 가지였다.

인생이란 이처럼 동전의 양면과도 같다. 이 세 가지는 나의 주요 연금술사들이다. 앞으로 펼쳐질 내 인생의 행복은 이 세 가지가 주요한 역할을 할 것이다. 나는 좋은 엄마가 되고 싶고, 하나님이 주신 소명을 다하고 싶고, 좋은 교육자로 기억되고 싶다.

내 인생의 새로운 2막이 시작되었다.

3.2

20대 딸의 LA 유학일기

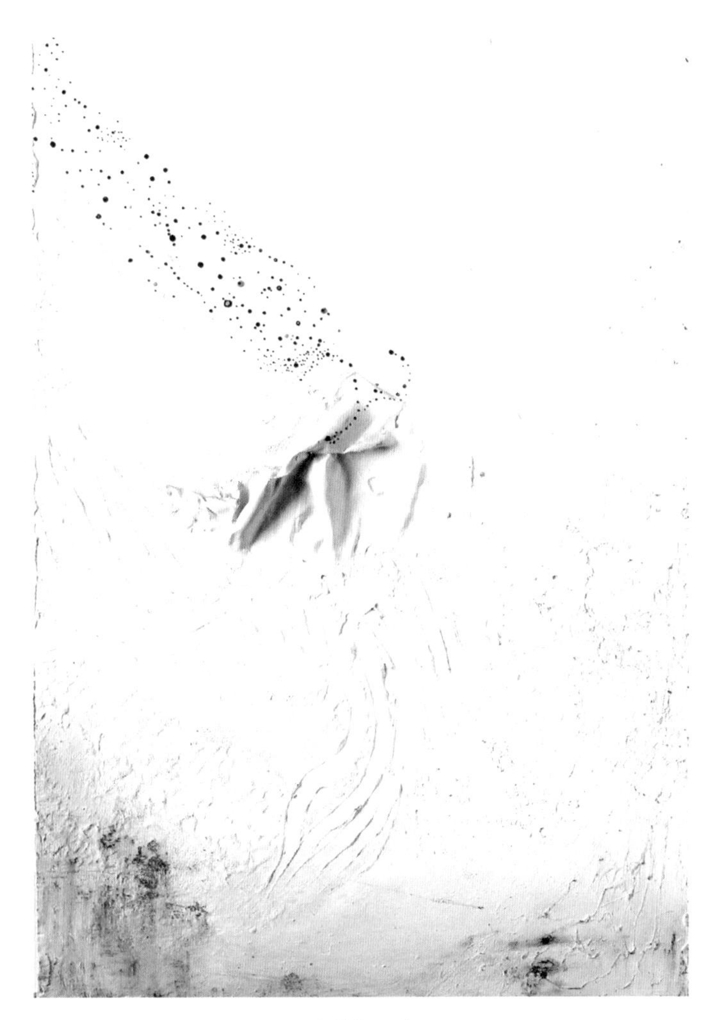

무제 (2006)
나무 판넬에 페인트
50cm x 72cm

라라랜드
(La La Land)

"나, 엄마랑 같이 엘에이로 유학 왔어."

내가 이 말을 하자 학교 친구들과 지인들은 미묘한 표정으로 잠시 머뭇거렸다. 그리고 나를 위로하듯 걱정스러운 목소리로 말했다.

"야, 너 괜찮겠어?"

"와, 그럼 대학 때 많이 못 놀겠네?"

지인들은 46세의 나이에 미국 유학에 도전한 엄마에게 감탄하기보다 나에게 안쓰러움을 표하곤 했다. 부모가 초·중·고등학생 자녀를 데리고 미국으로 가는 경우는 흔한 일이지만, 엄마가 대학에 입학한 딸과 함께 해외 유학을 가는 경우는 매우 드물기 때문이다. 지금까지도 나는 그런 사례를 듣거나 접한 적이 없다. 나는 엄마와 사이가 매우 좋은 편이지만, 대부분의 지인들은 우리 같은 모녀 관계가 이례적인지 의아해하곤 한다.

요즘 말로 '힙하고 쿨'한 엄마는 L.A. 생활을 하면서 나보다 더 활동적으로 미국인들과 친해지셨고, 다양한 음식을 즐겨드시며 새로운 환경에 잘 적응하셨다. 오히려 한국적인 입맛을 가진 나는 입학하기 전 캠퍼스 투어 때 먹었던 카페테리아 퀘사디아의 감동은 잠시일 뿐, 점심을 집에서 먹겠다고 엄마에게 종종 전화했다.

"엄마, 저 지금 오전 수업 끝났는데 혹시 오늘 메뉴는 뭔가요? 집에 된장찌개 있어요?"

갑작스러운 내 부탁에도 불구하고 엄마는 거절하지 않으시고 내가 원하는 음식을 만들어주는 요술램프 속의 '지니'였다. 주변 지인들의 우려와 달리 엄마야말로 나와 같이 살면서 보호자로서 유학생으로서 힘든 부분들도 많았을 거라 생각한다. 나의 가디언이자 베스트 프렌드인 엄마와 4년간의 동고동락이 패서디나의 한 아파트의 좁은 공간에서 시작되었다.

로스앤젤레스는 스페인어로 '천사들'이란 뜻을 가지고 있는 도시명처럼 빛이 나는 곳이다. 맑고 푸른 하늘의 따스한 날씨, 휴양지와 같은 분위기, 서핑하는 사람들, 햇살에 반짝이는 바다 물결, 시내 곳곳을 장식하는 수십 미터 높이의 야자수, 그리고 미국 영화 산업의 중심지 할리우드…. 다른 도시인들에 비해 앤젤리노Angeleno(로스앤젤레스에 사는 사람)들은 여유롭다. 그들은 만면에 웃음을 띠고 모르는 사람과 눈이 마주치면 “Hello!”, “Nice weather today”, “I love your outfit!” 친근하게 인사를 건넨다. 난 따뜻한 날씨 못지않게 그들의 정겨움이 좋았다.

내가 동경하던 아트센터디자인 대학교는 특이한 학교였다. 미국은 동부와 서부의 미술 학교들마다 분위기와 교습 스타일이 다르지만 아트센터는 디자인 중심의 실무적이고 상업화된 학교다. 캘리포니아의 디즈니, 픽사, 파라마운트와 같은 대형 엔터테인먼트 회사의 영향으로 아트센터디자인 대학교는 자동차 디자인, 산업 디자인, 그래픽 디자인, 일러스트레이션, 영화 및 광고로 잘 알려져 있다.

3학기trimester 제도로서 매년 가을 학기 입학이 아닌 개인의 선택에 따라 봄, 여름, 가을학기에 입학하게 된다. 그러다 보니 신입생들의 나이도 달랐고 실습 위주의 수업을 가르치다 보니 편입생도 많았다. 대학생활의 ‘낭만’과는 거리가 먼 ‘실전’을 위한 훈련 기관 같았다. 다들 ‘빨리’, ‘잘’하고 싶은 사람들이 모인 집합소처럼 보였다. 다른 미국 대학교와 비교해서 기숙사가 없고 동아리 활동, 학생회, 축제, MT와 같은 캠퍼스 라이프가 없는 것이 아쉬웠다. 내가 꿈꿔온 미국의 대학이란 인문학과 친목이 곁들여진 낭만과 진리를 탐구하는 ‘상아탑’이었기 때문이다.

패서디나의 시내 올드타운에서 주택가 언덕길 도로를 10분 남짓 올라가면 학교 힐사이드 본교 캠퍼스Hillside campus가 위치하고 있다. 이 도로의 양쪽엔 빽빽이 높은 나무들이 무성해서 창문을 열고 운전을 하면 시원한 바람과 풀 향기가 적절히 조화를 이뤘다. 하지만 실수로 스컹크 오물이나 사체를 밟으면 자동차 바퀴에서 나는 지독한 악취가 몇 주 동안 지속되니 조심해야 했다.

학교 당국은 학생들에게 밤에 쿠거* 가 나타날 수 있으므로 야간 운전할 때 주의할 것을 권고했다. 안개가 자욱한 이른 아침 등굣길에는 노루 가족들이 차도 위를 거닐곤 했다. 이렇게 자연과 밀접한 경험은 처음이라 여기가 말 그대로 '천국'이구나 생각했다.

피크닉을 가야 될 것 같은 연속적인 화창한 날씨 때문에 공부에 집중하기 힘든 도시가 L.A.다. 하지만 다행히도(?) 아트센터디자인 대학교는 산 쪽에 위치해서 환경적으로 공부에 열중하기 좋았다. 우리 학교는 개성 있고 튀는 학생보다 단정한 스타일의 부류가 더 많았다. 미국 드라마나 영화를 보면 L.A.에 체격이 좋고 태닝한 사람들이 많다고 상상할 수 있겠지만 내가 다녔던 학교는 전혀 그런 분위기가 아니었다.

* 쿠거cougar는 멸종위기에 놓인 대형 고양이과 동물 중 하나로 북미지역 사람들이 퓨마를 가리키는 이름으로 이외에도 마운틴 라이언, 펜서라고도 불린다.

"너네 학교 애들 미대생이 아니라 법대생들 같아."

엄마가 학기 중 우리 학교를 방문하고 하신 말씀이다. 미대생에 대한 선입견에서 완전히 벗어난 로스쿨 학생의 깔끔하고 단정한 분위기에 신입생인 나는 점점 불만이 싹텄다. 하물며 순수미술과는 다른 학과에 비해 학생 수가 적었고 동급생도 없었다.

2006년 9월의 L.A. 날씨는 맑고 푸른 하늘과 따스한 햇살로 가득했지만, 청개구리처럼 학교생활은 내 예상과 많이 달라서 내 마음속에는 뉴욕에 대한 환상이 자라기 시작했다.

무제 (2006)
캔버스에 한지, 나무, 글래스, 초, 페인트
80cm x 80cm

Critique
감상과 평가

"그림을 아주 잘 그리시겠네요?"

열 명 중 아홉 명은 내가 순수미술 전공이라고 하면 당연한 듯 되묻는다. 흥미롭게도 순수미술 수업은 그림을 '잘' 그리는 방법을 가르치지 않는다. 그럼 왜 순수미술과에서는 기술craftmanship 위주의 수업이 현저히 적을까? 학생 때 느꼈던 이에 대한 의문점과 비평에 대한 압박감은 내가 석사 졸업 후 작가 활동을 시작하게 된 이후에 그 의미를 절실히 깨닫게 되었다.

처음 학교에 입학했을 때 주로 회화와 실기 위주의 수업들을 수강할 줄 알았다. 하지만 순수미술과의 커리큘럼은 내가 예상했던 것과는 사뭇 달랐다. 소수의 기초 회화 수업과 선택과목 수업(퍼포먼스, 사진, 광고, 디자인, 프린트 메이킹, 등)을 제외하고 4년 동안 미술 이론과 비평critique 수업이 많은 비중을 차지했다.

각 수업은 3~5시간 진행되었고, 비평 수업 시간에는 학생들이 자신의 작품에 대해 설명하고 교수님과 급우들과 토론하는 시간을 가졌다. 커리큘럼에 따라 다르지만 보통 학생들은 중간 과제, 기말 과제 때 작품 평가를 받는다. 첫 학기에 수강했던 톰 라두크Tom Laduke 교수님의 '다시 생각해 보는 예술Rethinking Art' 과목은 '순수 미술이란 무엇인가'에 대한 나의 고찰을 확장시키는 계기가 되었다.

캔버스에 나무, 한지, 유리, 숯, 물감 등 다양한 재료를 사용해서 그림을 그린 나에게 비평 수업은 쉬운 과목이 아니었다. 수업이 시작되기 전에 학생들은 작품을 벽에 걸거나 바닥에 설치한다. 작품에 대한 해석은 작품의 제목, 작품이 벽에 걸린 높이(보통 눈높이), 캔버스 측면의 칠 여부(일반적으로 캔버스의 측면은 칠하지 않음) 등 여러 요인에 따라 논쟁의 여지가 될 수 있다.

추상적인 작품의 경우 개념적으로 이해하기 어렵고 보는 사람이 작가의 의도를 받아들이지 못할 수 있다. 추상화를 그릴 땐 즉흥성과 우연성이 함께 존재하기 때문에 작가의 무의식적인 판단에 의해 색이 칠해지고 선과 다른 선들이 연결되어 회화가 완성된다. 그래서 누군가 나에게 특정한 색이나 재료를 사용한 이유를 물으면 나는 말문이 막히곤 했다. 자연이나 사물을 보이는 대로 묘사하는 구상미술 figurative art이 아닌 그림을 어떻게 설명해야 할지 막연했던 나는 교수님께 이렇게 말씀드렸다.

"제 마음이 따르는 대로, 붓 길이 가는 대로 그렸어요."

"리사, 네가 네 작품에 대해 설명할 수 없다면, 그것은 변기에 물 내리는 거와 같아."

교수님은 단호한 목소리로 말씀하셨지만, 자신의 표현이 과하다고 생각하셨는지 잠시 머뭇거리셨다. 순간 당황한 나는 어떻게 반론을 해야 할지 동의해야 할지 혼란스러웠고, 그 의미를 곰곰이 생각해 보았다. 반추해 보니 작품을 배설물에 비유하기 보다는 '네가 하는 모든 행동에는 이유가 있어야 하고, 그렇지 않다면 그것은 단순히 배설하는 행위와 같다'는 의미였다.

추가적으로 교수님은 작품 제목 짓기에 관해 설명하시면서 현대미술엔 '무제Untitled' 작품명이 많은데 이 부분에 대해 좋지 않은 시선으로 보신다고 말씀하셨다. 왜냐하면 제목이 없는 '무제'도 제목이기 때문이다. 사람에게 '이름이 없다는 이름'을 지어주는 행위와 같은 맥락의 말이었다. 어떤 작가들은 작품에 네이밍을 하는 순간 작품의 속성을 나타내거나 관람자를 틀에 갇히게 하는 행위라고 생각하기도 한다. 그래서 '무제' 또한 하나의 표현 방식으로 선입견 없이 열린 해석으로 받아들여지고 싶은 작가의 마음이기도 하다.

교수님은 중간평가 크리티크 이후 몇 주 후 있을 기말 평가에서는 '다시 생각해 보는 예술Rethinking Art'이라는 수업명을 재해석할 수 있는 작품을 선보이라고 하셨다. 작품은 개념적으로 많은 함축적인 의미를 담고 있어야 하기 때문에 비평의 역할과 비평이 존재하는 이유에 대해 생각하면서 다음 작품을 준비하기 시작했다.

기말 평가 날, 나는 벽에 내 작품을 걸어놓은 뒤 교수님께 내 크리티크 순서를 맨 마지막으로 하고 싶다고 말씀드렸다. 유리 파편과 나뭇조각이 붙여진 캔버스에 한지를 감싸 천이 감겨 있는 듯한 느낌을 주는 입체적인 페인팅이었다.

내 차례가 되었을 때 학생들은 자신의 의자가 벽에 걸린 작품을 바라보도록 반원형으로 자리 잡았고, 나에 대한 크리티크는 시작되었다. 작품에 사용된 재료에 대한 질문과 여러 가지의 표면적인 대화가 20분 동안 오고 갔다. 나는 시간을 체크하기 위해 시계를 흘깃 바라보면서, 끝나기 10분 남짓을 남겨두고 내 바지 호주머니에 준비해둔 라이터를 슬쩍 꺼내서 캔버스의 코너 부분을 감쌌던 한지에 불을 붙였다.

"쉬시 식…."

순식간에 한지에 붙은 불이 활활 커지면서 교수님과 학생들이 깜짝 놀란 상태로 당황하기 시작했다. 나는 얼른 의자 밑에 놓여있던 물병을 열어 불붙은 캔버스에 부었지만, '아뿔싸!' 물이 부족했는지 불씨가 남았다. 불은 점차 번져나갔고 당황한 친구들이 물을 나르기 위해 헐레벌떡 교실에서 10M 떨어진 화장실로 달려갔다. 일부 학생들은 급한 나머지 손으로 물을 받아왔고, 빈 물병에 물을 채워 불붙은 캔버스에 붓기 시작했다. 그러고는 다들 한 마디씩 했다.

"휴… 화장실이 가까웠으니 다행이지!"

"나 정말 놀랬어! 갑자기 그림에 불이 붙고 다들 물을 가져와서 불을 끄는데, 너는 당황해 보이지 않았어!"

"와… 나도 진짜 당황했어. 크리티크 도중에 이런 경험 처음이야. 오래도록 잊지 못할 것 같아."

순식간에 교실 분위기는 아수라장이 되었지만 다행히 화재경보기는 울리지 않았고 아무런 큰일 없이 깜짝쇼가 끝났다. 불과 순식간에 일어난 일로 어수선한 여운이 교실 방안을 메우고 있었다. 반 친구들의 벙찐 표정과 황당한 기색이 역력했고, 교수님의 흐뭇한(?) 미소가 교차하고 있었다. 벽에는 불에 타서 재만 남은 한지와 그을린 자국의 나무와 캔버스가 축축이 젖은 상태로 걸려있었다. 모두 숨을 고르며 안정이 되었을 무렵 학생들은 각자의 의자에 앉았고, 교수님은 이

상황이 약간 즐거운 듯한 표정을 지으시며 크리티크가 재개되었다.

대화의 초반에는 작품의 의도, 재료 선정, 색상 등 진부한 질문이 오고 갔다면, 화재 사건 이후에는 '이벤트'에 대한 감정적인 이야기가 줄곧 이어졌다. 불과 10분 전만 해도 같은 작품이었지만 그림을 바라보는 학생들의 시선이 달라졌다는 걸 느꼈고, 교수님도 이 상황을 은근히 즐기시며 뭔가 신선한 느낌을 받으신 것 같았다.

어떠한 작품을 비평하는 데 있어서 그 작품의 진정성과 예술성을 논하는 것은 쉬운 일이 아니다. 작품 평가는 작가의 의도 또는 독자의 해석에 따라 다르게 받아들여지기 때문이다. 수업명인 '다시 생각해 보는 예술'처럼 보는 사람의 관점을 바꿀 수 있는 상황을 만들어 보고 싶은 마음과 심오하고 진지한 비평 시간에 대한 반항심이 생겨 단발성 이벤트를 기획했다고 교수님께 말씀드렸다.

"리사, 지난 한 학기 동안 수업하면서 지켜본 너는 차분하고 조용한 학생이어서 이런 대담한 행동을 할 거라곤 상상도 못했어."

평소 수업 시간 나서지 않던 긴 검은 생머리의 나이 어린 동양인 여학생의 돌발 행동을 반전으로 여기셨을 법도 하다. 한국에서 여느 학생처럼 무난하게 자라온 나에게 숨어있었던 반골反骨기질이 미국에 온 이후로 스멀스멀 나오기 시작했다.

비평 없는 예술은 없다. 예술가들의 작품은 항상 평가를 받아야 하기 때문에 본인의 소신과 비평(비판, 찬사) 사이에서 줄다리기를 해야 한다. 단순히 즐거움만으로 그림을 그렸던 고등학교 시절을 떠올리자면 대학 생활에서의 크리티크 시간은 부담감과 억압감의 연속이었다.

아일랜드 시인인 오스카 와일드는 이런 말을 했다.

"비평의 목적은 대상에서 실제로 없는 것을 보는 것"

눈앞에 보이는 작품의 이면에 숨겨진 의도와 의미를 찾아가는 그 과정에서 예술에 대한 나의 시야와 관점이 확장되었다.

수신제가 치국평천하 (2007)
퍼포먼스 (10min)

Performance
몸의 언어

잭키 애플Jacki Apple 교수님의 '라이브 아트:퍼포먼스Live Art:Performance' 수업은 인상적이었다. 특이한 안경과 붉은색 뱅머리 보브컷이 유난히 잘 어울렸던 슬림한 체형의 교수님은 필름과를 가르치셨지만, 이 수업은 다른 과의 학생들이 들을 수 있는 기초 선택 과목이었다. 첫 수업 날, 열 명의 학생들은 동그랗게 둘러싸인 의자에 앉아 각자 간단한 자기소개를 한 뒤 교수님의 요청에 따라 교실 밖으로 나갔다.

"지금 우리 모두 교실 밖에 있는 복도로 나가 내가 지정한 구간을 30분 동안 기어가는 연습을 해볼 거예요. 산을 기어오르는 것처럼 자신이 힘에 겨운 상태에 있다고 생각하고 연기하는 거예요."

교실 밖으로 나가보니 교수님은 약 10M 길이를 지정해 놓으셨다.

'평소처럼 걸었다면 1분도 채 걸리지 않았을 거리를 30분 동안 바닥에 기어 다니라니….'

복도의 폭은 약 2미터 정도로 좁았기 때문에 두 명씩 시작점에서 출발해 목적지까지 30분 동안 기어가야 했다. 내 앞에는 네 명, 그리고 뒤에는 다섯 명이 대기하고 있었다. 교수님은 도착 지점에 서서 시계를 체크하며 벽에 기대고 계셨고, 모두들 몸을 바닥에 엎드린 채 엉금엉금 기어가기 시작했다.

첫 주자가 아니라는 사실에 안도의 한숨을 쉬며 곧 다가오는 내 차례에 묘한 긴장감이 감돌았다. 다른 학과 학생들이 우리를 호기심 어린 표정으로 쳐다보았고, 우리를 밟지 않으려고 최대한 조심히 복도를 지나갔다. 드디어 내 차례가 되자 신발을 벗고 바닥을 향해 몸을 엎드렸다. 곧바로 무릎을 구부린 채 두 팔로 몸을 앞으로 끌기 시작했다. 어색한 자세와 민망함 때문에 온갖 생각이 머릿속을 가득 채웠다.

'아, 아는 사람이랑 마주치면 어쩌지? 아니, 이 복도를 30분 동안 기어가는 게 가능하나? 옆에 얘는 완전 열심히 기어가네….'

여러 가지 잡다한 생각을 하며 내 앞사람과 뒷사람 사이에 적당한 거리를 유지하며 천천히 엉금엉금 거북이처럼 기어갔다. 매일 지나가는 복도가 그날따라 유난히 길게 느껴졌다. 체감상 한 십 분쯤 지났을 때 몸에 열기가 생겼고 얼굴에 땀이 송골송골 맺히기 시작했다. 그리고 내 눈앞에 보이는 긴 회색 복도는 더 이상 복도로 보이지 않았다.

어느 순간 나는 미지의 광야에 던져진 것처럼 그 상황과 내 몸이 일체화된 듯한 묘한 느낌이 들었다. 교수님이 시키신 일에 대한 불만과 다른 사람들의 시선이 내 의식에서 사라지며 나도 모르는 사이에 '기어가는' 행위를 오롯이 수행하고 있었다. 명상을 하듯 '현재'에 충실했다고 생각하는 순간 시간에 대한 개념이 사라졌다.

"짝짝!"

얼마 지나지 않아 교수님이 두 손으로 손뼉을 치셨고, 이 행위는 마치게 되었다. 그날 수업에서 느꼈던 묘한 감정들이 교차하며 짙은 여운을 남겼다. 수업이 끝난 후 어두워진 저녁 하늘을 바라보며 집으로 향하는 발걸음이 한 템포 느려졌다.

첫 수업 때 느꼈던 긴장감과 희열감 사이에 양가감정兩價感情을 느꼈지만, 이 수업이 마냥 즐겁지만은 않았다. 매주 수업 시간에 짧은 퍼포먼스를 보여야 했기 때문에 심리적인 스트레스로 복통이 생겨 수업을 참석하지 못한 적도 있었다.

어릴 적부터 많은 청중이 있는 무대에서 연설하거나 연주하는 것을 극도로 꺼렸고, 긴장감에서 오는 메스꺼움, 불편함, 어색함, 압박감을 잘 견디지 못했다. 하지만 동전의 양면과 같이 '드러내기'를 싫어하는 성향과 함께 '드러내고' 싶어 하는 마음도 함께 공존했다. 그래서 나에게 퍼포먼스 수업은 두려운 마음을 극복하는 하나의 수단이 되었다.

2007년 여름학기 '라이브 아트:퍼포먼스' 수업을 수강한 열 명의 여학생 중 두 명의 동양인은 나와 일러스트레이션을 전공하는 중국인 여학생이었다. 최종 과제 준비를 위해 서로의 아이디어에 대해 발표하고 토론하는 날, 나는 고故 백남준의 〈머리를 위한 선 Zen for Head, 1961〉을 오마주 하기로 했고, 중국인 친구는 요코 오노의 〈조각내기*, 1964〉를 선보이기로 했다. 두 예술가 모두 국제적인 전위예술가 그룹인 플럭서스** 의 일원이자 미술사에 한 획을 그은 작가로서 실험적인 행위예술을 했다. 차분해 보였던 우리 둘이 가장 전위적인 퍼포먼스를 재해석한다고 하니 교수님이 나름 흥미롭게 생각하셨다.

〈머리를 위한 선〉은 백남준이 잉크가 담긴 물통에 머리와 넥타이를 적신 후 바닥에 펼쳐져 있는 긴 종이를 기어가면서 선을 그리는

* 조각내기Cut Piece: 요코 오노가 무대에 혼자 앉아 있는 상태에 관중이 앞에 놓인 가위를 사용하여 그녀의 옷을 잘라낼 수 있는 권한을 준 행위예술이다.

** 플럭서스Fluxus: 1960~70년대에 걸쳐 일어난 국제적인 전위예술 운동으로 '변화와 흐름'을 뜻한다. 대표적인 멤버로는 존 케이지, 백남준, 오노 요코, 요제프 보이스, 샬럿 무어먼 등이 있다.

퍼포먼스다. 얼굴과 머리를 종이에 문지르듯 강렬한 몸짓의 흔적과 신체의 미세한 떨림이 흰 종이에 고스란히 담겼다. "넥타이는 맬 뿐만 아니라 자를 수도 있으며, 피아노는 연주뿐만 아니라 두들겨 부술 수도 있다"는 그의 말처럼 백남준의 퍼포먼스는 사뭇 남성적이고, 파괴적이며, 반항적이다.

동양문화에서 서예와 동양화는 손끝에서 붓으로 전해지는 절제미와 여백을 강조하는 반면, 〈머리를 위한 선〉은 즉흥적이고 억압을 통해 자유를 표현하는 듯했다. 보수적인 가정환경에서 자라 평범하고 정도正度에 벗어나지 않는 삶을 살았던 나는 백남준의 작품을 통해 해방감과 자유로움을 느꼈다. 그래서 그를 존경하는 미술학도로서 그에게 경의를 표현하는 퍼포먼스를 하고 싶었다.

수업 마지막 날 최종 과제 퍼포먼스는 힐사이드 캠퍼스의 상징인 30M 길이의 검은색 다리의 복도에서 진행됐다. 긴 한지 종이를 펼치고 먹물을 준비한 후, 무릎을 꿇은 상태로 시작을 앞두고 있었다. 나는 긴 검은 머리카락을 고무줄로 묶은 채 오른손의 엄지와 검지로 긴 앞머리를 브러시처럼 잡아 먹물이 담긴 종지에 담갔다. 몸과 머리를 숙이고 머리카락으로 글을 쓰는 것이 불편했지만 한 획씩 차분히 써 내려가기 시작했다.

수신제가 치국평천하修身齊家治國平天下

유교 교리를 적은 대학大學의 8조목에 나오는 내용으로 직역하면 '먼저 몸과 마음을 닦아 수양하여 집안을 안정시킨 후에 나라를 다스리고 천하를 평정한다'는 뜻이다. 사실 이런 큰 뜻을 담아야겠다는 의미보다는 '나를 수양하여 나 자신을 먼저 다스려야 내 주변을, 그리고 사회에 좋은 영향을 끼칠 수 있다'라고 해석하여 이 글을 인용하게 되었다.

서예는 정제된 마음으로 번복하거나 덧대지 않고 글씨를 단숨에 써 내려가야 하는 정신이 깃들어져 있기 때문에 찰나적이며 일회적이다. 신체의 일부이자 여성성의 상징인 머리카락을 붓으로 종이에 표현하는 것은 일종의 정신 수양과 흡사한 느낌이었다.

'아홉 글자를 써 내려가는 게 이렇게 많은 집중이 필요하고 힘들 줄이야….'

그날따라 노출된 다리 구조물 사이로 들어오는 따스한 햇살과 다리 위를 걸으며 나를 신기하게 쳐다보는 학생들의 시선이 뜨겁게 느껴졌다. 땀과 함께 먹물이 이마와 볼을 타고 흘러내렸고, 약 10분이 지났을 즈음 마지막 글자 '하'를 마치게 되었다. 퍼포먼스를 마친 후 나는 곧장 근처 화장실로 달려가 앞머리를 씻었지만, 머리카락을 말린 후에도 먹향이 온종일 몸에 배어 그날 퍼포먼스의 여운이 오래 남았다.

누군가에겐 행위예술은 낯설고 난해하며 이질적일 수 있다. 시각예술가에게 붓, 물감, 캔버스가 주어진다면 행위예술가에게 자신의 신체는 매개체이며 도구이다. 기획된 연출과 짜인 대본을 따르는 무용, 연극과 유사하게 '몸'을 활용하는 예술이지만 행위예술은 의도성과 즉흥성이 함께 공존한다.

어느 특정 공간과 시간에서 벌어지는 일시적인 행위극.
다시는 돌아올 수 없고 똑같을 수 없는 '현재',
긴장감 속에서 '우연'을 마주하고,
응축된 에너지를 뿜어내는 예술의 '역동성',
행위예술은 '정신적 활동'의 영역이다.

이것이 내가 생각하는 퍼포먼스의 정의다. 그럼 과연 '나에게 퍼포먼스란 무엇인가?'를 되묻는다면 이런 단어들로 표현할 수 있겠다.

날것raw, 불편함vulnerability, 해방감unleash.

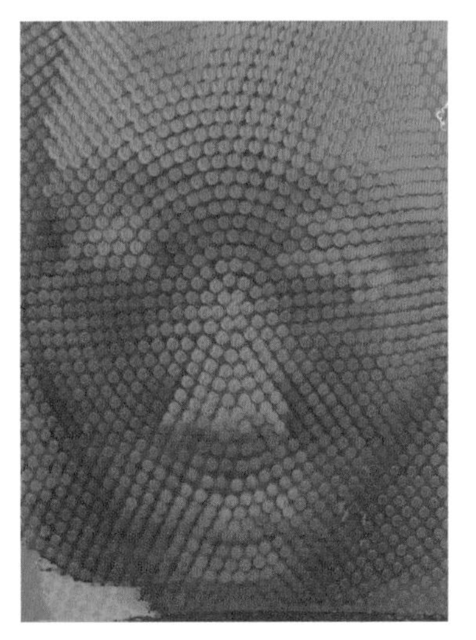

Lisa (2009)
나무 판넬에 실크스크린, 오일 페인트, 에폭시
24cm x 28cm

Rodolfo (2009)
나무 판넬에 실크스크린, 오일 페인트, 에폭시
94cm x 120cm

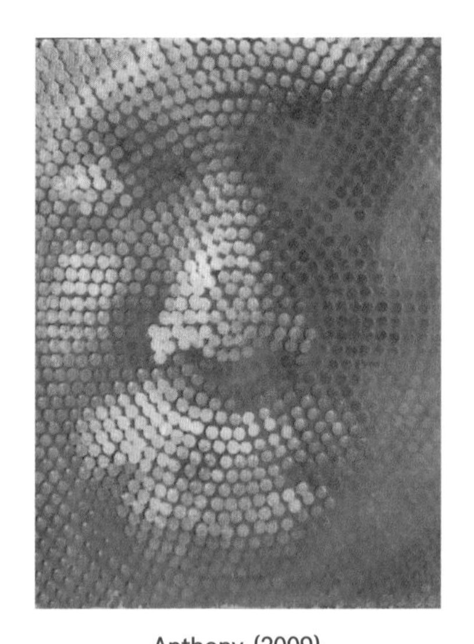

Anthony (2009)
나무 판넬에 실크스크린, 오일 페인트, 에폭시
28cm x 36cm

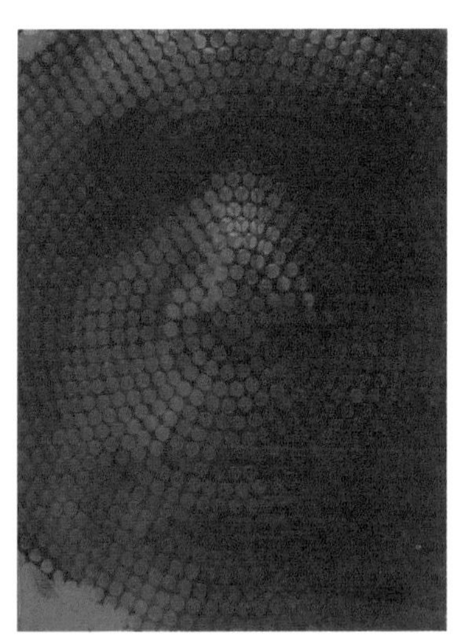

Harky (2009)
나무 판넬에 실크스크린, 오일 페인트, 에폭시
23cm x 31cm

Thesis
졸업작품이란 마침표

미국은 다민족 국가로 다양한 인종, 문화, 언어, 종교가 하나의 울타리 안에 존재하며, 조화와 갈등 사이에는 보이지 않는 긴장감이 공존한다. 특히 로스앤젤레스와 뉴욕과 같은 미국 대도시의 다문화적 모습은 흔히 멜팅팟* 에 비유된다. 요즘은 멜팅팟의 통합주의와 달리 샐러드 볼** 의 다문화주의가 새로운 형태의 미국 사회 패러다임으로 재정립되고 있다. 인종 차별은 학교와 직장에서 금기시되지만, 표면 위로 드러나지 않았을 뿐 이면에는 뿌리 깊은 인종주의가 자리하고 있다.

---

* 멜팅팟Melting Pot: 다문화 사회에서 각 집단의 문화를 한데 모아 용광로에 넣어 녹이듯 하나의 문화로 만든다는 이론이다.

** 샐러드 볼Salad Bowl: 샐러드처럼 다양한 사회구성원들이 상호공존하며 각각이 색깔과 향기를 지니고 조화로운 통합을 이룬다는 논리이다.

"오, 영어 잘하는데? 넌 외국에서 왔는데 어떻게 영어를 잘해?"

"와~피부 좋다. 동양인들은 진짜 나이를 가늠할 수가 없어!"

"네 나라로 꺼져! 퉤!"

(가끔 길거리에서 무차별 폭언을 하거나 간혹 중국어나 일본어로 비웃으며 말을 건다.)

"니 하오~ 어디서 왔어? 곤니치와."

이방인을 향한 편견과 차별적 발언은 해외에 거주하는 한국인이라면 한 번쯤 경험했을 것이다. 한국의 획일적인 문화와 정서와는 다른 미국의 다양성과 자유로운 분위기를 동경했지만, 이런 경험은 언제나 낯설었다. 한국에서 비슷한 사람들과 교류하며 공통된 언어와 문화 속에서 살았던 나는 문화적 차이로 다름에 대한 편견이 마음속 깊이 자리 잡기 시작했다.

대학교 졸업까지 두 학기 남은 2009년의 봄이었다. 졸업 작품 아이디어가 떠오르지 않아 고민하던 중 머리를 식힐 겸 아파트에서 도보로 10분 거리에 있는 타겟Target으로 향했다. 미국은 땅이 넓은 만큼 대형 마트들은 아프리카 초원과 같았다. 마트에 가면 항상 가는 곳이 있는데 그곳이 바로 완구 코너다. 어렸을 때부터 바비인형보다는 봉

제인형, 블록, 퍼즐을 가지고 노는 것을 좋아했던 나는 그날도 어김없이 진열대 장난감을 쓰윽 스캐닝하고 있었다.

그날 내 눈을 사로잡은 것은 핀 아트Pin Art 또는 핀 프린트Pin Prints라는 장난감이었다. 수백 개의 촘촘한 플라스틱 핀으로 구성된 핀 아트는 물체나 손 등 다양한 오브제를 3D 형태로 재현하는 재미있는 완구제품이다. 납작한 핀 위에 재현하고 싶은 물체나 신체 부위를 올려놓고 장난감을 뒤집으면, 오브제가 닿는 핀과 닿지 않는 핀 사이에 높낮이 차이가 생겨 입체적인 모형이 나타난다. 초등학교 때 가지고 놀았던 기억이 새록새록 나면서 재미난 생각이 들었다.

'이 장난감을 사용하면 사람의 얼굴은 어떤 모형으로 보일까? 수백 개의 핀에 찍힌 얼굴 형태를 보면 그 사람이 누구인지 알아보기 힘들지 않을까?'

우리는 사람을 만날 때 상대방의 피부색과 생김새로 인종을 판단하는 경우가 많다. '핀 아트를 사용하면 평소와 다른 관점으로 사람을 볼 수 있지 않을까' 하는 호기심에 얼른 마지막 남은 한 개를 챙겨 카운터 위에 올려놓았다. 그날 저녁, 나는 핀 아트를 들고 곧바로 친구 집으로 발걸음을 향했다.

"아, 나 너무 웃기게 생겼어ㅋㅋㅋ 외계인 같아!"

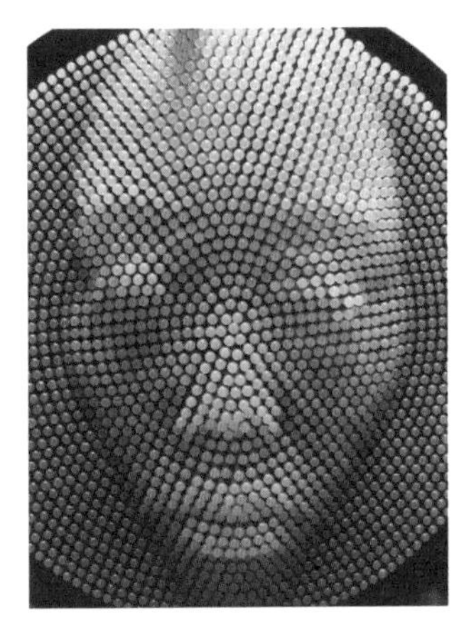
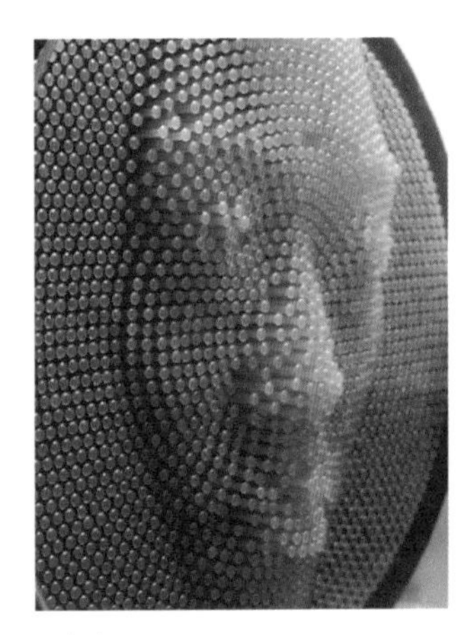

핀 아트 얼굴 사진

우리는 수백 개의 핀에 찍힌 서로의 얼굴을 보고 배꼽을 잡고 깔깔 웃었다. 흥미롭게도 개인의 얼굴 표면과 곡선에 따라 독특한 3D 얼굴 모형이 만들어졌다. 평면적인 얼굴 곡선을 가진 나는 동양인 얼굴로 구별되었고, 반대로 뚜렷한 이목구비 특징을 가진 친구는 인종적 특성이 잘 구별되지 않았다. 다음날 나는 학교에 가서 같은 반 친구들에게 부탁하여 그들의 얼굴을 핀 아트로 찍어보았다.

"와우, 누군지 못 알아보겠는데?"

옆에서 지켜보던 다른 친구가 중얼거렸다. 남성의 얼굴선이 여성보다 굵기 때문에 미묘한 차이는 있지만 인종, 나이, 성별이 불분명해졌다. 핀 아트의 특성상 반복되는 원형의 핀은 피사체의 얼굴 특징들을 모호하게 만들었다. 자세히 보면 핀의 패턴과 음영의 차이를 알 수 있지만 멀리서 보면 사람 얼굴의 전체적인 이미지를 형성했다. 수백 개의 동일한 핀 모형이지만 '비슷함' 속에서 '다름'도 있었다. 흥미로운 작업이 될 것 같아서 친구들의 얼굴을 핀 아트로 사진에 담기 시작했다.

얼마 후 나는 졸업 작품으로 초상화 시리즈를 기획해 보기로 결정했다. 다양한 국가와 인종 사이에 사회적, 문화적 차이가 있지만 나는 인간의 유사성과 다름 속에 고유성이 존재한다는 것을 작품을 통해 표현하고 싶었다. 핀 아트라는 도구를 사용하여 사람의 얼굴 특징을 균일하게 만들어 사진으로 기록한 후, 3D 입체 얼굴 사진을 실크스크린 기법으로 평면 캔버스에 옮기는 작업을 구상했다.

패서디나 남쪽에 위치한 사우스 캠퍼스South Campus는 인쇄 공방과 전시관 등의 시설을 갖추고 있는 곳이다. 지난 학기에 수강했던 프린트 메이킹 수업을 내 독립 연구 과목으로 재수강하여 졸업작품 준비에 몰두했다. 실크스크린 인쇄 기법은 단순해 보이지만 섬세하고 까다로운 작업이다. 밝은 빛에 반응하는 감광제라고 불리는 녹색 액체를 실크판에 얇게 도포하고 건조한 후, 인쇄한 핀 아트 자화상 흑백 필름을 실크판에 붙이고 밝은 조명 기계에 노출시킨다. 그 후 실크판을 강한 수압 세척기로 빛에 노출된 감광제를 씻어낸다. 만약 빛에 덜 노출되거나 액체가 제대로 코팅되지 않으면 처음부터 다시 시작해야 하는 작업이다. 그 후, 젖은 실크판이 금방 마를 수 있도록 판화 공방 밖으로 가져가 햇빛을 쐬어주고 바람에 말린다. 그렇게 약 두 시간 정도의 준비과정이 끝나면 대망의 프린팅 작업이 기다리고 있다.

그러나 기쁨의 순간도 잠시일 뿐, 실크판을 통해 잉크가 캔버스로 옮겨지는 과정은 허무하게도 단 5초밖에 걸리지 않는다. 팔의 힘으로 한 번에 균일하게 프린트될 수 있으면 좋겠지만 생각보다 쉽지 않은 작업이었다. 그렇게 나는 대학 생활의 마지막 봄과 가을을 인쇄 공방에서 '외로울 고'를 마음에 새기며 졸업작품을 위해 고군분투孤軍奮鬪했다.

어느덧 시간이 흘러 2009년 12월, 소수의 졸업생이 선별되어 학과 갤러리에서 전시회를 할 기회가 주어졌다. 조기 졸업을 앞두고 있던 나는 벅찬 마음으로 졸업작품을 준비하느라 분주한 나날을 보내게 되었다.

〈Face it〉이라는 전시 제목으로 다양한 크기의 총 16점의 그림을 제작했다. 이 초상화 시리즈는 얼굴과 비슷한 크기의 그림과 2M의 대형 작품으로 구성되어 있다. 〈Face it〉은 직역하자면 '마주하다'라는 뜻이지만, '진실 또는 불편한 상황을 받아들이다'라는 의미를 담고 있다. 관객이 작품을 볼 때 사람을 마주하고 있는 듯한 느낌을 주기 위해 눈높이 위치에 설치하였으며, 벽면에는 각 사람의 이름과 그림 사이즈, 재료 정보를 붙여놓았다. 졸업작품전에 방문하신 엄마는 농담 삼아 말씀하셨다.

"대작大作 좀 그만해라. 집에 둘 곳이 없어."

그렇게 말씀하셨지만 엄마는 누구보다 흡족한 표정으로 작품을 자세히 감상하셨다.

일주일간의 학과 전시를 마친 후, 각 학과 대표 학생들의 작품을 전시하고 있는 학교 메인 갤러리에서 큰 사이즈의 졸업 작품 두 점을 전시해 달라는 연락을 받았다. 지난 6개월 동안의 제작 노고와 며칠간의 밤샘 설치 작업과정이 주마등처럼 지나갔고 감개무량했다. 얼마 후 학교 메인 갤러리에 걸려있는 내 작품을 감상하고 캠퍼스를 떠나려는데 영화에서 자주 보던 배우가 내 옆을 지나쳐 눈이 마주쳤다.

'헉! 설마, 에단 호크? 우리 학교에 왜 왔지?'

영화 〈죽은 시인의 사회〉와 〈비포 선셋〉으로 유명한 미국 배우 에단 호크Ethan Hawke가 학교를 방문하여 전시 갤러리 공간을 둘러보다 마침 복도에서 나와 딱 마주쳤던 것이다. 순식간에 일어난 일이지만 문득 이런 생각이 들었다.

'에단 호크하면 생각나는 영화가 있듯이 나는 앞으로 어떤 작품으로 기억될까?'

수많은 별처럼 세상에는 많은 아티스트들이 존재하고 셀 수 없이 많은 작품이 있다. 지난 몇 년간 대학교에서 다양한 수업을 들으며 예술에 대한 시야는 넓어졌지만 알면 알수록 의문점들이 쌓이고 미래에 대한 심적 불안감이 엄습해왔다. 내 어릴 적 꿈이 '화가'여서 단순히 미술 대학교 학사를 취득하는 것만으로는 내 입으로 떳떳하게 아티스트라고 말하고 다닐 수 없기 때문이다.

"예술에 있어서 '좋은 작품'과 '나쁜 작품'은 무엇인가?"
"작품의 '가치' 평가는 누가 만들고 어떻게 형성되나?"
"내 '미래'는 어떻게 되는 건가? 어디서부터 시작해야 하는 건가?"

예술가는 '나로 시작하여 나로 끝나는' 직업이다.

예술작품이란 누군가가 가르쳐서 깨우쳐 주는 것이 아닌 자신의 중심부에서 나오는 독창적 산물이다. 그렇기에 예술가가 되기 위한 공식은 없다. 답이 정해져 있지 않다. 이런 고민의 연속 속에 나의 학부 시절은 끝이 났다.

2007년 샌디에고 코로나도 섬 바닷가에서 엄마와 딸

"엄마, 나는 앞으로
어떤 작품으로 유명해질까?"

"너 마음 가는 대로
너가 하고 싶은걸 하면 돼."

4

예술가의 꿈의 무대, NY

아스팔트에 핀 민들레꽃, 뉴욕

New York City.

이 세 단어는 예술가 지망생 나에게 언제나 큰 설렘으로 다가왔다. 수식어가 필요 없는 그곳, 뉴욕을 어떻게 한마디로 설명할 수 있을까? 세계 최고의 뮤지션, 디자이너, 아티스트, 배우, 감독, 건축가들의 본거지이자 많은 이들이 꿈꾸는 예술과 문화가 꽃피는 도시, 그곳이 바로 내가 생각한 뉴욕이다. 이 세상에 뉴욕과 같은 도시는 없고, 앞으로 없을지 모른다.

나는 서울을 떠나기 하루 전날 밤, 한껏 부푼 기대와 환상으로 '5년 후의 나에게'란 제목의 편지를 써 내려갔다. 절대 잠들지 않는 그 도시에서 깨어나고 싶다는 프랭크 시나트라의 "New York, New

York" 노래가 온종일 내 머릿속을 맴돌았다. 예술가라면 반드시 뉴욕을 가야만 한다는 일종의 사명감이 생겨났다.

2011년 8월 여름, 나는 그토록 간절히 바랐던 뉴욕행 비행기에 기꺼이 몸을 실었다. 14시간 긴 비행의 피로감도 들뜬 내 마음을 이기지 못했다. 존 F.케네디 국제공항에 막 착륙한 비행기 좌석 사이로 퍼지는 뉴욕의 뜨거운 여름 햇살이 나를 반겼다.

'아, 드디어 내가 뉴욕에서 살게 되다니!'

불과 일 년 전만 해도 내가 여기에 있을 거라곤 상상도 하지 못했는데…. 입국 심사대 앞에서 줄을 서서 기다리는 동안 작년 서울에서 열린 전시회에서 우연히 만난 뉴요커와의 대화가 떠올랐다.

2010년 8월 나는 지인을 따라 인텔Intel과 바이스Vice가 공동 주최하는 글로벌 아트 행사인 크리에이터스 프로젝트The Creators Project 전시회를 방문했다. 움직이는 거대한 연꽃 조형물, 핸드폰 플래시를 인식하여 붉게 변하는 대형 LED 사과 조형물, 화분에 물을 부으면 실시간으로 이미지가 변하는 프로젝션 매핑 등 진기한 미디어 아트 작품들이 전시되어 있었다. 관객의 참여에 반응하는 인터랙티브 미디어 아트를 신기하게 바라보는 나를 본 지인의 친구가 내게 툭 말했다.

"이런 거에 관심 있으면 뉴욕대 ITP 대학원을 한 번 알아봐. 작년에 졸업 전시 가봤었는데 재밌었어."

마침 대학 졸업 후 아티스트 어시스턴트 일을 하고 있던 나는 석사 공부를 위해 미국으로 갈지 아니면 한국에 남을지 고민하던 찰나였다. 처음 만난 외국인의 말이 촉매제가 되어 뉴욕대NYU ITP* 석사를 지원했고 그 이듬해 합격 통지서를 받아 망설임 없이 뉴욕으로 향했다. '만약 지인이 나를 전시회에 초대하지 않았다면, 내가 우연히 만난 외국인이 뉴욕대 ITP 대학원에 대해 말하지 않았다면, 과연 나는 어떻게 되었을까?' 작고 사소한 우연이 모여 뉴욕과 인연을 맺은 것은 어쩌면 운명일지도 모른다.

뉴욕에 도착한 셋째 날, 허리케인 아이린Irean이 미국 동부 해안을 강타했고 며칠 동안 친구네 집에 방콕하며 뉴욕 신고식을 치르게 되었다. 허리케인이 지나간 며칠 후, 나는 뉴욕대 기숙사인 얼람나이 홀Alumni Hall로 이사가며 바쁜 한 주를 보내게 되었다. 가을 첫 학기 수업을 참석하기 위해 떨리는 마음으로 티쉬예술대학Tisch School of the Arts 건물에 들어섰다.

고풍스러운 분위기가 물씬 풍기는 건물 입구에는 커다란 보라색 뉴욕대 깃발이 웅장하게 펄럭이고 있었다. 티쉬예술대학은 뉴욕대

*ITPInteractive Telecommunications Program: 뉴욕대 티쉬예술대에 있는 대학원 과정으로 '인터랙티브 텔레커뮤니케이션 프로그램'은 예술과 기술을 접목한 수업을 가르친다. 졸업생들은 UX/UI 디자이너, 프로그래머, 웹디자이너, 아티스트, 스타트업 CEO, 교수 등 다양한 전문분야에서 일한다.

산하의 15개 대학 중 하나로서 영화, 무대 디자인, 연기, 공연 예술 및 미디어 아트 전문 교육 기관으로, 유명한 할리우드 감독, 배우, 가수, 예술가들을 많이 배출한 곳이다. 건물 4층에 위치한 ITP의 엘리베이터 문이 열리자 학생들의 왁자지껄 소리가 입구까지 닿았다.

"나는 톰 아이고Tom Igoe 교수의 클래스 듣는데 네 교수는 누구야?"

"난 다니엘 쉬프먼Daniel Shiffman 교수 수업 듣고 싶어서 ITP 왔는데 나 아직 웨이팅 리스트야."

학생들은 필수과목인 코딩 수업을 듣기 위해 분주하게 돌아다니며 서로의 근황을 묻고 첫 수업에 대해 이야기하고 있었다. IT 분야에 종사하고 있는 저명한 교수님들은 학생들에게 우상의 대상이었다.

매해 첫 학기에 약 100여 명의 공학, 디자인, 순수미술, 정치외교, 의학 전공 분야의 다양한 신입생들이 새로운 도전을 하겠다는 마음으로 예술과 기술 융합 프로그램인 ITP 석사 과정에 입학한다. 1979년에 설립된 ITP 학과는 각기 다른 분야의 사람들이 모여 변화하는 시대에 발맞추어 새로운 기술을 배우고 시도할 수 있는 실험장을 만들고자 했다.

바쁜 첫 주가 지나고 얼마 후 '월가를 점령하라Occupy Wall Street' 시위의 목소리가 맨해튼 거리를 메우기 시작했다. 9월 중순 어느 이른 아침, 학교 과제를 위해 친구들과 나는 카메라를 들고 현장을 담기 위해 월가의 주코티 공원으로 발걸음을 했다. 다양한 시민들로 구성된 대부분의 시위자들은 금융위기에 책임을 지지 않는 월스트리트 자본가들의 독점에 반대하는 목소리를 높이고 있었다. 화려함 뒤에 도사리고 있는 살벌한 뉴욕의 현실을 마주하며 뉴욕의 이면裏面을 보았다.

어느 날 뉴욕대 근처에서 지저분한 누더기를 입고 잡동사니로 가득 찬 카트를 끌고 가는 노숙자를 보았다. 헝클어진 머리에 반짝이는 플라스틱 장난감 왕관을 쓴 그의 모습은 예사롭지 않았다. 뉴욕에 온 이후로 특이한 광경을 많이 봤지만 이것은 단지 예고편에 불과했다. 푹푹 찌는 더위 속 길거리에 한가득 쌓인 쓰레기 더미의 악취, 지하철과 도시 곳곳을 누비는 쥐 떼, 찌든 때가 묻은 비둘기, 낙후된 지하철 안에서 풍겨져 나오는 암모니아 냄새와 정체불명의 오물들….

뉴욕시의 위생 상태는 불쾌지수 100%를 유발하기에 충분했다. 그리고 끊임없이 도시를 울리는 시끄러운 경적과 소방차 사이렌 소리가 귓가를 파고든다. 뉴욕은 '잠들지 않는 도시'가 아닌 '잠들지 못하게 만드는 도시'였다.

반면 '세계 최고'라는 타이틀을 가진 미술관, 오페라단, 발레단, 브로드웨이 뮤지컬, 유명 건축물, 각종 미슐랭 레스토랑과 명문 학교들은 전 세계의 경제와 문화 그리고 예술의 중심지다. 개성 넘치는 거리의 패셔니스타, 지하철에서 공연하는 뮤지션, 벤치에 앉아 여유롭게 샌드위치와 샐러드를 먹는 직장인, 공원 잔디에서 일광욕을 즐기는 사람들, 수많은 고층 빌딩들 사이에서 화려한 보석처럼 반짝이는 도시의 야경, 그리고 도시의 역동적인 에너지…. 지루할 틈이 없는 뉴요커의 삶의 리듬은 그 어느 곳보다 활기차다.

뉴욕은 척박한 환경에서 거친 아스팔트의 갈라진 틈을 뚫고 피어나는 꽃처럼 생명력을 가진 자들이 살아남는 도시다. 전 세계 많은 사람들은 민들레 홀씨처럼 이 땅에 정착하여 뿌리내릴 틈을 찾는다. 뉴욕이란 도시는 홀씨가 잘 날아가도록 바람이 되어주는 곳이다.

그래서 예술가들은 뉴욕을 찾는다.

H.Choi

네가 뉴욕으로 향하는 모습이 힘차 보였어. 자신의 길을 개척하는 게 기쁘기도 하고 서운하기도 한 양가감정이 들더라. 네가 떠난 후 너의 빈방의 냉기만큼 허전함이 더해졌다. 자식은 언젠가 자신의 길을 향해 떠나가고, 부모는 지켜봐 주는 존재로 남는 법. 부모의 사랑은 언제나 조건 없는 내리사랑이다.

집착은
슬픈 열정이다

'Butterflies in the stomach'는 영어 숙어로 긴장하여 속이 울렁거리는 상태를 뜻한다. 뱃속에 나비가 펄럭이며 날갯짓 하는 것처럼 긴장된 상태, 바로 첫 코딩 수업을 들은 내가 딱 이랬다.

정말 모든 게 너무 달랐다. 추상적인 그림을 그렸던 나는 거의 즉흥적으로 영감을 받아 직관적으로 작품을 해왔기 때문에 붓 터치와 색상 선택에 있어 우연성에 의존해왔다. 그런 자유로움에서 내적 해방감을 느끼며 창작한 나에게 한 치의 오차도 없는 정밀한 정확도가 요구되는 코딩 작업은 큰 스트레스와 부담이었다.

세상에는 다양한 언어들이 존재하듯, 컴퓨터와 대화하려면 컴퓨터 언어를 알아야 했다. 출국 이틀 전에 만난 ITP 동문 교수님의 말씀이 문득 떠올랐다.

"저는 서양화를 전공한 뒤 ITP 대학원을 갔는데 적응이 너무 어려워 고생했어요. 코딩을 이해하기에는 2년이 너무 짧았고, 무엇보다 일하는 작업 방식이 저희와 너무 달라요."

뒤늦게 선배의 말에 공감하며 곧 다가올 기말 과제에 대한 부담과 타 학교 편입학에 대한 근심 속에서 한 학기 내내 끙끙 앓았다.

나는 고민 끝에 컬럼비아 대학교의 순수미술과 입학 담당자와의 미팅을 가진 후, 마지막으로 우리 과 학과장 레드 번즈Red Burns 교수님과의 일대일 면담을 앞두고 있었다.

"지난 두 달간 학교를 다니면서 이 과가 정말 저와 맞는지 혼란스러워요. 이게 정말 제가 원하는 건지 모르겠어요…."

"리사, 네 마음 내키는 대로 해. 지금 배우는 게 너랑 맞지 않는다고 생각되면 네가 편한 대로 결정하는게 맞아."

학과장님과 이야기를 나누며 지난 일들을 돌이켜보니 그동안 참았던 답답한 감정이 봇물 터지듯 눈물이 뒤범벅되어 쏟아졌다. 잠시나마 위로를 받은 나는 학과장실을 나와 기숙사로 발걸음을 돌렸지만, 갈피를 잡지 못하는 내 마음은 쉽게 가시지 않았다.

문득 대학생 때 읽은 파트리크 쥐스킨트의 단편 소설 「깊이에의 강요」가 떠올랐다.

"당신 작품은 재능이 있고 마음에 와닿습니다. 그러나 당신에게는 아직 깊이가 부족합니다."

젊은 여류 화가의 전시회를 본 한 평론가가 악의적인 의도 없이 쓴 비평이 그녀의 가슴에 비수를 꽂게 된다. 그 평론가의 비평이 신문에 실리자 사람들은 덩달아 그녀의 작품에는 '깊이가 없다'라는 말을 되뇌었고, 화가는 그 말에 사로잡혀 번민하다 결국 자신의 생을 마감하게 되는 비극적인 이야기다.

'누가 예술작품의 깊이를 평가할 수 있을까?'

순간 나는 젊은 여류 화가 주인공의 번뇌에 감정 이입하게 되었다. 예술가가 누군가의 좋지 않은 작품평을 극복하기 위해서는 작품에 대한 분명한 의도가 있어야 한다고 생각했다. 내 마음속의 이야기를 끄집어내는 일이라면 누군가의 평에 흔들릴 필요가 없으니까….

익숙하지 않은 테크놀로지에 대한 공포감 때문이었을까? 첫 학기 기말 과제를 앞두고 내 이야기를 어떻게 표현할지 고민했을 때 가장 먼저 떠오른 것은 '나비'였다. 나는 나비 공포증이 있다. 미국인들은 나비가 아름답다고 하지만 나는 나비의 화려한 날개와 무늬 패턴이 정말 싫었다. 그래서 근처에 나비가 다가오면 소스라치곤 했다.

내 내면의 심리 상태를 표현할 적절한 기술을 고민하던 중, 컴퓨터 프로그래밍을 통해 실시간으로 심박수 데이터를 모니터링 할 수 있는 센서가 떠올랐다. 테스트해 보니 나의 정상 심박수는 분당 70~85bpm 이었고, 뛰면 숨이 차서 분당 100~120bpm까지 올라갔다. 외부 자극과 내부 영향으로 실시간 변하는 심박수를 통해 내 상태를 소리로 표현하면 재밌을 것 같다는 생각이 들었다.

'내 몸이 정신을 담은 그릇이라면, 센서가 감지한 심박수 데이터가 내 감정의 증거가 아닐까?'

어느 날 우연히 가게에 들렀다가 유리병에 든 나비 장난감을 발견했다. 금빛 뚜껑을 가볍게 두드리자 병 속의 나비가 날개를 펄럭이며 마치 살아있는 듯 움직였다. 실제 나비처럼 자연스럽게 움직이는 장난감을 보고 작품에 활용하려 했으나 내 심장이 장난감에 반응할 리가 없었다.

며칠 후, 나는 박제 나비를 보기 위해 맨해튼 소호에 위치한 독특한 소매점인 더 에볼루션 스토어The Evolution Store를 방문했다. 왠지 「지킬 앤 하이드」에 나오는 연구실처럼 어두컴컴한 가게 안은 인간 해골 모형과 수사슴 머리 박제, 수백 종의 다양한 곤충 표본이 전시되어 있었다. 낡아 보이는 나무 서랍장을 열어보니 수백 마리의 형형색색의 나비 표본들이 있었다. 순간 심장이 벌렁거렸고 오랫동안 보고 있으니 쥐가 날 듯한 두통으로 머리가 지끈지끈했다. 난 그 즉시 가게를 박차고 나왔다.

다시 학교로 돌아온 나는 교실의 긴 테이블에 앉아 양손으로 머리를 감싸고 고개를 푹 숙였다. 그런 내 모습을 본 친구는 "무슨 일 있어? 왜 그래?" 궁금해하며 물었다.

"아, 나 이건 정말 정말 하기 싫었는데 아무래도 진짜 나비를 써야 하나 봐. 상상만 해도 소름 돋고 정말 짜증 나."

결국 나에겐 공포의 대상인 실제 살아있는 나비가 필요했다. 학교 과제를 위해 내가 왜 이걸 준비하고 퍼포먼스를 해야 하는지 복잡한 생각이 들었다. 고민 끝에 나 자신을 내려놓고 진정성을 위해 작품만을 생각하기로 했다.

그날 저녁 구글 검색엔진에 '나비는 어디서 살 수 있나요?', '뉴욕에서 진짜 나비를 어디서 구입하나요?'를 알아봤지만 추운 동부지역에서는 나비를 구입할 수 없다는 것을 알게 되었다. 애벌레를 사서 기숙사에서 키울지 아니면 학교에서 키울지 고민했지만 다행히(?) 과제 제출 마감일까지는 불가능한 일이었다.

얼마 후 내가 진짜 나비를 찾고 있다는 소문이 학교에 쫙 퍼지면서 친구들은 야외 결혼식에서 신랑과 신부가 하객들 앞에서 살아있는 나비를 날리는 행사가 있다고 귀띔해 줬다. 결혼식의 버터플라이 릴

리즈Butterfly release는 사랑, 희망, 아름다움을 상징하며 서약을 할 때마다 나비 한 마리씩 풀어준다고 한다. 나는 캘리포니아, 텍사스, 마이애미에 있는 나비농장에 연락해 문의했고, 수소문한 끝에 나비 스물네 마리를 뉴욕으로 배송받기로 했다.

첫 학기 코딩 수업의 마지막 과제 마감일을 일주일 앞둔 시점이었다. 수업 당일 나비를 풀어놓고 퍼포먼스를 할 수가 없어서 미리 촬영된 영상을 보여줄 계획을 세웠다.

마침내 어느 늦은 밤, 살아있는 나비가 페덱스 당일 배송으로 학교에 도착했다. 그 안에는 일반 편지봉투 네 장이 들어있었고, 각각의 봉투 안에는 여섯 마리의 나비들이 날개가 가지런히 접힌 채 얌전히 눕혀져 있었다. 동결 상태에서 죽은 것처럼 보였던 나비들이 약 10분 만에 꿈틀대기 시작했다. 만지기를 꺼렸던 나대신 친구들은 나비들을 곤충 사육망에 옮겨 천으로 덮은 후 학교 교실의 한구석에 숨겨놓았다. 내일 퍼포먼스 D-day를 앞두고 복잡한 마음을 안고 무거운 발걸음으로 기숙사로 향했다.

"얘들아! 리사의 나비 퍼포먼스가 오늘 밤이래."

학교 수업이 모두 끝난 늦은 밤 10시, 나는 텅 빈 교실에서 삼각대와 카메라를 설치하고 혼자 촬영할 계획이었다. 하지만 내가 특이한 퍼포먼스를 할 거란 소문이 학교에 쫙 퍼져 친구들이 나를 보러 기다리고 있었다. 나는 교실의 책상과 의자를 벽으로 옮겨놓았지만, 왁자지껄 소리와 함께 친구들이 하나 둘 교실로 들어와 의자를 다시 중앙으로 옮겨 자리에 앉기 시작했다. 뜻하지 않게 약 15~20명의 관객이 옹기종기 나를 중심으로 몰려 앉았다. 나 혼자 하려고 했던 촬영이 첫 퍼포먼스가 된 셈이다.

나는 교실 옆에 붙어있는 화장실로 가서 검은 옷으로 갈아입고 마치 〈블랙 스완〉의 여주인공 '니나'처럼 어두운 분위기의 섬뜩한 화장으로 치장했다. 거울에 비친 내 모습은 내가 아니었다. 몸에 심박센서를 부착하고 심호흡을 몇 번 한 뒤, 나비가 좋아하는 달콤한 향수를 뿌렸다. 나비가 나에게 가까이 다가올수록 나의 공포심은 커지게 될 테니까….

교실에는 내가 설치한 약 80cm 크기의 투명한 플라스틱 구체가 천장에 매달려 있었다. 플라스틱 구체에는 내 머리가 들어갈 수 있는 구멍과 함께 숨 쉴 수 있는 수십 개의 작은 구멍들과 나비를 넣을 수 있는 구멍이 뚫려있었다. 퍼포먼스가 시작되기 전에 나는 친구에게 공연영상을 찍어달라고 부탁했다. 그리고 다른 두 친구에게는 내가 준비되었을 때 플라스틱 구체 뒷면에 있는 구멍을 통해 스물네 마리의 나비를 천천히 풀어달라고 요청했다.

떨리는 마음에 심장이 쿵쾅쿵쾅 뛰기 시작했지만 심호흡을 크게 한 후 천장에 매달린 투명한 플라스틱 구체에 머리를 넣었다. 이후,

Obsession is Sad Passion (2011)
심박 센서, 플라스틱 구체, 나비 24마리

한국어와 영어로 내가 사전녹음한 「깊이에의 강요」의 오디오 내러티브가 스피커를 통해 나오기 시작했다.

"(상략)… 당신 작품은 재능이 있고 마음에 와닿습니다. 그러나 당신에게는 아직 깊이가 부족합니다… (하략)"

한 마리, 두 마리, 세 마리…. 좁은 플라스틱 구체안의 나비들이 날개를 펄럭이며 내 머리 주위를 맴돌았고 몸은 순간 종잇장처럼 빳빳이 굳었다. 두려움이 고조되자 내 심장은 빠르게 뛰었고 스피커에서 낮은 음조의 내레이션 목소리가 들려왔다.

내 몸에 부착된 심박 센서는 실시간으로 내레이션의 높낮이를 조절하도록 프로그래밍 되어 있었다. 심박수가 증가함에 따라 녹음된 내 목소리의 내레이션이 낮은 저음으로 바뀌었다. 이미 변조된 목소리가 어렴풋이 귓가에 들려왔고, 나비가 한 마리씩 들어올 때마다 머리카락이 쭈뼛쭈뼛 서고 정신이 혼미해지기 시작했다.

열 마리의 나비가 들어올 즈음, 마음 같아서는 그 자리를 박차고 나가고 싶었다. 나비의 분주한 날갯짓이 얼굴에 스치자 소스라치게 소름이 돋았고 머리가 백지처럼 하얘졌다. 약 6분간 이어진 퍼포먼스는 체감상 한 시간 이상으로 느껴졌다. 이 기분을 한 단어로 표현한다면 혼비백산魂飛魄散! 나도 모르게 억제할 수 없는 뜨거운 고통의 눈물이 얼굴에 주르륵 떨어졌다. 그렇게 나의 첫 퍼포먼스 〈Obsession is Sad Passion〉이 끝났다.

다리에 힘이 풀려 금방 주저 않을 것 같았던 나는 재빨리 머리를 플라스틱 구체에서 빼냈다. 순간 나비들도 하나둘씩 빠져나와 교실을 자유롭게 날아다녔다. 뉴욕대 티시예술대학 건물 4층에는 스물네 마리의 나비가 펄럭이며 날아다니는 이색적인 광경이 펼쳐졌다. 관람하던 친구들은 모두 일어나 박수를 치기 시작했고, 나는 하룻밤 사이에 우리 과의 스타가 되었다.

며칠 후, 나비 공포증의 후유증이 채가시기 전에 코딩 수업의 기말과제 발표날이 다가왔다. 수업 발표 시간에 내 퍼포먼스 영상을 본 교수님의 입가에 희미한 미소가 번졌다.

"지난 10년 동안 매년 신입생들의 과제를 봐왔지만 해마다 비슷한 프로젝트가 많았다. 테크놀로지를 사용해서 이런 퍼포먼스를 하게 될 줄은 상상도 못할 정도로 신선했다."

지극히 개인적인 사연을 풀어가는 과정에서 고통스럽고 두 번 다시는 생각하고 싶지 않은 두려운 시간이었지만, 나를 감싸고 있던 한 꺼풀이 벗겨지는 느낌이었다. '학교 교실 밖으로 나가 맨해튼 도시를 날아다니는 나비처럼 내 마음 한구석에도 자유로움이 생겼을까?' 이 질문에 대한 복잡 미묘한 내 감정을 뒤로한 채 나의 첫 학기는 막을 내리게 되었다. 교수님의 뜻밖의 칭찬을 듣고 깨달은 점이다.

'내 감정에 솔직한 일이 가장 좋은 예술 작품의 소재다.'

H.Choi

이 영상을 보는데 엄마는 한동안 눈물이 그치지 않았어. 네가 나비 얼마나 무서워하는지 잘 아는데 얼마나 힘들었겠니? 어린 줄만 알았는데 이미 훌쩍 어른이 되었고, 자신의 작품을 위해 고통을 이겨내고 두려움을 극복하고자 하는 모습에서 엄마는 진한 감동을 받았어. 나는 네 나이 때 너만큼 최선을 다해본 게 없었거든. 그런 열정이 너무 보기 좋더라. 하지만 이 영상만은 더는 보지 않을래. 자꾸 눈물이 나서…….

유노이아 (2013)

뇌파 헤드셋, 5개 스피커, 5개 원형 금속판, 물, 오디오 인터페이스

1.5M x 1.5M x 0.6M

생각만으로 물방울을 춤추게 하는 마술사?

영상 속 긴 검은 머리의 동양인 여성은 흰 드레스를 입고 물이 담긴 다섯 개의 원형 금속판 설치물 가운데 앉아 마치 명상에 잠긴 듯 눈을 감고 있었다. 그녀의 머리에 장착된 뇌파 헤드셋* 은 뇌 주파수를 감지해 실시간으로 소리를 변화시켰고 스피커 위 금속판에 담긴 물이 진동하며 마치 춤을 추듯 물방울이 치솟았다. 하루는 한국계 호주인으로 소개되고, 다음날에는 한국계 미국인 행위예술가로 소개된 정체불명의 동양인, YTN 뉴스 영상의 주인공은 바로 '나'였다.

"리사! 내가 거실에서 TV를 보고 있었는데 네가 뉴스에 나왔어!"

*뇌파 헤드셋EEG:Electroencephalography: 뇌의 전기적 활동을 측정하는 방법으로 일반적으로 두피에 전극을 부착하여 신호를 측정하는 경우를 말한다. 시중에서 판매하는 일반적인 EEG 뇌파 측정용 헤드셋은 게임, 헬스케어, 엔터테인먼트, 아트, 교육 등 다양한 분야에서 사용된다.

"헤이 리사, 나 지금 네덜란드의 시골 펍Pub에 와있는데 지금 여기 TV에서 너 나오고 있어!"

"잘 지내, 리사?? 한국에서 이미 기사가 떴어! 멋져!"

(카톡! 카톡! 띠링 띠링)

뉴욕대 석사 학위를 갓 마친 2013년 이른 여름의 어느 날, 지구 반대편에 있는 친구들과 지인들로부터 내가 TV에 나왔다는 연락을 받았고, 국내에서는 "생각만으로 물방울을 춤추게 하다"란 자극적인 기사 제목으로 YTN 뉴스에 방송되었다.

'뭐라고?? 내가 뉴스에 나왔다고?'

순간 내가 왜 문화 예술 프로그램이 아닌 뉴스에 나오는지 의아했다. 아무런 예고 없이 TV에 첫 출연(?)하게 된 나는 많이 당황하고 놀랐다. 내 퍼포먼스 영상은 예술 작품 소개가 아닌 신경외과 교수의 인터뷰와 함께 뇌전도 분야에 대한 첨단 과학 관련 보도였다. 기술이 더 발전하면 사지 마비 환자도 생각만으로 사물을 움직이는 게 가능해질 것으로 기대하고 있다는 내용이었다.

이 뉴스 영상을 본 어느 국내 네티즌은 인터넷 기사에 재미난 댓글을 남겼다.

"이 사람 10년 후면 하늘도 날겠네. ㅋㅋㅋ"

마치 염력을 지닌 신박한 마술사가 된 것처럼 비춰진 나는 그 댓글을 읽고 순간 빵 터졌다. 하지만 아쉽게도 나에게 날개가 생길 기미가 전혀 보이지 않는다. 사실 이러한 반응은 외국에 보도된 기사에서도 흔히 접할 수 있었다. 하루는 마술사 그 다음날은 행위예술가의 대역으로 오인받았지만, 이 작품으로 나는 해외에서 창의적이고 개념적인 예술가로 세계 언론의 주목을 받게 되었다.

유럽 및 아시아의 각종 뉴스 보도 및 언론 기사들이 내 영상을 연달아 보도하면서 전 세계 소셜미디어에 공유되었다. 갑자기 화제가 된 석사 졸업작품이 유명해지면서 '리사 박Lisa Park'이라는 이름으로 인터뷰 요청과 팬레터를 받았다. 전 세계에서 받은 이메일은 〈유노이아〉 영상을 보고 위로를 받았다는 감사의 메시지와 함께 그들의 아픈 개인사가 담겨있었다. 나 자신을 성찰하기 위해 만든 작품이 다른 사람들에게 '울림'이 되었다는 사실이 내게 커다란 선물과 같은 의미로 다가왔다.

2013년 1월, 석사 과정 마지막 학기의 졸업 작품을 앞두고 머리를 끙끙대고 있었다. 매년 4월 말경에 모든 학생들의 졸업 작품은 교수진의 평가에 의해 합격 또는 불합격으로 판정된다. 졸업작품으로 내 예술성을 표현해야 했기 때문에 어떻게 마지막 매듭을 지어야 할지 고민이 깊어졌다.

당시 나의 첫 번째 아이디어는 꿈의 상태를 시각화하는 것이었다.

내가 사용한 소비자용 뇌파 헤드셋은 명상 앱App, 게임, 엔터테인먼트, 교육, 창작활동에서 주로 쓰여지고 나에겐 생소한 기술은 아니었다. 하지만 수면 중 장시간 착용하기에는 너무 불편해서 오히려 잠을 잘 수가 없었다. 이 테크놀로지를 이용해 내 내면의 상태를 표현하고 싶은 마음이 확고했지만, 어떻게 구현해야 할지 갈피를 잡지 못하고 흘러가는 시간 속에서 초조함이 더해졌다.

어느 날 자정까지 학교에 남아있던 날, 혼란스러운 마음을 다스리기 위해 뇌파 헤드셋을 낀 채 멍하니 내 뇌파 상태의 변화를 모니터링하고 있었다. 나는 조용한 텅 빈 교실 의자에 홀로 앉아 눈을 감고 오랫동안 생각에 잠겼다. 순간 번뜩 내 복잡한 머릿속의 여러 가지 퍼즐 조각들이 하나로 연결되는 느낌이 들었다.

"유레카!"

나는 기숙사로 달려가 방에 놓여 있던 에모토 마사루의 「물은 답을 알고 있다」 책을 찾아 펼쳐 읽었다.

"모든 존재는 진동이다.
삼라만상은 진동하고,
제각각 고유한 주파수를 발하며 독특한 진동을 갖고 있다."

나란 존재는 바로 '물'인 것이다. 나는 주변 환경에 영향을 잘 받는 사람이다. 내가 듣는 음악, 보는 광경과 전시 공연, 만나는 사람들과의 교류는 나의 감정을 진동시킨다. 잔잔한 강물처럼 고요하게 흐르거나 일렁이는 파도처럼 감정의 소용돌이가 있을 때도 있고, 마음에 비가 내리고 눈이 올 때도 있다. 즉, 내 감정의 고저에 따라 독특한 진동을 일으킨다. 내가 무념무상이 되는 방법은 바로 내 마음속의 '물'을 고요하게 만드는 일이다.

'우리 인체의 70% 이상이 물인 것처럼 사람의 감정도 눈에 보이진 않지만 느끼는 강도에 따라 떨림이 있지 않을까?'

바로 이전 학기에 들었던 사운드 아트 수업이 떠올랐다. 교수님이 보여주신 사이매틱스Cymatics 영상은 소리와 진동의 시각효과를 연구한 학문이다. 스피커에서 출력되는 주파수에 따라 금속판 위의 물질(물이나 모래)이 소리의 진동으로 다양한 기하학적 무늬를 만들어낸다. 이에 영감을 받아 눈에 보이지 않는 생각과 감정을 소리로 시각화하면 좋겠다는 생각이 들었다.

사람의 몸과 마음은 혼을 담은 그릇이자,
뇌파와 소리는 보이지 않는 에너지 주파수다.

인간의 기본 감정으로 분류되는 기쁨喜, 분노怒, 슬픔哀, 욕망欲, 증오惡를 표현하고자 다섯 개의 원형 금속판을 제작하기로 했다. 금속판에 담긴 물은 실시간 감지된 뇌파 데이터를 통해 음악의 음량, 음높이, 패닝을 조절하도록 프로그래밍 되어 있었다. 이를 통해 나의 심리적 상태를 수치화하고 내면의 균형을 찾을 수 있도록 기획했다.

다른 외부 대상에 마음을 집중하면 소리가 증폭되고, 마음이 편안하면 소리가 고요해진다. 이처럼 〈유노이아〉 퍼포먼스는 나를 비우고 마음의 평정을 찾기 위해 만들어졌다. 영상에서 눈을 감고 있는 장면은 고요한 명상으로 물의 진동을 잔잔하게 가라앉히는 행위이다.

하지만 완전한 명상으로 해탈에 이르는 고요함은 불가능하므로 물의 진동은 계속된다. 세상을 살아가면서 '나 자신'을 완벽하게 조절하고 극복하는 일이 쉽지 않기에 우리는 되도록 아름다운 생각을 갖도록 자신을 유도해야 한다. 그래서 작품명이 〈유노이아Eunoia〉, 그리스어로 '아름다운 생각'이다.

지난 몇 년 동안 이 퍼포먼스를 통해 '과연 감정은 통제해야만 하는 것일까?'라는 생각을 해왔다. 사람은 감정의 지배에서 완전히 자유로울 수 없다. 내 감정의 본질을 이해하고 받아들여야 한다고 생각하던 중에 철학자 스피노자의 저서 「에티카」를 접하게 되었다. 그의 인간 감정에 대한 48가지 정의를 흥미롭게 읽은 후, 나는 영감을 받아 후속편 〈유노이아 II〉를 제작하게 되었다. 48개의 스피커와 물을 담

유노이아 II (2014)
뇌파 헤드셋, 48개 스피커, 48개 원형 금속판, 물, 오디오 인터페이스
5.5M x 5.5M x 0.6M

은 원형 금속판이 대칭적으로 균형을 이루는 설치작품 안에서 나는 그 사이를 거닐거나 가만히 서 있는 퍼포먼스를 했다. 신기하게 쳐다보는 사람들의 시선이 나를 향해 고정되어 있었다.

"오, 물이 움직이는 게 마술 같아. 나도 해보고 싶어!"
"왜 물이 안 움직여? 혹시 작동 안 되는 거 아냐?"

뇌파 데이터에 따라 변화하는 물의 진동은 퍼포먼스 중인 현재 나의 상태를 투영했다. 내 마음이 차분해지면 물은 고요해지고, 잡념이 생길수록 물방울은 치솟는다. 아이러니하게도 내 창작 의도와 달리 물의 움직임을 보러 온 관람객들은 내가 '명상하기'보다는 '산만하기'를 원했다. 그래야 소리가 더 커져 물이 반응하기 때문이다.

나는 다양한 센서와 테크놀로지를 활용하여 예술에 접목시키는 다원예술* 이라 불리는 장르의 작품을 하고 있지만, 오히려 아날로그적인 휴머니즘을 추구한다. 현대인들은 점점 빨라지는 과잉 활동성의 사회 속에서 살고 있지만 숨 돌릴 겨를 없이 달리다 보면 '나'를 잃어버리기 쉽다. 내가 어디로 가고 있는지, 내가 누구인지, 내가 추구하는 삶이 무엇인지에 대해 종종 일시적 쉼표가 필요하다.

〈유노이아 II〉는 조급함과 느림 사이에서 내적 투쟁하는 '나'를 중심에 두는 작업이다. 스피노자의 말처럼, 나 자신을 알고 사랑하는 일, 바로 유노이아 작품의 세계관이다.

우리 자신과 감정 상태를 알면 알수록
우리는 그 자체를 사랑하게 된다.

---

*다원예술Interdisciplinary Art: 예술 장르간의 새로운 융합이거나 예술과 다른 장르가 기술적, 철학적, 인문 예술적으로 새롭게 접근하여 만들어지는 것으로 새로운 예술을 만들어내는 것이다.

H.Choi

유노이아 II 전시로 네덜란드 헤이그에 함께 간 게 기억이 난다. 너의 퍼포먼스가 끝나자 방송국 인터뷰로 정신이 없는데, 관람객들도 모두 너에게 다가와 말을 걸더라. 줄이 길어지자 어느 한 아시안 여성이 내게 다가와 한국말로 말을 걸어왔어. 자신은 한국에서 온 전시 아르바이트를 하는 대학원 유학생인데 자신들끼리 이번 전시에서 가장 맘에 드는 작품으로 유노이아 II를 선정했다고 하면서, 타지에서 한국인의 우수한 전시를 만나서 너무 기쁘고 뿌듯하다고 말했어. "자랑스러운 따님을 두셨어요." 덕분에 내가 칭찬을 받아서 우쭐해버렸다.

예술가는 여기에 있다

미술관의 넓은 공간 한가운데, 한 예술가가 무표정으로 의자에 앉아있다. 한쪽으로 땋은 긴 검은 머리에 붉은색 드레스를 입은 그녀는 마주 보는 빈 의자에 앉게 될 다음 관객을 기다리고 있었다. 한 남자가 천천히 다가와 자리에 앉았고, 지그시 감았던 눈을 뜬 그녀는 눈앞의 남성을 마주하자 미소를 지었다.

서로를 말없이 바라보던 그들은 마침내 두 손을 내밀어 서로의 손을 잡고 이내 눈물을 흘렸다. 두 남녀를 바라보던 관객들은 뜨거운 마음으로 아낌없는 박수를 보냈다.

2010년 뉴욕, 모마MoMA에서 열린 〈예술가는 여기에 있다The Artist is Present〉 퍼포먼스 영상의 한 장면이다. 한동안 SNS를 도배했던 "22년 만에 재회한 옛 연인" 영상의 주인공은 바로 세계적인 행위예술가 마리나 아브라모비치Marina Abramović였다.

이 다큐멘터리를 보면서 언젠가 마리나 아브라모비치의 퍼포먼스를 직접 경험하고 싶다는 생각이 강하게 들었다. 나의 이러한 염원이 약 1년 뒤 이루어지게 되었다. 정확히 말하자면, 나는 그녀가 운영하는 마리나 아브라모비치 인스티튜트에서 인턴으로 일하게 되었다.

2013년 7월, 무더운 뉴욕의 여름보다 더 뜨겁게 달궈던 크라우드 펀딩 프로젝트가 있었다. 바로 마리나 아브라모비치 인스티튜트MAI 킥스타터 캠페인이었다. 모마 전시회가 끝난 몇 년 후에도 아브라모비치의 퍼포먼스에 대한 여운이 가시지 않았던 때였다.

그녀의 명성에 힘입어 30일간의 후원 기간 동안 4,765명의 참가자들로부터 약 7억 9,000만 원의 모금이 달성되는 성공을 거두었다. 이례적으로 엄청난 후원금을 받은 예술 크라우드 펀딩 프로젝트인 만큼 많은 사람들의 화제를 불러 모았다.

이 프로젝트의 소액 후원자였던 나는 어느 날 고심 끝에 MAI 측에 간단한 자기소개와 함께 이력서와 포트폴리오 링크를 이메일로 보냈다. 깜깜무소식에 마음을 비우고 있던 어느 가을날, MAI 사무실에서 회신이 왔다. 이 크라우드 펀딩 프로젝트를 실행하기 위해 도와줄 사람을 찾고 있다면서 면접 인터뷰 제안이 들어왔다. 그렇게 10월부터 이듬해 가을까지 파트타임 인턴으로 MAI 일을 돕게 되었다.

사무실에서 일을 시작한 지 얼마 후, 아브라모비치를 처음 만나게 되었다. 큰 키에 긴 검은 머리와 빨간 립스틱을 바른 그녀가 사무실에 들어서는 순간 그녀만의 아우라가 물씬 풍겼다. 아브라모비치는 과감하고 파괴적인 행위예술가의 이미지로 카리스마가 넘치는 여전사를 연상시킨다. 그녀를 만나기 전까지는 나 또한 그런 선입견이 있었다. 예상외로 그녀는 밝은 에너지를 뿜으며 사람들에게 반갑게 미소 띤 아침 인사를 했다. 존경하던 아티스트를 만나 긴장한 나머지 쭈뼛하던 나를 보며, MAI 팀원이 아브라모비치에게 내 소개를 해줬다.

"마리나, 이 친구는 새로 일하게 된 리사에요. 리사가 뇌파 센서를 사용한 퍼포먼스를 했는데 멋져요. 한 번 이 영상 보세요."

'와! 마리나 아브라모비치가 내 작품을 봐준다니…!'

기쁨과 긴장감에 들뜬 나는 떨리는 손으로 핸드폰을 통해 〈유노이아〉 영상을 보여줬다. 그리고 영상을 끝까지 다 본 그녀는 "리사, 이 영상의 이 부분이 좋은 것 같으니 좀 더 길게 넣으면 좋을 것 같아"라는 말을 건네주었다.

이곳에서 일하면서 재미난 에피소드를 경험할 수 있었다. 하루는 MAI 사무실로 작은 소포가 날아왔다. 그 안엔 그녀의 유럽 팬이 자신의 피를 담은 작은 유리병과 손 편지가 함께 담겨있었다. 세계적으로 유명한 아티스트인 만큼 그녀에겐 많은 열성 팬들이 존재했다.

나는 인턴 기간 동안 대학 시절 미술사 수업 시간 때 들었던 대만 출신 행위예술가 테칭 시에Tehching Hsieh와 사진작가이자 예술가인 니키 리Nikki S. Lee를 직접 만나 인터뷰 진행을 도우며 그들의 진솔한 얘기와 작품 과정에 대해 듣게 되는 뜻깊은 소중한 경험을 했다.

2014년 6월, 나는 MAI 팀원들과 함께 영국 서펜타인 갤러리Serpentine Gallery에서 열린 마리나 아브라모비치의 신작 전시 〈512 Hours〉에 참여했다. 런던의 날씨는 듣던 대로 우중충한 흐린 날씨와 함께 장맛비가 멈추지 않았다.

며칠 후, 전시 오프닝 이른 아침부터 런던 하이드파크에 위치한 서펜타인 갤러리에는 많은 사람들이 줄 서서 기다리고 있었다. 사람들의 환호와 여러 경호원의 보호 아래 아브라모비치는 관객에게 인사한 후 곧 갤러리로 입장했다.

이 퍼포먼스를 경험하기 위해선 한 가지 조건이 있었다. 관객들은 가방, 시계, 휴대폰, 카메라 등의 개인 소지품을 사물함에 보관한 후 노이즈 캔슬링 헤드폰을 착용하고 입장해야 했다. 외부적인 요인에 방해받지 않고 온전히 집중할 수 있는 상태에서 참여하길 바라는 예술가의 의도였다.

전시 공간을 들어서면 사방이 하얀 벽과 검은 옷을 입은 안내자들 그리고 헤드폰을 착용한 관객들이 있었다. 수십 명의 사람들은 침묵의 상태에서 각자 다른 행동을 하고 있었다. 가만히 서 있는 사람, 벽을 바라보고 있는 사람, 천천히 걷는 사람, 쌀알을 세는 사람, 간이침대에 누워서 쉬는 사람…. 그들 모두 자신의 행위에 몰입되어 있었다. 아브라모비치는 훈련된 안내자들과 함께 침묵 속의 관객들과 교감하며 전시장을 돌아다녔다. 모든 동작들이 늘어진 테이프처럼 천천히 움직였다.

늘 급변하는 사회에 살던 나에겐 낯선 풍경이었다. 처음에는 어색했지만 점차 환경과 하나가 되었고 이상하게도 전혀 지루하지 않았다. 시간 감각이 둔해지면서 '현재'를 온전히 감지하는 나 자신과 마주하게 되는 경험을 했다. 그 공간에서 아무것도 하지 않고 오롯이 단순한 행위를 하는 경험은 흡사 마음 챙김Mindfulness 수련과도 같았다.

관객은 자신의 의지에 따라 언제든 갤러리를 떠날 수 있지만 대부분의 사람들은 오래 머물렀다. 〈512 Hours〉 퍼포먼스는 개인차에 따라 사람들의 반응이 극과 극이었다. 누군가는 감동을 받았고, 누군가는 퍼포먼스가 지루하다고 느꼈고, 누군가는 종교적인 경험을 했다고 한다. 이번 전시를 통해 내 행동에 온전히 몰입할 수 있었던 경험은 내게 깊은 인상을 남겼다. 얼마 뒤, 여운을 뒤로한 채 어느덧 영국에서의 마지막 밤을 보내고 다시 뉴욕으로 돌아가게 되었다.

세상에는 여러 가지 종류의 미술 작업이 있다. 회화, 조각, 설치 미술, 영상, 사진, 디지털 아트, 개념 미술, 퍼포먼스 아트 등 다양하다. 이들의 공통점은 창조자creator가 있고 피조물creation이 있다는 것이다. 행위예술에서는 이 두 역할의 경계가 허물어진다. 물아일체物我一體. 대중의 관점에서 행위예술은 난해하고 접근하기 어렵다.

그러나 한 가지 확실한 것은 예술가는 존재한다 Artist is present.

H.Choi

여름방학을 이용해서 뉴욕에 갔는데, 너 생일을 앞두고 서울 집으로 돌아가려니 며칠 전부터 가슴속에 묵직한 벽이 쳐진 것처럼 답답하니 불편하더라. 생일 당일은 영국으로 가는 비행기 안에서 온종일 보냈겠지. 그래도 같이 가는 일행들과 즐거운 시간이 되기를 바랬어. 네가 외출한 사이, 미역국을 끓이고 혼자 몰래 생일 카드를 쓰기 시작했단다. 널 만나면 반갑다가도 헤어짐은 늘 가슴속 한 켠에 아쉬움으로 얼레미 같은 작은 구멍에서 바람이 들어오더라. 그래도 뉴욕의 여름은 너와 보낸 많은 추억으로 행복했어.

루마 (2015)

광섬유, LED, 센서, 마이크로폰, 알루미늄, 플라스틱

4.5M x 8M x 3M (가변 설치)

동심의
세계로의 초대, 루마

2014년, 나는 뉴욕의 현대미술관 뉴뮤지엄The New Museum이 야심차게 준비한 아트 인큐베이터 프로그램 뉴잉크NEW INC에 합류하게 되었다. 예술과 기술이 만나는 공동작업 공간이 될 뉴잉크는 다양한 예술가, 디자이너, 기술자들이 함께 모여 서로 협력하고 성장할 수 있는 커뮤니티다. 뉴욕의 유명 미술관이 시도하는 첫 프로그램인 만큼 많은 관심이 쏟아졌고, 첫 멤버들에 대한 기대감도 컸다.

이듬해 3월, 뉴뮤지엄의 뉴잉크 멤버들에게 흥미로운 공지가 올라왔다. 뉴잉크 단독으로, 레드불 스튜디오Red Bull Studios와 협업하여 선정된 그룹 팀들에게 제작비를 지원하고 전시회를 주최한다는 내용이었다. 뉴욕 첼시에 위치한 레드불 스튜디오는 에너지 드링크로 유명한 레드불이 운영하는 예술공간으로 신진 뮤지션과 아티스트의 실험적인 예술을 기획하고 지원한다.

우리의 미션은 한 명 이상의 동료와 협업하여 테크놀로지를 활용한 새로운 작품을 창작하는 일이었다. 뉴잉크와 레드불 스튜디오 공동 주최자들은 실험과 놀이에 대한 순수한 탐구로 만들어진 창의적인 신작을 심사하여 최종 선정된 팀을 발표하기로 했다.

나는 내 책상 위에 놓여있는 광섬유 LED 램프를 만지작거리며 어떤 아이디어로 작품을 만들지 골똘히 생각에 잠겨 있었다. '누구'와 함께 할까 생각보다 '무엇'을 할까를 고민하며 떠오르는 단어들을 끄적거리고 있었다.

예술과 기술
협업을 통한 창의적인 창작
자유로운 실험정신과 탐구

그때, 내 책상 옆자리에 앉아 있던 케빈 시워프Kevin Siwoff가 말을 걸어왔다. 당시 그는 두 명의 뉴잉크 멤버 친구들과 함께 소리와 빛을 매개체로 사용하여 인터랙티브 설치물을 만드는 크리에이티브 스튜디오를 운영하고 있었다(현재 런던에서 개인 아티스트로 활동한다).

"리사, 오늘 레드불 스튜디오 전시 공지 이메일 봤어?"

"응, 전시 기획 재밌어 보이더라! 근데 아직 뭘 할지는 몰라."

"나도 그래. 난 평상시 아이디어 구상을 위해 재료 연구를 하는데 너도 해볼래?"

"좋아, 나 이전부터 광섬유 재료로 작업해 보고 싶었는데 이걸로 시작해 보는 것은 어때?"

"그래, 그럼 우리 같이 연구해 보고 아이디어 나오면 팀으로 지원해 보자."

프로젝트 제안서 마감 한 달을 앞둔 그날부터 우린 아이디어 스케치, 컨셉 연구, 프로토타입 제작 만들기에 돌입했다. 센서를 사용해 소리에 따라 밝아지는 수백 개의 얇은 광섬유 가닥들에 비치는 불빛은 몽환적이고 아름다웠다. 광섬유는 마치 어둠 속의 밤하늘에 반짝반짝 빛나는 반딧불이와도 같았다. 한여름 밤 반딧불이에 둘러싸인 동화 속 장면이 떠올랐다.

'순수했던 어린 시절을 그리워하는 어른들에게 동심의 세계로 이끌어주는 대형 반딧불이를 만들면 어떨까?'

마감 며칠 전, 전시 제안서 준비를 마친 뒤 작품명을 정하기 위해 고민 하던 찰나였다. 마치 살아있는 생물처럼 동그랗고 복슬복슬한 광섬유 조형물에게 사람과 비슷한 이름을 지어주고 싶었다. 스페인어로 소녀를 뜻하는 'el niño'와 빛을 의미하는 'illumination'에 영감을 받아 'lum'과 'a'를 붙여주었다. 그렇게 〈루마Luma〉라는 작품명이 탄생하게 되었다.

따스한 여름이 다가오는 5월 초, 나와 케빈을 포함한 총 아홉 팀이 선정되었다는 발표가 나왔다. 전시 개막을 두 달 앞두고 우리는 기쁨을 만끽할 틈도 없이 바로 제작 모드에 돌입해야 했다. 단기간에 대규모 설치 작업을 해야 한다는 부담감에 우리는 여러 가지 일들을 서로 분담하여 동시에 진행하기로 했다.

제작 과정에서의 다양한 문제를 해결하느라 분주한 시간을 보낸 우리는 6월 중순부터 매일 레드불 스튜디오를 방문해 전시 설치팀과 함께 천장에 매달릴 〈루마〉 설치 작업을 시작했다. 이 공간을 위한 맞춤형 설치 작품인 만큼 주최 측의 기대가 컸기 때문에 광섬유 배송 지연은 우리에겐 가장 큰 문제였다.

그리고 마침내 전시 오프닝을 앞둔 약 2주 전 우리가 손꼽아 기다리던 박스들이 전시 공간에 도착했다. 하지만 웬걸! 우리가 생각했던 기성품과 달리 광섬유 가닥들이 풍성하지 않고 많이 눌려 있었다. 그것도 5,000개나!

"아, 어떡하지? 이 광섬유들 사용하면 머리 탈모 증상처럼 듬성듬성 비어 보일 텐데?"

"리사, 중국에서 다시 제작해서 받기에는 터무니없이 시간이 부족해. 광섬유 가닥이 머리카락이랑 비슷하니 스프레이로 고정되나 해볼까?"

예상과는 다른 모습의 광섬유 상태에 당황한 우리는 유튜브로 '머리카락 볼륨 주는 방법'을 검색한 후 근처 편의점으로 뛰어갔다. 미용사가 머리에 볼륨을 주듯 빗질하며 광섬유에 스프레이를 뿌렸지만 안타깝게도 무용지물이었다. 여러 시도 끝에 착안한 방법은 수백 개의 광섬유 가닥들을 머리끈으로 여러 번 묶고 손으로 꼬아서 풍성한 효과를 주는 것이었다.

하지만 이것은 일시적인 해결책이었다. 오랜 시간 후에 다시 원상태로 돌아올 가능성이 농후했다. 달리 이 방법 이외에 별다른 방도가 없던 우리는 급하게 단기 인턴들을 구해 그날 이후로 밤낮으로 광섬유 작업에 매진하게 되었다.

짧은 시간 내에 5,000개의 광섬유를 손질하는 일은 고된 작업이라 몇몇 인턴들은 예정일보다 일찍 그만두는 일도 생겼다. 나 역시도 반복적인 노동 작업으로 쌓인 피로와 붉게 부어오른 손 때문에 그만두고 싶은 마음이 굴뚝같았다. 하지만 시간적인 여유가 부족한 작업이기 때문에 전시 오프닝 준비가 순조롭게 진행되기만을 바랄 뿐이었다.

레드불 스튜디오 갤러리 전시 사진

몇 주간의 우여곡절 끝에 드디어 7월 9일 전시 VIP 오프닝이 밝아왔다. 뉴잉크와 레드불 스튜디오의 첫 그룹 전시회인 만큼 많은 인파와 언론들이 몰려왔다. 천장에 설치된 40개의 하얀 대형 광섬유 조형물은 전시장의 중앙 자리를 꽉 채우며 빛나고 있었다. 어린이부터 어른까지 다양한 관람객들은 실내 내부와 갤러리 외부 벽에 설치된 마이크를 통해 말하기나 노래를 불렀고, 감지된 소리에 따라 광섬유가 빛을 비춤으로써 영롱한 분위기를 연출했다.

자신의 목소리에 반응하는 〈루마〉를 즐겁게 바라보는 관람객들의 얼굴엔 환한 미소가 번졌다. 마치 동화 같은 분위기를 풍기며 밝은 불빛이 우리를 따뜻하게 감싸 안아주는 듯 보였다. 지난 몇 달간의 힘든 과정들이 주마등 스치듯 만감이 교차되는 순간이었다. 자신의 내면의 이야기나 노래를 통해 반응하는 〈루마〉는 힘겹게 탄생되었지만, 빛과 소리의 매개체를 통해 동심의 세계를 이어주는 플랫폼이 되어주었다. 마치 동화 같은 분위기를 풍기며 밝은 불빛이 우리를 따뜻하게 감싸 안아주는 듯 보였다.

인생에서 가장 중요한 교훈은 마치 어린 시절에 있다는 걸 일깨워 주듯이….

H.Choi

넌 <루마> 전시 이후 광섬유 작업이 너무 힘들어서 다시는 하지 않겠다고 나한테 말했어. 마치 더 이상 임신 안 한다고 하고 둘째 임신하는 것처럼, 넌 수작업이 많은 그 작품을 몇 년 후 다시 하더라. 중국과 우리나라에서 변형된 작품으로 전시했지. 너를 보니 작품 하나하나가 마치 아이를 임신하고 출산하는 과정 같더라. 개인적으로 <루마>는 작품이 주는 영롱함과 더불어 관람객들의 행복해하는 표정이 좋아 보여. 어른이 되면서 순수함, 진실됨의 가치가 성공적인 삶을 대변하지 않게 되었지만, 그래도 엄마는 '루마'의 동심의 세계가 가끔은 그립다.

리듬 vr.2 (2019)
애플워치, 스크린, 커스텀 iOS 앱
(가변 설치)

심장박동의
연주와 춤사위

퍼포머와 관객 사이에는 '보이지 않는 대화'가 오고 간다. 지난 몇 년 동안 〈유노이아〉 퍼포먼스를 하면서 관람자들의 미세한 반응과 내 행위 사이에서 서로 영향을 주고받는 느낌이 들었다. 보이지 않는 내면의 상태를 소리나 그림으로 표현하면 어떤 모습일까 궁금해지기 시작했다.

'오케스트라 앙상블처럼 사람들의 심장 박동수로 연주할 수 있다면 어떨까?'

이런 생각을 계기로 뉴잉크NEW INC 멤버로 활동할 당시 인터랙티브 퍼포먼스 〈하트모닉Heartmonic〉을 이듬해 뉴뮤지엄에서 선보였다.

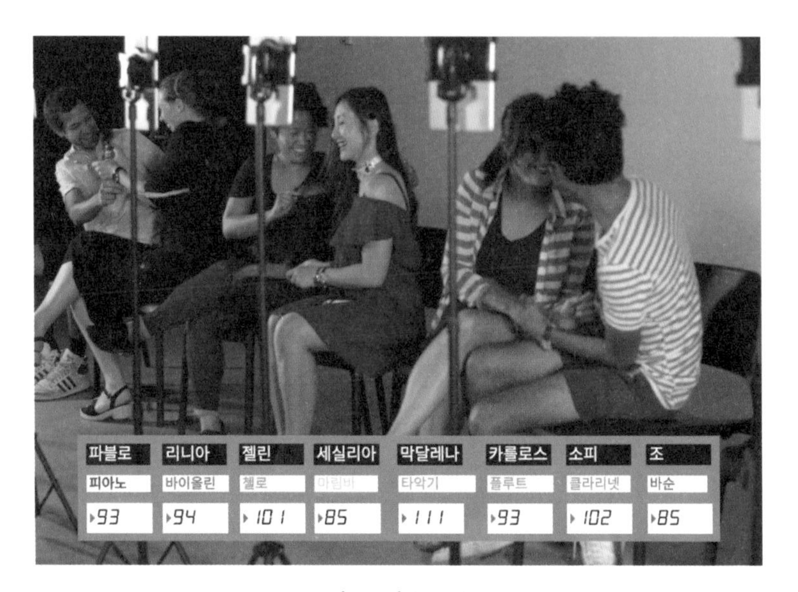

하트모닉 (2016)
심박센서, 아이패드, MIDI 컨트롤러, 스피커

하트모닉은 'heart'와 'harmonic'의 합성어로 '심장 소리로 하모니를 이룬다'는 의미를 담고 있다. 여덟 명의 참가자의 심박수에 따라 각 악기(피아노, 첼로, 클라리넷, 마림바, 바이올린, 플룻, 타악기, 바순)의 소리가 실시간으로 연주되는 실험적인 퍼포먼스다. 나는 지휘자처럼 참가자들의 다양한 감정을 불러일으킬 수 있도록 여러 가지 액티비티(눈빛 교환, 악수, 포옹, 춤추기, 간지럽히기, 등)를 유도했다. 리허설과 사전 준비 없이 진행되는 즉흥적인 퍼포먼스 경험을 바탕으로 다음 전시회에서는 내면의 상태를 시각적으로 보여주고 싶은 마음이 생겼다.

기회는 생각보다 빨리 찾아왔다. 2016년 스미소니안 APAC* 가 주최하는 단체전에서 신작 〈리듬Rhythm〉을 선보이게 되었다. 잭슨 폴록의 〈가을 리듬:넘버 30Autumn Rhythm:Number 30〉에서 영감을 받은 〈리듬〉은 관객의 심박수에 따라 실시간으로 자신만의 독창적인 디지털 그림이 TV 스크린에 그려진다. 붓 자국의 굵기는 참여자의 심박수가 느릴수록 가는 선으로 표현되고, 심박수가 빠를수록 굵은 붓 자국으로 표현됐다. 색상은 알고리즘에 의해 설정되며, 관객이 참여하는 5~10분 동안 역동적이고 리드미컬한 추상화가 그려진다. 다양한 연령층의 사람들이 심박수 센서를 몸에 착용하고 신나는 배경음악에 맞춰 독특한 행동들을 해나갔다.

"One Two! One Two Three Four!"를 외치며 에어로빅을 하는 할머니, 친구와 함께 팔굽혀펴기 내기에 참여한 두 명의 남성들, 서로의 손을 잡고 심박수 페인팅을 바라보는 가족…. 많은 사람들은 자신의 심장으로 인해 그려지는 그림을 보고 자유와 재미를 느끼는 것 같았다.

참여가 끝난 후, 나는 '단 하나밖에 없는' 그들의 심박수 페인팅을 포토카드에 인쇄하여 기념품으로 증정했다. 가족과 함께 방문한 아이는 나중에 다시 한 번 체험해 보고 싶다는 말을 남기고 마지막 인사를 하고 떠났다.

---

* 스미소니안APAC(Smithsonian Asian Pacific American Center): 미국 정부 예산으로 운영되는 교육 재단인 스미소니안Smithsonian Institution은 미국 전역에 유명한 박물관, 미술관 및 연구센터를 운영하고 있다.

"저 다음에 또 해보고 싶어요! 나중에 이 작품을 앱으로 만들어서 애플워치와 함께 사용하면 재밌을 것 같아요."

말이 씨가 된다는 말이 몇 년 후 현실이 됐다. 애플사로부터 카네기 도서관Apple Carnegie Library 스토어 개관을 앞두고 40명의 크리에이터를 초대하여 스토리메이커스 페스티벌StoryMakers Festival 이벤트를 기획한다는 메일을 받았다. 개관식 날짜는 극비사항인 만큼 비밀유지 계약서를 체결한 후 발표될 예정이고 애플워치를 활용한 〈리듬〉작품을 선보였으면 좋겠다는 제안이었다.

반년 후인 2019년 5월, 여러 전시 일정으로 텍사스, 서울, 뉴욕을 오가며 마지막 목적지인 워싱턴 D.C.에 도착했다. 당시 외신들은 애플의 혁신이 역사적인 카네기 도서관에 녹아들어 새로운 공간으로 탈바꿈할 것이라고 연일 보도했다. 기존의 애플 스토어와 달리 카네기 도서관은 고풍스러운 궁전 같은 느낌을 주었고 흰 대리석 장식은 애플의 미니멀한 미적 감각을 자아냈다.

애플 카네기 도서관 입구에는 개관 기념으로 6주간 진행되는 '스토리메이커스 페스티벌' 광고와 40명의 크리에이터 이름이 적혀 있었다. 이 이벤트는 사진, 디자인, 음악, 미술 등 다양한 분야의 아티스트들이 애플 제품을 사용하여 대중에게 자신의 '스토리'를 선보이는 자리였다. 애플의 CEO 팀 쿡Tim Cook이 깜짝 방문하여 오프닝 행사를 빛내 주었고, 개관 축하 메시지를 전하며 분위기를 한층 고조시켰다.

참가자 중 유일한 한국인이었던 나는 5월 18일 〈Art Lab for Kids: Heartbeat of D.C. with Lisa Park〉라는 제목으로 강연과 워크숍을 진행했다. 〈리듬 vr.2〉는 두 참가자의 실시간 심박수를 기반으로 애플 워치와 아이폰을 사용하여 애플 스토어의 대형 화면에 라이브 디지털 페인팅을 그리는 작품이었다. 어린아이들은 신나게 뛰놀며 덩달아 그들의 심박수도 춤을 추듯 다양한 색감과 굵기의 추상화 그림을 선보였다. 이에 참가자들은 추후에 밸런타인데이 특별 기획 또는 삼성과의 협업 등 다양한 의견을 쏟아내며 관심을 보였다.

사람들은 작품 〈리듬Rhythm〉을 통해 말한다.

우리는 자유로운 영혼이고,

우리 삶의 창조자이며,

우리의 발자취가 하나의 작품이 될 수 있다.

H.Choi

심장박동수 하면 가장 먼저 생각나는 건 임신 중 너의 심장 소리를 듣고 감동했던 순간일 거야. 내 심장박동수가 그려낸 추상화는 어떤 형상일까? 또 어떤 감동을 줄지 정말 궁금하다. 세상에서 단 하나뿐인 자신의 추상화 작품을 선물 받은 사람은 기뻤을 것 같아. 내가 가장 참여해보고 싶은 너의 작품이야.

블루밍 (2018)
터치센서, 심박센서, 제스처 센서, 프로젝터, 프로젝션 스크린
6M x 4M (가변 설치)

사랑으로 피는 꽃,
블루밍

뉴욕에서 지낸지 7년쯤 되던 해이다. 울창한 빌딩 숲 아래 어딘가를 바삐 걷는 사람들, 무표정의 지친 얼굴들, 길거리를 오가는 사람들의 짜증 난 목소리와 높은 언성들…. 익숙해질 법하지만 그렇지 못했다. 누군가는 큰 꿈을 가지고 이곳에 왔고, 누군가는 여기서 태어나고 자랐고, 누군가는 잠시 머문다. 5년 넘게 뉴욕에 사는 이방인이라면 누구나 한 번쯤은 스스로에게 묻는 질문이 있다.

"내가 여기 뉴욕에서 꼭 살아야 하나?"

다른 나라에서 온 이민자들과 유학생들은 화려한 도시 뉴욕에 둥지를 틀었지만 그들의 마음 한편에는 지구 반대편에 있는 가족과 고향에 대한 그리움이 자리 잡고 있다. 군중 속의 고독…, 나 또한 예외는 아니었다. 우리는 언제 어디서나 버튼 하나만 누르면 지구 반대편에 떨어진 사람들과 실시간으로 화상 통화를 할 수 있지만, 상대방의 존재는 느낄 수 없다.

맨해튼의 거리는 사람들로 북적거리지만 거리 곳곳에는 조용히 쉴 수 있는 공원과 벤치들이 있다. 나는 사람들이 모여있는 워싱턴 스퀘어와 유니언 스퀘어를 거닐며 사람들의 모습을 카메라에 담기 시작했다. 햇살 아래 눈을 감고 벤치에 앉아있는 아이들, 공원에서 여유롭게 책을 읽는 노인, 점심시간에 직장 동료와 샌드위치를 먹는 회사원, 잔디에 누워 쉬고 있는 커플, 따뜻한 포옹으로 친구를 맞이하는 학생…. 삶이 힘들고 여유가 없을 거라 생각했던 뉴욕을 찬찬히 둘러보니 '사람 냄새'가 물씬 풍기는 곳이었다.

'어떻게 하면 인간관계의 소중함과 따스함을 느낄 수 있는 작품을 만들 수 있을까?'

워싱턴 D.C.의 벚꽃 축제에서 함박웃음을 짓는 관광객을 보면서 갑자기 아이디어가 떠올랐다. 사람과의 접촉에 의해 만개하는 벚꽃나무를 만들어 사람들간의 유대감을 표현하고 싶었다. 한국에서의 봄이 그리웠는지 "벚꽃엔딩"의 노래가 내 귀에서 맴도는 행복한 상상속에서 그해 뜻밖의 기회가 찾아왔다.

2017년 겨울, 예술과 기술 협업을 위한 E.A.T* 아티스트 레지던시 프로그램에 세 명의 크리에이터가 선정되었다. 아메리카 갓 탤런트America's got Talent에 출연한 아일랜드 댄스 그룹, 로봇으로 예술작업하는 중국계 캐나다 예술가, 그리고 내가 노키아 벨 연구소Nokia Bell Labs와 뉴뮤지엄으로부터 후원을 받게 되었다. 노키아 벨 연구소 엔지니어와 함께 협업하여 새로운 작품으로 이듬해 전시하는 것이 우리의 미션이었다. 도심에서 약 1시간 30분 거리의 뉴저지에 위치한 노키아 벨 연구소는 자연에 둘러싸여 연구하기 좋은 환경이었고, 나는 내 프로젝트에 몰두할 수 있는 작업실을 제공받았다.

13명의 노벨상 수상자를 배출하고 26,000건의 특허를 보유한 벨 연구소의 여러 팀을 견학했을 때 '세계에서 가장 조용한 방'이라고 불리는 무향실anechoic room 체험이 가장 인상적이었다. 외부 소리와 전자기파를 차단하고 내부 소리를 흡수하도록 방음장치로 설계된 이 방은 인간이 들을 수 있는 범위에서 가장 조용한 소리인 0데시벨 미만이라고 했다. 맨해튼 도시 소음에 익숙해진 나는 오히려 그 평안한 환경이 낯설었다.

나는 사람 간의 관계 역시 사랑과 관심으로 피어나는 꽃과 같다는 생각을 하면서 〈블루밍Blooming〉을 기획했다. 관객의 접촉에 의해 피고 지는 3D 디지털 벚꽃나무로 예술과 기술을 융합한 인터랙티브 설

---

*E.A.TExperiments in Art and Technology: 1967년 벨 연구소의 기술자들과 뉴욕의 예술가들이 모여 예술과 기술에 대한 실험 전시회를 기획했다. 미술사에 새로운 장場을 열었다. 50주년을 기념해 2017년에 노키아 벨 연구소와 뉴뮤지엄이 합작하여 E.A.T 레지던시를 다시 시도하게 된다.

치작품이다. 약 1년간의 시행착오 끝에 이듬해 5월 마나 컨템포러리 Mana Contemporary갤러리에서 〈Only Human〉 이란 제목으로 그룹전을 하게 되었다.

2018년 5월, 드디어 관객들의 열렬한 박수와 함께 개막식이 시작되었다. 어두운 조명 아래, 대형 디지털 3D 벚꽃 프로젝션은 관객의 움직임과 심박수를 분석하여 실시간으로 꽃이 피고, 지고, 흩어지고, 색이 변했다. 두세 명의 참여자들이 손을 잡으면 벚꽃이 피고, 서로 어깨동무를 하거나 포옹하면 벚꽃잎이 흩날리면서 하얀 벚꽃잎이 더 붉은 색상으로 강렬해졌다.

가족, 모녀, 연인, 친구, 자매, 아이들은 사랑하는 사람과 손을 잡고 포옹하면서 접촉으로 피어나는 디지털 벚꽃 나무에서 시선을 떼지 못했다. 어린아이들은 깔깔 웃으며 벚꽃에 다가가다 넘어지기도 하고, 엄마와 아빠는 자녀의 손을 잡으며 벚꽃잎이 흩날릴 때 환호했다. 연인들은 서로의 볼에 입맞춤하며 사랑을 재확인하기도 하고, 어떤 자매는 자신들의 심박수로 인해 붉게 만개한 벚꽃을 보고 눈물을 글썽이며 더욱 어깨를 가까이 맞대고 있었다. 그들은 앙상한 가지에서 사랑의 꽃을 피워내고 있었다.

매해 봄이 오면 우리는 가족, 친구, 연인과 함께 흩날리는 벚꽃나무 아래를 거닐며, 환하게 웃고 함께 사진을 찍고 손을 잡고 걸어간

Only Human 전시회 오프닝 때 참여한 관람객들

다. 벚꽃의 화려함 속에서 좋아하는 사람들과 함께한 순간의 행복을 오래도록 기억하고 싶다. 우리가 기대하는 것은 어쩌면 벚꽃이 아닌 함께 있을 사람의 '존재'인지 모른다.

이 세상에서 가장 아름다운 꽃은 누군가의 마음에 핀 꽃이었다.

H.Choi

<블루밍>을 통해서 사람들이 얼마나 행복해했을까 상상해 본다. 엄마는 이른 봄 연례행사처럼 친구들과 벚꽃 보러 가는 것 아직도 여전히 좋아. 만개한 벚꽃처럼 인생 절정의 소중한 기억을 마음속에 담아두고 싶은 건지 모르겠다.

5

꿈은 이루어진다

딸

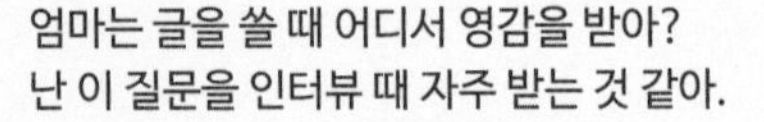

엄마는 글을 쓸 때 어디서 영감을 받아?
난 이 질문을 인터뷰 때 자주 받는 것 같아.

엄마

엄마는 모든 것에서 영감을 받는 편이야. 책에서 영화에서 드라마에서 자연에서 또 만나는 사람을 통해 영감을 받아. 그리곤 생각에 빠진 후 상념의 흐름들이 합쳐져서 connecting the dots가 된다고 할까?

딸

그럼 엄마가 보기엔 창의성은 훈련될 수 있다고 생각해?

엄마

창의적인 사람이 물론 있지. 남다른 감수성을 가진 사람들은 남이 보지 못하는 걸 발견해낼 테고. 지식의 축적과 경험이 통찰력으로 이어져 포텐이 터지는 시기가 바로 창의력 발현이니 어느 정도는 훈련될 수 있다고 생각해. 결국 창의성은 자신의 재능 활동에 몰입한 결과거든. 너는 주로 어디에서 영감을 받고 작품을 하는데?

딸

나도 일상에서 영감을 받는 편이야. 내가 속한 환경, 사람들과의 관계, 책, 음악, 여행을 통해 느끼는 감정이나 생각이 작품으로 표출되는 것 같아. 그럼 엄마는 앞으로 어떤 교육자, 작가로 살고 싶고 기억되고 싶어?

엄마

라틴어 'In Loco Parentis' 뜻은 '부모 대신에'란 뜻이야. 엄마는 재능을 일깨워주고 용기와 사랑을 주는 '엄마 같은 교육자'가 되고 싶어.
음~엄마는 '오징어게임' 보다는 '갯마을 차차차' 같은 마음 훈훈한 글을 쓰고 싶어. 에세이, 시, 우화에 도전하는 휴머니즘적인 작가가 되고 싶다. ㅋㅋ

엄마

그럼 너 차례. 너는 어떤 작가가 되고 싶고 어떤 작가로 기억되고 싶니?

딸

내가 3년 전에 '블루밍'이라는 작품을 뉴욕에서 전시했을 때 한 가족이 와서 참여했던 적이 있어. 두 명의 자매가 서로 손을 잡고 껴안을 때 둘의 심박수나 접촉 데이터에 따라 실시간으로 디지털 벚꽃이 피고 지는데 감격해서 눈물 흘리더라.

가족애(愛)와 인간 교류의 중요성에 대한 메시지를 전해주고 싶었는데, 그 관객이 나한테 "Thank you. It was a beautiful experience"라는 말을 해줄 때 나도 모르게 가슴 뭉클했어. 누군가에게 감동과 희망을 줄 수 있는 작가가 되고 싶고 또 그런 작품으로 기억되고 싶어.

트윙클 트윙클 (2021)
광섬유, LED, 거리센서, 알루미늄, 플라스틱
7M x 2M (가변 설치)

창의성이란

"아이들은 아무것도 아닌 것에서 모든 것을 찾고,
어른들은 모든 것에서 아무것도 찾지 못한다."

이탈리아의 시인이자 철학자 자코모 레오파르디Giacomo Leopardi의 말처럼 어린아이들이 세상과 사물을 바라보는 시선은 흥미로움과 신기함으로 가득하다. 시간이 흘러 나이가 들면 생각의 폭은 점점 좁아지고 사고의 유연성은 낡아진다. 창의성 발현의 가장 큰 걸림돌은 시간의 흐름에 따른 자연적인 정체와 퇴보다.

창의적인 아이디어는 무無에서 유有를 창조하는 게 아니다. "하늘 아래 새로운 것은 없다"라는 오래된 서양 속담이자 성경 구약 말씀이 있지 않은가? 우리의 두뇌는 끊임없이 정보를 흡수하고 유사점을 발견하며 우리의 의식을 통제한다. 하지만 다양한 경험을 통해 무르익은 상태와 우연한 기회가 만나면 새로운 조합의 창의적인 아이디어가 생각의 불씨를 지핀다. 관점을 바꾸는 것이 상상력의 힘이다. 그렇다면 예술적 창의성은 가르칠 수 있는 것일까?

☀

아트센터디자인 대학교의 어느 크리티크 시간이었다. 한국계 미국인 교포 학생이 벽에 걸린 자기 작품에 대한 의도를 설명하며 이런 말을 덧붙였다. "엄마는 제가 이 학교에 지원할 수 있도록 L.A. 코리아타운에 있는 포트폴리오 학원에 저를 보내셨어요. 근데 저는 학원 선생님이 제 그림에 간섭하는 게 정말 싫었어요." 그녀의 얘기를 듣던 미국인 교수님은 낯선 동양의 입시문화에 대해 의아한 표정으로 고개를 갸우뚱거리며 물으셨다.

"창의성을 어떻게 주입식으로 가르칠 수 있니?"

초등학교 때 예술중학교 입시를 준비하기 위해 반복적으로 데생과 수채화를 연습하던 시절이 플래시백처럼 머릿속을 휙 스쳐 지나갔다. 개인의 개성을 존중하고 독창성을 중시하는 미국 문화에서 예술가는 타고난 재능을 가진 사람으로서 '실력'을 불문하고 높이 평가 받는다. 교수님은 입시 학원 선생님이 학생의 그림에 직접 개입하여 방향이나 아이디어를 제시하는 교육 방식을 이해하지 못하셨다.

그 순간, 첫 학기 때 같이 입학한 브랜든이라는 남학생이 떠올랐다. 느긋한 말투와 남부 억양을 가진 브랜든은 티셔츠와 배기팬츠를 즐겨 입는 미국인이었다. 어느 날, 기초 과정 크로키 수업이 끝난 후 그가 나에게 입시 포트폴리오 스케치를 보여줬던 기억이 생생하다. 흩날리는 선, 인체의 비대칭 비율, 기초가 없는 드로잉 테크닉….

'뭐지? 내가 본 다른 학생들의 기초 실력에 비해 현저히 떨어지는데 학교에서 뽑은 이유가 뭘까?' 속으로 의아하게 생각하며 굳어가는 내 표정을 감추려고 일부러 먼발치를 쳐다보았다.

다음 학기 일러스트레이션 전공으로 전과한 브랜든을 몇 년 후 힐사이드 캠퍼스의 다리에서 우연히 마주쳤다. 서로의 근황에 대해 간단히 이야기한 후 그는 지난 수업에서 그린 그림을 보여주었다. 웬걸, 한마디로 '일취월장'이었다. 그때 나는 깨달았다.

'아, 학교는 그의 포텐셜을 봤구나!'

미국의 유명 미술대학은 저마다의 스타일과 선호도가 있고 매년 대학 입시생들은 학교의 요구사항에 따라 포트폴리오를 준비한다. 다양성과 개성을 추구하는 미국 문화에서 자란 학생들은 자신만의 '길들여지지 않은' 스토리를 담아 입시 포트폴리오를 만든다. 미국 대학교는 '성장 가능성'과 '예술적 감각'이 있는 학생을 알아본다. 한

마디로 그들은 원석을 찾아내고, 그 원석은 빛나는 보석으로 길러진다. 이전에 대학 입시 포트폴리오 심사위원으로 참여했던 지인이 나에게 이런 말을 했다. "지원자의 포트폴리오를 심사해 보면 어느 나라 학생인지 맞히기도 해." 동양 문화의 미술 교육은 개성보다는 테크닉을 중시하며, 남들과의 '다양함'보다는 '잘 그리는 획일성'을 요구한다. 동서양의 문화와 가치관의 차이는 입시 포트폴리오에서 고스란히 드러난다.

흔히 창의성이란 자유로운 상상력, 어린아이와 같은 호기심, 틀에 얽매이지 않는 사고를 떠올린다. 하지만 반복되는 삶의 패턴에 익숙해진 우리의 두뇌는 매일 신선한 아이디어를 낼 수 없다.

창의'력力'의 힘은 어디서 오는가?

창의력의 첫 발걸음은 관찰하는 힘이다. '나의 초점이 어디에 멈춰 있는지, 시선이 어디로 향해 있는지'가 중요한 것이다. 많은 예술가는 관찰자이다. 그림을 그리는 작업은 손이 아닌 눈과 머리가 하는 것이다. 단순히 사물의 외양을 파악하는데 끝나지 않고 관조觀照적인 자세로 사유하는 과정을 거친다.

세계적으로 영향력 있는 화가 데이비드 호크니의 시선은 늘 사람과 주변 환경을 향해 있었다. 화사한 색감, 평면적인 배경, 서정적인 빛의 표현, 무표정의 인물들…. 호크니는 오직 관찰자만이 세상의 모든 피사체의 고유한 특성과 아름다움을 발견할 수 있다고 믿는다.

"평상시 어디서 영감을 얻나요? 어떻게 창의적일 수 있을까요?"

외국 신문이나 잡지 인터뷰 담당자들이 나에게 많이 묻는 질문들이다. 20대 때 나는 창의성은 갇히지 않은 자유로운 사고와 아이와 같은 순수한 눈으로 세상을 바라보는 일이라고 생각했다. 시간이 흐르고 보니 창의적인 일을 하려면 외부 환경과 내면의 세상을 이어야 한다는 걸 깨달았다. 우리는 식물을 키울 때 햇볕을 쐬어주고, 물을 주고, 온도와 습도를 조절하고, 영양분을 공급한다. 우리가 충분한 환경을 조성해 주었을 때 꽃을 피우듯이, 창의성은 지식과 경험을 통해 배우고 좋은 질문을 하고 생각의 점들을 연결하여 새로운 아이디어를 창출할 때 생겨난다.

창의력은 기술이 아니라 근육이다. 즉, 몸을 단련하여 근육이 만들어지는 것처럼 창의성 또한 규칙적인 습관을 통해 발휘될 수 있다. 효율적으로 작업할 수 있는 환경과 자신이 선호하는 시간대에 일하는 루틴routine의 선택이 창작하는 작가의 기본자세라고 생각한다.

창작물은 게으름이나 나태함이 아닌
꾸준한 생산성을 통해 보여지는 부산물의 결과다.

예술이란 무엇인가

고등학교 미술 수업 교실에는 선생님이 벽에 붙여놓으신 그림 포스터가 있었다. 휘갈긴 듯한 얼굴 형태, 비대칭의 짝짝이 눈, 우는 듯 웃는 듯한 묘한 표정, 몸의 비율에 맞지 않은 손, 각양각색의 색상들로 칠해진 추상적인 초상화였다. 같은 반 남학생이 미간을 찡그리며 나에게 들으란 듯이 내 곁으로 다가와 툴툴대며 혼잣말을 했다.

"저건 나도 그릴 수 있겠다."

예술에 대해 모르는 문외한일지라도 현대인이라면 절대 모를 수 없는 그 이름! 그건 바로 피카소의 작품이었다. 피카소는 "세상은 3차원이고 캔버스는 2차원인데 왜 그림이 세상을 그대로 담아야 하지?"라는 생각으로 원근법을 버리고 입체주의Cubism 기법을 화폭에 담은 혁신적인 예술가다.

나름 미술에 심취하며 예술에 대한 진지함이 충만했던 18세의 나는 그 말에 반론도 못한 채 그냥 듣고만 있었던 게 아쉬웠는지 아직도 그 친구의 혼잣말과 표정이 스냅샷이 되어 내 머릿속에 저장되어 있다. 그 이후로 이러한 경험들이 데자뷰처럼 되풀이되었고, 그들의 말을 반추하며 스스로에게 되묻게 되었다.

'과연 예술이란 무엇인가?'

어느 추운 뉴욕의 12월 겨울 저녁, 지인 소개로 만난 회계사와 저녁 약속이 있어서 모마MoMA 미술관으로 향했다. 크리스마스를 앞둔 뉴욕 미드타운의 밤은 황홀할 정도로 아름다운 크리스마스 트리 장식들과 화려한 조명들로 빛나고 있었다. 모마의 높은 천장과 확 트인 갤러리 공간은 큰 영향력을 갖춘 뉴욕의 미술관답게 많은 인파들로 가득했다.

4층의 컬렉션 갤러리에는 〈1960~1969년 컬렉션으로 부터From the Collection:1960 - 1969〉라는 주제로 그 당시 전 세계적으로 일어난 예술 실험을 통한 다양한 회화, 조각, 설치물 작품이 전시되어 있었다. 연대순으로 쿠사마 야요이, 앤디 워홀, 로버트 라우센버그 작품들이 설치되어 있었다. 회계사와 같이 전시를 보며 걸어가는데 그의 발걸음이 어느 한 작품 앞에서 멈춰 섰다. 약 2M 크기의 회색 캔버스 위에 휘갈겨 그려진 연필과 크레용 자국은 역동적이지만 다듬어지지 않은 선들로 가득 채워진 사이 트웜블리Cy Twombly의 〈레다와 백조Leda and the Swan〉 페인팅이었다. 그 작품을 응시하며 호기심과 의아함에 가득 찬 목소리로 그가 말했다.

"이거 그냥 낙서 같은데? 저도 그릴 수 있을 것 같아요."

그 순간 나는 잠시 잊고 있었던 10년 전 과거의 기억이 다시 재현되는 것 같은 기분이 들었다. 나는 미술 전공자로서 그리고 현재 활동하는 아티스트로서 나름 사명감을 가지고 진지하게 몇 분 동안 장황한 설명을 늘어놓기 시작했다.

"이게 단순히 어린아이 낙서 같아 보이지만 그리스 신화를 주제로 재해석한 작품으로 레다의 아름다움에 반한 제우스가 백조로 변신하여 그녀의 품 안에 안겨…."

내 얘기를 듣던 회계사의 얼굴에는 '내가 왜 쓸데없이 이런 말을 했을까?'라는 후회스러운 표정이 만연히 드리나고 있었다. 사실 나는 트웜블리의 작품을 볼 때 '만약에 음악이 듣는 게 아니라 보는 거라면 이런 모습이겠지'라는 생각을 종종 한다. 토해내듯이 뿜어져 나오는 역동성, 즉흥적이며 강렬한 크레센도, 정제되지 않은 미세한 떨림, 반복적인 리듬의 순환….

하지만 같은 그림을 보더라도 개개인의 감정 상태와 경험에 따라 느끼는 게 다른 것은 어쩌면 당연한 것이다. 그래서 사람들은 예술은 어렵다고 말한다. 그렇다면 예술가의 역할은 무엇일까?

☀

모든 예술가들은 각자의 '언어'가 있다. 예술 작품은 예술가의 내재된 정신세계와 감정을 반영하는 거울이다. 화가는 그림을 그리며 자신을 표현하는 과정 속에서 그의 정신이 고스란히 깃들게 된다. 그래서 작품은 예술가를 닮아간다. 독일의 철학자 마르틴 하이데거가 말한 것처럼, "예술가는 예술 작품의 근원이고, 예술 작품은 예술가의 근원이다."

아는 지인이 이전에 뉴욕에 방문했을 때 자신의 무용담과 함께 모마 미술관에 간 얘기를 하기 시작했다. 나는 어떤 작품이 제일 좋았냐고 물어봤더니 그는 작품명과 작가 이름이 기억나지 않는다고 말했다. 궁금한 나머지 어떤 작품이었는지 묘사해달라고 하니 그가 이런 말을 했다.

"큰 그림이었는데 왠지 그걸 그린 사람이 제정신이 아닌 것 같아 보였어."

"어? 왜? 그림이 이상했어?"

"아니, 뭐… 뭐라고 표현할 수 없는데 물감이 흩뿌려져 있었어."

"혹시 잭슨 폴록 말하는 거야?"

"그게 누군지 몰라."

(나는 재빠르게 핸드폰으로 구글링 하여 모마에 영구 컬렉션으로 전시된 사진을 보여줬다.)

"응, 맞아"라며 그는 고개를 끄덕였다.

흥미롭게도 나는 비슷한 얘기를 다른 친구에게서 들은 적이 있었다. 그녀 역시 폴록의 그림을 보면 광기가 느껴진다며 왠지 모르게 기억에 남는다고 말했다.

정서적인 불안과 알코올 중독으로 기행을 일삼았던 폴록은 일찍이 뉴욕에서 유명세의 반열에 올랐지만 교통사고로 44세에 요절한 화가다. 전통적인 회화 방식과 달리 특정한 구도와 계획 없이 화가가 자신의 몸 전체를 사용하여 붓과 막대기로 물감을 뿌리는 작업은 행위예술과도 같았다.

자유로워 보이지만 광적인 에너지가 가득한 그의 심리 상태가 힘차고 격렬한 물감 흔적들로 캔버스에 고스란히 반영되어 있다. 미술학도라면 누구나 한 번쯤은 따라 해 봤을 폴록의 드리핑dripping 기법은 쉬운 듯해 보이지만 신기하게도 그의 그림과 같은 느낌이 나오지 않는다. 단순히 직관적이며 우연성에 의존하기엔 그의 '순간적인 행위'와 제스처를 통해 뿜어져 나오는 에너지가 응축된 화폭은 쉽사리 모방할 수 있는 게 아니다.

☀

우리는 영화를 보거나 음악을 들을 때 눈물 흘리는 순간이 있다. 그 순간 무언가가 우리의 심금을 울렸기 때문이다. 간혹 그림을 보고 일종의 종교적 경험을 하듯 눈물을 흘렸다는 얘기를 듣곤 한다. 그 순간이 바로 자신이 '작품과 소통'한 순간인 것이다.

내 주변에도 마크 로스코Mark Rothko 작품 앞에서 감정을 터뜨려 울게 되어 자기 자신도 당혹스러웠다고 얘기한 지인이 있다. 어떤 형태나 특정 인물 또는 사물을 묘사한 그림이 아닌 오로지 색감으로 주제를 표현한 로스코에게 '무엇을 느끼게 할 것인가'는 영원한 숙제였다. 그는 인간 본연의 감정인 기쁨, 슬픔, 비극, 황홀감 등을 표현하는데 심혈을 기울였고 그래서인지 그의 작품은 살아 숨 쉰다. 그렇게 예술 작품이 생명력을 가질 때 우리의 마음에 큰 울림을 준다.

내가 아트센터디자인 대학교에서 수강했던 미술사 수업의 마지막 날, 어느 한 화가의 작품 설명을 하며 눈물을 훔친 로스 엘프라인Ross Elfline 교수님의 얘기는 내 가슴을 먹먹하게 했다. 깔끔한 옷차림에 뿔테안경과 작은 링 귀걸이를 하셨던 교수님은 이야기보따리를 풀듯이 미술 역사에 대해 재밌게 설명하시곤 했다.

교수님은 현대미술을 대표하는 쿠바 태생의 개념미술가 펠릭스 곤잘레스 토레스Félix González-Torres의 작품을 설명하며 마지막 프리젠테이션 슬라이드로 〈무제:침대Untitled:Bed〉 이미지를 보여주셨다. 텅 빈 하얀 침대 위의 베개와 흐트러진 이불은 두 사람이 함께 누워 있던 흔적이 담겨 있었다. 뉴욕의 한 옥외 광고판에 전시된 이 대형 사진은 언뜻 보면 침대 회사 광고로 착각할 수 있는 평범해 보이는 사진이었다. 성 소수자였던 펠릭스는 자신의 정체성에 대한 차별과 소외, 에이즈로 사망한 그의 연인이었던 로스Ross의 사망, 사랑에 대한 그리움, 그리고 죽음과 이별에 대한 슬픔을 표현한 작품들이 많았다. 〈무제:침대〉 작품은 한때 함께였으나 지금은 존재하지 않는 죽은 연인의 부재로 인한 깊은 상실감을 담고 있다. 비록 서른아홉의 이른 나이에 후천성면역결핍증AIDS으로 세상을 떠났지만, 그의 작품이 지금까지 사랑받는 이유는 누구나 경험할 수 있는 사랑과 이별의 흔적이 공감을 불러일으켰기 때문이다. 작품 설명 후 교수님은 낮은 목소리로 얘기하셨다.

"위대한 예술이란 누군가의 마음을 움직이는 거야…."

그의 말투는 미세한 떨림이 있었고 순간 뿔테안경 사이로 눈물 몇 방울이 소리 없이 흘렀다. 펠릭스의 작품은 성 소수자였던 교수님에게 큰 울림이었던 것이다.

☀

사람들이 예술 작품을 감상할 때 느끼는 감정은 다 다르다. 그리고 예술 작품의 가치는 보는 이에 달려있다. 같은 작품을 관람해도 시대의 흐름에 따라 또는 관객의 받아들임에 따라 누군가에겐 훌륭한 작품일 수도 있고, 또 어떤 이에겐 망작亡作일 수도 있다.

작품과 나 사이에 '대화'가 오고 갈 때, 그 '교류'를 통해 우리는 함께 공명共鳴하게 된다. 마음속에서 일어나는 울림은 단순히 예술 작품에 대한 '시각적' 아름다움이 아닌, 개개인의 심리상태에 따라 그 사람의 '감정적' 스위치가 켜진다. 그게 예술의 힘이자 역할이다.

당신은 미술 작품을 보고 눈물 흘려본 적이 있는가?

예술가라는 직업

타임즈 선정 '2015년 최고의 졸업 축사'로 회자되는 유튜브 영상이 있다. 뉴욕대 티쉬예술대 졸업식에서 축사를 한 명배우 로버트 드니로는 강렬한 첫마디를 내뱉었다.

"졸업생 여러분, 해냈습니다! 그리고 당신들은 엿 됐습니다."
(일동 엄청난 환호와 박수)

그의 위트 넘치는 팩폭으로 졸업생들의 뜨거운 호응을 이끌어낸 드니로는 연설을 이어 나갔다. 간호대, 치대, 경영대, 로스쿨을 전공한 졸업생들은 안정된 직장을 얻겠지만 예술대 졸업생들에게는 평생 동안 겪을 '거절의 문'이 기다리고 있을 거라고. 그것이 바로 예술인의 숙명이다.

"여러분이 예술에 대한 재능을 가지고 있다면, 싸워서 그것을 이뤄 나가야 합니다. 예술 분야에서 '열정'이라는 것은 '이성'을 이깁니다. 여러분은 그저 여러분의 꿈을 좇아 나가면서 여러분들의 운명에 도달해야 합니다."

당시 이 연설을 생중계로 보고 있었던 나는 그의 말이 구구절절 화살촉이 되어 내 마음의 과녁에 아프게 꽂혔다. 만약 누군가가 나에게 과거로 돌아가고 싶지 않은 순간을 묻는다면 나는 망설임 없이 2013년 뉴욕대 석사를 졸업했던 해를 선택할 것이다. 같은 해 졸업한 동기들과 타 학과 친구들이 회사에 지원하기 위해 이력서와 인터뷰를 준비할 당시, 나는 지원할 '곳'이 없었다. 어디서부터 시작해야 할지 막연한 불안감이 나를 엄습해왔다.

"네가 직접 미술관이나 갤러리에 직접 연락해서 포트폴리오 보내면 되는 거 아냐?"

주변에서 나에게 종종 묻곤 하는데 그때마다 나는 격렬하게 고개를 가로젓는다. 예술가라는 직업은 배우와 상당히 닮았다. 영화나 드라마를 기획하는 감독과 시나리오 작가가 배우를 캐스팅하듯, 미술관 기획자나 갤러리 큐레이터가 예술가에게 전시회 요청을 한다. 배우가 촬영 스케줄이 없는 공백의 시간에 연기 공부를 하듯, 아티스트 또한 꾸준히 작업실에서 작품을 만들고 레지던시* 또는 펠로우십과 그랜트**를 지원하여 창작 활동을 이어가고 지원금을 마련한다.

보이지 않는 곳에서 지속적인 작업을 해야 선순환이 된다. 하지만, 예술가는 순수한 노동에 대한 가치를 보상받는 직업이 아니다. 창작 활동은 무형의 가치이기 때문에 다른 직업들에 비해 투자한 시간만큼 미래가 보장되지 않는다.

예술에는 정답이 없고 예술가가 되기 위한 정해진 길은 없다. 석사를 졸업한 그해, 나 또한 꾹꾹 눌러왔던 불확실한 미래에 대한 불안감이 목까지 차올랐다.

흔히 예술가들은 즉흥적이고 불규칙한 삶을 살 거라는 선입견이 강하다. 하지만 지난 몇 년간 내가 뉴욕과 서울에서 만난 세계적인 예술가들은 그러한 예상에서 벗어나 그 누구보다 성실하고 반복되는 규칙적인 삶을 살고 있었다.

2009년 가을의 학부 졸업을 앞둔 마지막 학기, 로스앤젤레스 카운티 뮤지엄LACMA에서 선보이는 대규모 한국 현대미술 특별전 〈당신

---

* 레지던시Residency: 국내, 해외 미술관 또는 기관에서 운영하는 프로그램으로 선정된 예술가들에게 창작 공간을 일정기간 동안 제공하여 새로운 창작 활동에 집중할 수 있도록 마련한다.

** 펠로우십과 그랜트Fellowship and Grant: 예술재단, 미술관, 또는 기업에서 공모하는 펠로우십과 그랜트는 선정된 수상 작가들에게 창작 활동에 쓰일 수 있는 후원금을 지원한다.

의 밝은 미래:한국미술 12인전Your Bright Future:12 Contemporary Artists from Korea〉에서 세계적인 설치미술가 서도호의 작품을 처음으로 접했다. 감탄사가 나올 만큼 정교하고 아름다우며 극사실주의적인 설치 작품이었다.

'와아, 설마 손으로 일일이 만든 거 아니겠지? 대체 누가 이렇게 만들지?'라며 속으로 생각한 말이 현실이 되어 6개월 뒤인 그 이듬해 서도호 스튜디오에서 어시스턴트 일을 하게 되었다.

서도호 선생님은 해외를 무대로 뉴욕과 서울을 누비며 말 그대로 동분서주하셨다. 나는 수개월간 서울에 있는 선생님 작업실에서 일을 돕고 싱가포르 프로젝트를 참여하면서 '예술가라는 직업'에 대한 고찰이 확장되는 계기가 되었다.

예술이라는 창의적인 작업을 하기 위해서는 많은 인고의 시간들이 작품 안에 녹여져 있다. 마치 오케스트라 지휘자가 연주 단원들과 소통하며 음악을 이끌고 가듯이 예술가는 단 하나의 작품을 만들기 위해 수십 명의 인력, 노력과 협업, 반복되는 섬세한 노동 작업들이 하모니를 이루도록 체계적으로 진두지휘해야 한다.

나와 세 명의 건축과 졸업생들은 저명한 해외 판화공방인 싱가포르 타일러 프린트 인스티튜트STPI 레지던시 프로그램에 초청받은 서도호 선생님을 동행하여 약 2주간 현장에서 작업한 적이 있다. STPI 스튜디오 직원들이 퇴근한 후, 나는 늦은 시간까지 공방에 남아 선생님 작업을 도왔던 어느 날 밤이었다. 나는 축축한 큰 한지 위의 종이 펄프들과 뒤섞여 엉킨 실 드로잉thread drawing의 실 가닥들을 핀셋으로 조심스럽게 한 가닥 한 가닥씩 풀기 위해 몸을 숙이며 고도의 집중을 하고 있었다. 수백 개의 실 가닥들이 드로잉 형태를 잃지 않고 한지에 손자국이 남지 않도록 섬세함이 필요한 작업이었다. 마지막 마무리 작업을 위해 선생님과 같이 핀셋으로 실들을 정리하던 중, 선생님이 불쑥 물어보셨다.

"왜 아티스트가 되고 싶어?"

"저는 그림 그리는 거 좋아해요. 그래서 아티스트가 되고 싶어요."

"정말 아티스트가 되고 싶어?"

"네? 그럼요."

"정말 진짜 아티스트가 되고 싶어?"

"아…? 네…."

순간 반복되는 질문에 당황해서 나는 우물쭈물했다. 첫 질문은 확신에 찬 상태로 대답하였으나 그 후 되풀이되는 질문에 나는 약간 멍해진 상태였다. 당시 반복된 질문에 대해 의아함과 궁금함이 가득했지만, 선생님께 이유를 여쭙지 않았던 게 항상 마음 한편에 남아있을 만큼 당시 대학을 갓 졸업한 스물네 살의 나에겐 그 질문을 이해할 수 있는 만큼의 삶의 경험치가 없었다. 단순히 창작활동을 '좋아한다는 마음'으로만 예술가라는 직업을 택하기엔 그 길이 쉽지 않음을 그땐 알지 못했다.

어느 순간 내 꿈에 대한 중량감이 나를 억눌렀고, 몇 년이 지나서야 서도호 선생님의 질문에 대한 그 의미를 곱씹어 보게 되었다. '나는 왜 아티스트가 되고 싶은가?'에 대한 질문의 무게감을 온몸으로 느끼며 세월을 보냈다. 현재 작품 활동을 하는 이 순간에도 불확실성에 대한 불안감은 여전히 존재한다. 문득문득 찾아오는 '불청객'이 아니다. 하지만 나의 '내면의 집'에 거주하는 이 불안한 마음의 씨앗이 싹트지 않도록 의식적으로 내 마음의 온도를 낮춘다.

예술가는 '감정의 날'을 세워야 하는 직업이다. 기쁨, 슬픔, 분노, 사랑, 증오와 같은 복잡하고 다면적인 내면의 상태를 시각적, 청각적으로 표현을 하기 위해서는 감정이 극으로 치닫게 된다. Emotion의 라틴어 어원인 emovere가 '움직이다'라는 뜻인 것처럼, 감정이 타인에게 전달이 되기 위해 예술가들은 자신의 감정에 충실해야 한다.
출처는 기억나지 않지만 뉴욕의 한 서점에서 읽은 책의 한 구절이 내 마음속 깊이 와닿았다.

노동자는 몸으로 일하는 사람이다.

장인은 몸과 머리로 일하는 사람이다.

예술가는 몸과 머리 그리고 가슴으로 일하는 사람이다.

어릴 적부터 유난히 감수성이 풍부했던 나는 같은 반 친구가 눈물을 흘리면 나에게 전이되어 따라 울곤 했다. 유치원 때 토끼 얼굴이 새겨진 신발을 자주 신던 나에게 친구가 토끼 얼굴을 흙으로 가리며 "토끼 없다!"라고 하면, 사라진 토끼 때문에 슬퍼서 눈물을 또르르 흘리곤 했다. 그만큼 나는 섬세한 아이였다.

청소년 때 혼자만의 시간과 사색을 즐기던 나는 내면세계와 인간 심리에 대해 호기심이 많았다. 어린 나이부터 소위 애늙은이 같던 나의 내적 잡음과 생각들은 그림을 그릴 때 고요해졌다.

10대의 나에게 그림을 그리는 행위는 일종의 치유제였다.

20대의 나에게 창작 활동은 내 정체성에 대한 탐구였다.

30대의 나는 창작 작업을 통해 자아 발견을 하고 싶다.

지금도 주변 지인들이 간혹 나에게 물어본다.

"너는 왜 아티스트가 되고 싶었어? 무슨 이유로 하게 됐어?"

"어릴 땐 그림 그리는 게 치유적이었는데 지금은 이유가 필요 없어. 나의 한 부분이지."

☀

「데미안」에서 '새는 알에서 나오려고 투쟁하는 것처럼' 나는 나 자신의 중심부에서 나오는 무언가를 창조적 목소리로 해방시키고 싶다. 그게 '나답게 사는 길'이라면 내가 하고 싶은 일을 하고 있다고 믿는다. 끊임없이 내적 갈등을 한 주인공 싱클레어는 온전히 자기 자신으로 살아가기 위해 자아 발견을 갈구했다. 그는 '모든 인간에게 있어 진실한 본분은 즉 자기에게 가는 것이며 자신의 운명을 찾고, 운명을 자신 속에서 굴절 없이 다 살아내는 일'이라고 말한다.

'굴절' 없이 어떤 것에 영향받지 않고 본래의 모습 그대로….
얼마나 큰 울림을 주는 말인가? 나는 어릴 때부터 선과 악, 여성과 남성, 이성과 감성, 개인과 사회라는 이분법적인 세계에서의 양면성에 대해 관심이 많았다. 그런 나에게는 싱클레어의 모습도 데미안의 모습도 있다. 내 안에 공존하는 다면적인 성향 때문에 나는 항상 '진정한 나'에 대한 답을 갈망해왔다.

"내 속에서 솟아 나오려는 것. 바로 그것을 나는 살아보려고 했다.
왜 그것이 그토록 어려웠을까?"

내가 예술가로서 원하는 것은
그저 내 자아의 목소리가 말하는 대로 살아가는 일이다.

누군가에게

한줄기 '빛'이 되어 주면,

그들은 세상의

찬란한 '빛'이 된다.

- 최혜림 -

한양대에서
시작된 인생 2막

"3년 반 만에 석사와 박사를 모두 땄다고?"

"박사 논문을 두 달 반 만에 끝냈다고?"

지인들은 나의 속성 학위 취득이 가능한지 놀라면서 의아스러운 듯 물어봤다. 석사 과정은 1년 4학기제, 박사 과정은 1년 3학기제라서 쉬지 않고 하다 보면 가능하다. 공부에도 학습 무드라는 게 있다. 하는 김에 몰아쳐하다 보면 요령도 생기는 법이다.

나처럼 유학생이 더 빨리 학위를 얻고, 언제든지 쓰면 된다고 여유롭게 생각했던 미국인 친구는 10년 넘게 걸렸다. 박사 논문을 쓰는 데만 두 달 반이 걸렸지만, 자료를 모으고 구상하는 데 1년 반이 걸렸다. 박사 논문은 독일에서 단행본으로 발간되었고, 좋은 퀄리티의 학술 논문으로 인정받았다.

☀

불과 3년 반 만에 회귀한 나는 달라진 서울 거리와 새로운 유행과 트렌드를 모르는 미국에서 온 어리벙벙한 촌사람이었다. 원더걸스의 '노바디' 춤도 모르고 '스펙', '레알'도 알아듣지 못하는 졸지에 다른 행성에서 온 우주인 같았다. 번식지와 월동지를 매년 정해진 계절에 반복하여 회귀 이동을 하는 철새가 나보다 적응력이 낫겠다는 생각을 했다.

2010년 겨울은 엄청 추웠고 한국은 문화적인 측면에서 한파보다 더 다이내믹해서 따라가는 데 시간이 걸렸다. 하지만 나는 주변 지인들 중에서 가장 먼저 애플 스마트폰을 구입했다. 미국에서 '스마트폰이 바꿀 미래 세상'에 대해 토론해 본 적이 있었고 앞으로 닥쳐올 세상의 변화를 빨리 체험하고 싶었다.

세상의 변화보다 더 궁금한 것은 앞으로 나에게 다가올 변화였다. 나는 박사 논문 이후 더 이상 학술 논문을 쓰지 않았다. 솔직히 더 이상 좋은 논문을 쓸 자신도, 학술적 연구에 기여할 자신도 없었다. 나는 책과 논문에서 탈피하여 실전의 경험이 필요했고 연구자보다는 실무자가 되고 싶었다.

나는 많은 학생들을 만나고 가르치는 일이 내 천직이라고 믿어 의심치 않았다. 자신의 강점을 찾아 '꿈'을 찾고 비전을 설계하도록 도와주는 일, 잠재력 있는 인재를 '리더'로 성장시키는 일이 내가 앞으로 담당할 역할임을 확신했다. 나는 앞으로 만날 미래의 리더들이 내

어깨를 딛고 상승하도록 기꺼이 두 어깨를 내어줄 준비가 되어 있었다. 이 생각만으로도 벅차오르는 나날들이었다.

생각보다 기회는 빨리 왔다. 2010년 5월 박사 학위식을 다녀온 직후, 당해 가을 학기 한양대학교에서 시간강사로 '셀프 리더십' 과목을 가르치게 되었다. 자신의 재능과 적성을 찾아 비전을 만들고 인생 설계 로드맵을 작성하는 과정이었다. 첫 수업 오리엔테이션 시간, 수강생들이 서로서로 두리번거리더니 웅성거렸다.

"교수님, 이 수업 폐강되는 거 아니에요?"

내 수업을 수강 신청한 학생은 총 여섯 명이었는데, 수강생이 여섯 명이 안 되면 정원 미달로 폐강이 된다는 걸 알았다. 어쩌면 내 첫 수업의 데뷔는 연극 1막 대사도 시작해 보지 못한 채 무대 인사만으로 끝날 수 있었다. 유명한 프랑스 식당 만찬에서 애피타이저만 맛보았는데 대기자 명단에 오류가 있다면서 쫓겨나는 상상을 순간했다. 나에게는 '끝'이란 너무나도 요원한 단어였고, '처음'이 수월하지 않았던 나에게 '시작'은 언제나 두려움이었다.

대하소설 「잃어버린 시간을 찾아서」를 쓴 마르셀 프루스트는 책이 성공하지 못할 것을 두려워하지 않고, 자신이 이것을 모두 완성하지 못할 수도 있다는 것이 제일 두려웠다. 프루스트는 책의 초고를 모두 완성하고 말했다.

"전 어젯밤 제 글의 마지막에 끝이라는 단어를 적었답니다, 더 이상 두려운 것이 없습니다."

1주일 후, 두 번째 수업을 위해 학교로 향하는데 주차장에 도착한 다음부터 발걸음이 떨어지지 않았다. 사범대학 건물에 들어서서 교실 문을 열었는데 햇살이 조금 비쳐 들어오는 빈 교실의 썰렁함이 왠지 내 모습인 것 같아 서글퍼졌다. PC와 프로젝터를 켜서 파워포인트를 열고 강의실 왼쪽 창문부터 가운데 책상과 뒷벽 흰색 보드판, 우측 벽면의 둥근 벽걸이 시계까지 찬찬히 음미하듯 고개 돌려 쳐다보았다. 어쩌면 마지막 수업일 수도 있었기 때문이다.

시간이 되자 한두 명씩 학생들이 강의실 안으로 입장했다. 수업 시작 5분이 지나자 마지막 여섯 번째 학생이 쓰윽 앞문으로 들어왔다.

'천우신조天佑神助'

여섯 명 전원의 학생들이 수강 취소를 하지 않아서 난 첫 데뷔의 한 학기를 진행할 수 있었다. 그때의 감동과 학생들에 대한 넘치는 애정은 내 진심 어린 초심의 첫 단추였다. 단 여섯 명의 수강생들을 위해 초청 연사도 초빙하고, 기업 방문도 하고 취업준비생을 위해 인터뷰 연습도 시켰다. 밤마다 학생들을 위한 취업 합격 기도를 했다. 소그룹 수업이다 보니 쉬는 시간이 되면 할 수 없이 학생들의 잡담 소리가 들릴 수밖에 없었다. 한 여학생이 말했다.

"교재 정말 공감 가지 않는다. 책 속의 인물 누가 누군지 도무지 모르겠어."

이 한마디는 나에게 상당히 충격적이었다. 내가 졸업한 USC에서는 리더십 교육 체계를 만든 워렌 베니스를 전설로, 그의 책은 바이블로 여겼다. 그 여학생의 말처럼 교재에는 우리나라 사람들에게는 생소한 인물들로 구성되어 있었는데 내가 미처 그걸 깨닫지 못했다. 순간적으로 난감했지만, 그 여학생 덕분에 리더십 교재를 출간해야겠다는 다짐을 했고 연달아 리더십 교재 책을 집필하고 한국 실정에 맞는 리더십 교육 과정을 설계했다.

☀

내 리더십 수업에서 가장 중점을 두는 일은 '자신에 대한 이해'에 있다. '셀프 리더십'에서는 자신에 대한 강점, '조직 리더십'에서는 자신의 리더십 성향, '글로벌 리더십'에서는 한국인의 정체성을 파악하는 일부터 제대로 이해하고 파악해야 과제를 완수할 수 있다.

가르치는 일에 어느 정도 익숙해진 어느 해 봄 학기 '셀프 리더십' 수업 중, 쉬는 시간이 지났는데 한 여학생이 교실로 돌아오지 않았다. 교탁과 가까운 정면 앞쪽에 자리 잡은 그 학생이 남겨놓은 가방과 웃옷이 계속 내 눈에 밟혀 제대로 수업이 이끌어지지 않았다. 학생에 대한 걱정으로 마음이 심란한 가운데 시간은 흘러 흘러 어느덧 세 시간 연강 수업이 종료되었다. 이제나저제나 기다려도 그 여학생은 교실로 돌아오지 않았고 혹시 남겨진 옷과 가방이 분실될까 봐 나는 교실 문을 나설 수가 없었다.

기다리다가 갑자기 슬며시 불안해져서 한양대학교 홈페이지 담당 과목 출석부에서 휴대폰 번호를 찾아내서 전화를 걸려는 찰나, 그 학생이 교실에 들어왔는데 온 얼굴이 눈물 자국으로 범벅이 되어 있었다.

'도대체 무슨 일인가?'

처음 접해본 일이라 순간 당황했는데, 놀란 기색 없이 침착하게 그 학생이 먼저 입을 열기를 조심스레 기다렸다. 약간의 적막한 침묵이 흐른 후, 학생이 먼저 정적靜寂의 흐름을 깼다.

"이 수업을 통해서 제가 얼마나 제 적성과 다른 전공에 와 있는지 알게 되었어요. 이 생각을 하니 갑자기 눈물을 주체할 수가 없어서 수업에 참여할 수가 없었어요. 죄송합니다."

그리곤 덧붙여서 말했다.

"정답 없는 이런 토론을 왜 하는지 도통 모르겠어요."

이 여학생은 자신이 이과 성향인 걸 알았는데, 고등학교 시절 수학 성적이 잘 나오지 않자 담임선생님이 문과 전공으로 진로를 결정해 주었다고 했다. 중고등학교 시절 화학에 흥미를 느꼈던 그 학생은 약학대학 입문자격시험PEET에 응시하여 약사가 되고 싶다는 자신의 진로 포부를 밝혔다.

'내가 뭐라고 위로해 주어야 할까?'

솔직히 무슨 말을 해주어도 위로가 될 것 같지 않았기에 나는 그저 그 학생의 말을 경청해 주기로 했다. 그 학생은 잘못된 진로 방향으로 전공수업에 약대 입학 자격시험 준비까지 이중고를 떠안은 셈이다. 나는 야단 대신 "해낼 수 있다"며 용기를 주었다. 그 여학생의 표정에서 '쓸쓸함'을 읽은 것이 내내 마음에 걸렸다.

☀

"무얼 더 잘 가르치면 제 전공 학생들을 뽑으시겠어요?"

만나는 대기업 HRD 담당자에게 질문하곤 했다.

"제 수업 시간 초청 강사가 되어주세요."

"제 학생들 기업 탐방하게 해 주세요."

웬만해선 부탁하지 않는 성격인 내가 주변 지인들에게 사정했다. 나는 내 학생들이 해당 분야의 실무자를 직접 만나게 해주고 싶었다. 현장에서 일하는 분들의 경험을 바탕으로 사실에 토대하여 진리를 탐구하는 일인 '실사구시實事求是'는 내가 중점을 두는 교육철학이다.

상대적으로 실력과 경험이 부족한 겸임교수로서 애쓴 한 학기 한 학기가 어언 10년이 넘었다. 학생들을 성장시키고자 했는데 똑똑한 학생들을 가르치면서 오히려 내가 성장했다. 한양대학교는 그저 열정밖에 없는 무경력 주부 박사에게 '성장일기'를 제공한 제2의 고향 같은 곳이다.

"난 아득한 절벽 옆에 서 있어. 내가 할 일은 아이들이 절벽으로 떨어질 것 같으면, 재빨리 붙잡아주는 거야. 애들이란 앞뒤 생각 없이 마구 달리는 법이니까 말이야. 그럴 때 어딘가에서 내가 나타나서는 꼬마가 떨어지지 않도록 붙잡아주는 거지. 온종일 그 일만 하는 거야. 말하자면 호밀밭의 파수꾼이 되고 싶다고나 할까? 바보 같은 얘기라는 건 알고 있어. 하지만 정말 내가 되고 싶은 건 그거야."

제롬 샐린저의 소설「호밀밭의 파수꾼」의 주인공 낙제 투성이 문제아 홀든 콜필드는 고등학교 퇴학을 당하고 오갈 데가 없자 밤에 몰래 집에 숨어 들어온다. 여동생 피비는 오빠에게 '도대체 뭘 하고 싶은지, 뭐가 되고 싶은지' 묻는다. 홀든은 호밀밭의 파수꾼이 되어 세상의 위선으로부터 아이들의 순수함을 지켜주고 싶은 '이상'을 지녔다.

세상의 그 누구도 단 한 가지는 하고 싶고 되고 싶은 일이 있다.

나는 세이지리더십연구소를 개소하여 재능 검사와 자기 주도성 검사를 개발했고 컨설팅을 시작했다. 자신의 전문성을 외연 확장 시키는 인재가 되기 위해 필요한 것은 재능 발견과 자기 주도성 함양이다.

C.(Convergence Talent) = T(Talent) + S(Self-directedness)

융복합 인재 = 재능 + 자기 주도성

청소년을 위한 한 학기 한 권 워크북 '자아 편'과 '공동체 편'을 발간했다. 우리나라 청소년들이 자신의 '꿈'을 향해 진로를 결정하기를 바라면서 더 이상 교실 밖에 나가 혼자 외로운 눈물 흘리는 학생들이 없기를 바라는 마음으로 시작한 일이다. 나 역시 「호밀밭의 파수꾼」의 홀든처럼 누군가를 붙잡아주는 그런 사람이 되고 싶었다.

☀

하루는 자동차 조수석에 앉은 딸에게 무심하게 물어봤다.

"넌 엄마가 어떤 교수님이면 좋겠어?"

딸은 평소처럼 시크하게 대답했다.

"Be nice!"

결혼과 함께 배우자를 소개해 주더니 득남 소식을 알려주는 제자, 취업했다고 밤중에 전화하고 문자 주는 제자, 스승의 날 장문의 감사 인사 전하는 제자, 생일날 카톡으로 축하 선물 보내주는 제자들이 있다. 내가 나이스nice하게 해준 게 없는데 안부를 묻고 감사인사를 보내는 제자들이 반갑고 고맙다.

나는 청소년 시절의 꿈인 외교관, 기자, 대학생 당시의 로망인 특파원이 되지 못했다. 꿈이란 '직업'이 아니라 내가 되고 싶은 '역할'인 거다. 라틴어 'In Loco Parentis'는 교사란 '부모 대신' 역할을 하는 존재라는 뜻이다. 나에겐 세상과도 바꾸지 못할 귀한 자식 같은 '제자'라는 보물들이 생겨났다. 나는 해가 갈수록 부자가 되고 있다.

서강대
'자기 브랜드 리더십'

한양대학교에 이어 2011년 서강대학교에서 첫 강의를 했다. 과목명은 '자기 브랜드 리더십'으로 마침 교재도 완성 단계에 있어서 체계적인 수업 설계가 가능했다. '자신의 강점과 약점을 파악하여, 자신의 미래 커리어를 위한 비전과 목표를 설정'하는 과목으로 현재의 '나'와 미래의 '나' 사이의 간극을 분석하여 솔루션을 제시하는 갭 분석 보고서가 기말 과제였다.

첫 수업 오리엔테이션 시간, 의외로 수강 희망자가 많았고 과목 소개를 듣고 수강 신청을 하려는 학생들이 교실 밖에서 줄지어져 있었다. 첫눈에 보기에도 신입생으로 보이는 하얗고 갸름한 얼굴의 자그마한 여학생이 성큼성큼 교탁 앞으로 나오더니 물었다.

"도대체 이 수업은 어떤 것을 배우는 과목인가요?"

"자신의 강점을 찾아서 행복한 인생을 설계하는 일을 배워요."

라고 했더니, 여학생은 눈을 동그랗게 뜨면서 나에게 반문했다.

"도대체 세상에 그런 일도 있을까요?"

그 여학생은 2년 후 '자기 브랜드 리더십' 과목을 수강 신청했다.

☀

내 과목의 수업은 강의와 학생 발표, 팀플레이, 팀 프로젝트로 진행되어, 좌석 배정도 팀별로 착석하게 되어 있다. 각 팀마다 팀 리더가 있고, 팀 활동에서 발표를 담당할 '오늘의 리더' 제도가 있다. 모든 학생들에게 발표력 향상과 퍼실리테이터, 리더로서의 책임감을 주게 하기 위함이다. 자신의 강점을 동기화하여 자신의 인성과 능력을 정점화하고 건설적이며 미래 지향적인 비전을 창출하는 데 목표를 두었지만 '자기 브랜드 리더십'이라고 명칭한 이유는 앞으로의 시대는 자신을 '브랜드화'하는 일에 대한 중요성 때문이다.

영국의 작가 찰스 핸디는 2001년 「코끼리와 벼룩」에서 20세기 고용문화의 큰 기둥인 대기업체 코끼리들의 세계에서 벗어나 21세기는 벼룩처럼 혼자 힘으로 살아가는 프리랜서의 시대가 온다는 것을 예감했다. 나는 100세 시대 평생직장이 아닌 평생직업을 창조해낼 수 있는 그런 인재들을 만들고 싶었다. 나는 각종 동영상, 사례연구, 시뮬레이션, 자가 평가 등 다양한 학습활동을 통해 학생들이 미래 시대에 맞는 역량을 갖출 수 있도록 오성悟性을 자극했다.

그런데 어느 날, 쉬는 시간에 신입생 남학생이 내 앞으로 조심스레 걸어 나오더니 말을 걸어왔다.

"교수님, 저는 곧 군대에 가는데요. 저는 딱 40세 초반까지만 일하고 나머지는 그냥 놀 거에요."

나도 모르게 비시시 웃어버렸다.

"왜 웃으시는 건데요?"

그 학생은 화난 듯 정색하며 말했다.

나는 계면쩍어서 "그런 일을 잘 찾기를 바란다"고 성의 없이 대답해 버렸는데 그 학생이야말로 요즈음 '파이어족(경제적 자립, 조기 은퇴Financial Independence, Retire Early)'의 원조격이다. 지금 생각해 보면 조기 은퇴를 꿈꾸는 젊은층의 욕구를 이해하지 못하고 웃은 게 미안한 생각이 든다.

"자신의 강점에 따라 전공을 선택해서 자신이 하고 싶은 일을 현재 하고 있는 학생 손들어 보세요."

오로지 단 한 명의 여학생이 손을 들었다.

"저는 제 강점에 따라 미디어 전공자가 되었고 현재 외국인들에게 한국을 알리는 동영상 제작을 하고 있습니다."

순간 조용해지더니 누군가 손뼉을 치자 점차 소리가 커져갔다. '자기 브랜드 리더십' 과목에서 만난 대학생들이 가장 부러워하는 학생은 서울대생이 아닌 자신의 '꿈'을 가진 자였다. 그들이 대학이라는 고등교육기관에서 바라는 건 남이 사는 방식대로 하루하루 살아가는 스펙 쌓기가 아닌 자신들의 미래를 보다 풍요롭게 만들 실력 배양이다. 그나마 남학생은 군대에서 밀린 독서도 하고, 자신의 미래를 설계하는 학생들이 많다. 엘리트인 그들은 자신들의 '꿈'에 대해 진지하게 생각해 본 여유가 없었다.

내가 가장 오래도록 기억에 남는 수강생은 자신의 강점을 알아서 미래의 꿈을 설계하고 비전을 향해 나아가는 학생이다. 구글에서 인턴을 하면서도 그 좋은 직장의 권유를 마다하고 증권회사로 간 학생, 경영학 전공자가 기자가 되기 위해 나에게 자소서 첨삭을 부탁하고 세 번이나 다시 고쳐 보낸 학생, 영화감독 꿈을 향해 자신의 재능을 교수님들께 확답받고 부모님의 반대를 설득하던 학생, 팀이 아닌 혼자 하는 일을 선호한다면서 회계학 공부를 하러 유학을 결정한 학생, 특성화 고등학교 졸업생으로 대학시절 책을 출간하고 '세바시' 강연자로 나선 학생, 신입생 당시 공무원이 되겠다는 비전을 가지고 재학 중 5급 공무원 공개채용시험에 합격한 학생 등등, 가끔은 그들의 안부가 궁금하다.

"혹시 제 출신성분에 대해 들으셨나요?"라고 물어서 나를 당황하게 만든 탈북민 여학생, 반수를 해서 연세대학교의 언론홍보영상학부 전공에 입학한 학생, 학기 말을 앞두고 자퇴하고 다시 경찰대학교 입학 준비를 결심한 한 여학생, 최근까지도 자신의 근황을 알려주던 청강생, 아직까지도 그들의 간절했던 모습이 주마등처럼 스쳐 지나간다.

그 당시만 해도 리더십은 기업 관계자에게 통용되는 단어로 인식되어서인지 주로 경영학과 학생들이 내 수업을 많이 수강했다. 서강대 경영학과 재학생 중에는 회계사 시험 준비를 하는 학생들이 많았다. 수업이 끝난 후 세상 다 산 듯한 어두운 표정을 가진, 눈가에 짙은 다크서클이 가득 내려앉은 경영학과 여학생이 면담을 요청했다.

"제가 지난 3년 동안은 회계사 시험 준비를 하고 다 떨어지고 보니 이제 벌써 4학년 막학기더라고요. 저에겐 실패 이외엔 더 이상의 스펙이 없는데 제가 어떻게 취업할 수 있겠어요?"

"비록 실패는 했지만, 기업 입장에서 경영과 회계에 대한 지식을 갖춘 자를 선호하지 않을까요?"

여러 번의 낙방으로 자신감은 바닥을 찍고 있는 상태여서 내 답변을 신뢰하지 않는 듯 보였다. 좌절감으로 자조적인 태도를 지니고 있던 그 여학생은 딱 한 군데 삼성전자만 면접을 남겨놓은 상태라고 했다. '제가 삼성전자 취업이 가당이나 하겠어요?'라고 혼잣말하는 듯한 의기소침한 표정을 지었다.

나는 1주일 동안 서울 시내 모든 삼성전자 대리점을 돌아다니면서 제품과 제품 모델에 대해 숙지할 것과 나머지 1주일은 삼성전자 홈페이지의 인재상과 비전, 미션, 가치 철학을 이해하고 삼성전자에 관련 국내외 관련 뉴스를 모두 검색하라는 과제를 주었다. 그리고 제품에 대한 문제점과 자신이 생각하는 각종 솔루션에 대해 준비하라는 여분의 숙제를 내어 주었다. 그 여학생은 예상 밖의 내 과제에 놀람을 감추지 못했고 상당히 우려스러운 표정을 지었지만, 결국 삼성전자에 최종 합격했다.

☀

나에게 조금은 낯설었던 것은 서강대학교의 고정 좌석제다. 출석은 조교가 들어와서 체크하는데 중고등학교처럼 좌석표를 교실 앞쪽과 뒤쪽 보드판에 붙여 놓았다. 조교에게는 조금은 번거로웠겠지만 나는 한 학기 동안 같은 좌석에 앉는 것이 형평성에 어긋나는 것 같아 중간 과제가 끝나면 조별로 뒷줄 학생들을 앞줄로 전진 배치했다.

몇 년도인지 기억이 가물거리는데 학습 도우미로 활동한 한 남학생이 휠체어를 밀고 교실 앞문으로 들어오면서 내게 자리 배정을 의논했다. 휠체어에 앉은 신입생은 척추 장애로 인해 팔다리를 쓰지 못하는 1급 장애를 가졌는데 목을 좌우로 돌릴 수가 없어서 중앙의 위치로 좌석을 고정 배정해야 했다. 같은 조에 배당된 학습 도우미 학생은 책임감 있는 자세로 학습 보조와 리더 역할을 동시에 수행해서 상당히 인상적이었다.

휠체어를 탄 학생이 속한 팀이 발표를 한 날이었다. 맨 마지막에 연사로 나온 그 신입생은 약간은 어눌한 말투로 발표를 했고, 자신이 취미로 한다고 하면서 홍대 근처 음악실에서 밝은 모습으로 열정적으로 연주하는 동영상을 보여주었다. 동영상을 본 나를 포함한 수강생들은 일순간 숙연해졌다. 우리들은 모두 마음속으로 울고 있었다. 책은 누군가가 읽어 주어야 했고, 노트 필기는 대필자가 필요했던 그 학생은 우리에게 해낼 수 있다는 '꿈'을 심어 주었다.

강의 후 교실 밖으로 나가는데 아들을 데리러 온 아버지를 만났다.

"성욱이는 참 똑똑한 학생입니다. 걱정하지 않으셔도 되겠어요."

그 후로 수년이 흘러 1급 지체장애인으로 공립중등 임용시험에 최초로 합격한 국어 교사의 기사가 신문에 실렸다. '자기 브랜드 리더십' 수업의 휠체어를 타고 있던 그 신입생이 이제 국어 교사가 되었다. 얼마나 자랑스럽고 기뻤는지 모른다. "도전이란 나 이외의 다른 대상에 대한 도전이 아니라 나 자신에 대한 도전이다"라고 말한 니체처럼 그는 각종 난관을 극복했다. '꿈'은 스스로 자라지 않는다. 평생 타인의 도움을 받았는데 이제는 남을 돕는 교사가 되겠다고 말한 박성욱 선생은 진정한 자기 브랜드 리더다.

"교수님, 그거 아세요? 자브리(학생들은 자브리 수업이라고 불렀다)팀 단톡방을 차마 없애질 못해요. 가장 오랫동안 남겨놓는 대화방이에요."

아마도 그 이유는 서로의 꿈에 대해 진솔하게 사적인 이야기를 나누었던 공간에 대한 친밀감 때문일 거다. 사람의 마음은 이심전심이라서 내 진심을 알아준 학생들도 간혹 있어서 오랫동안 연락을 해 준 제자들도 있다. 내 수업을 듣던 서강학보 기자 학생이 인터뷰를 요청했다. 제목은 "강의로 소통하고 진정한 리더 만들어요"이다.

"선생님은 리더십 학문 본질에 집중해 강의를 해주세요. 지금까지 들어본 대학 수업과는 차원이 다르죠. 첫 수업 때부터 풍기는 분위기는 엄마가 자식에게 힘을 불어넣어 주는 것과 같은 느낌이었다. (중략) 리더십 강의를 통해 학생들과 소통하는 강사이자 엄마의 삶을 동시에 살고 있는 최혜림 씨. 학생들을 진정으로 위하는 리더의 강의를 듣고 있는 학생들의 모습이 행복해 보였다."

교양과목 변경으로 7년 동안 이끈 자브리 수업을 마감하고 서강대 학생들을 가르치는 일에 종지부를 찍었다. 새로운 패러다임의 변화와 학생들의 과제를 업데이트해서 「자기 브랜드 리더십」의 개정증보판 「나는 내 인생의 리더다: 언터쳐블 나를 만드는 수업」을 출간했다. 우연히 페이스북에서 서강대 학생들이 내 수업의 이론과 리더십 적용 활동을 공유하는 리더십 학회 '아임aim'을 결성한 걸 보았다. 도움을 주고 싶어서 연락을 취했는데 연결이 되지 않았다.

나는 여전히 서강대 학생들에게 말하고 싶다.
엄마 같은 따뜻한 응원, "괜찮아, 지금부터라도."

나의 인생 3막 준비

"다른 자식들은 별로 걱정이 되지 않는데 혜림이 네가 제일로 염려가 된다."

당시 67세로 타계하신 아버지가 한 해 7월과 12월 두 번이나 유산한 딸이 걱정되어 병상에서 하신 말씀이다. '왜 걱정하지 마시라는 말을 못 했을까?' 나는 당시 아무 말도 안 한 것이 못내 한이 된다.

아버지 상중에 방문하신 시아버지께서 내가 많이 우는 모습을 보시더니 젤로 효녀라고 하셨는데 가장 후회가 되는 자식이 원래 가장 서글피 우는 법이다. 아버지와의 관계가 유독 특별했던 당시 30대 초반인 나는 육체적, 정신적으로 상당히 피폐한 시간을 보냈다. 인생무상. 나는 이 네 글자의 늪에 빠져 있었다.

"병이 나으면 다르게 다시 살아보고 싶다"라는 아버지의 말씀은 나에게 상당한 '울림'이 되었다. 30대 초반, 저승 가는 길을 위해 망자亡者의 입 안에 쌀과 동전을 채우는 장례 의식을 보면서 몸이 시릴 정도로 '인생'과 '죽음'에 대해 처절히 고민했다. 이후 몇 년 동안 '나는 어떻게 살아야 하나?' 매일 밤 혼자 자문했다. 30대 젊은 나이에 70대의 사고思考를 가진 나는 외로워서 일부러 더 많은 사람들과 어울리며 밖으로 나돌아 다녔다.

☀

'삶'에 대한 해답 없는 철학적 사고에 매몰되어 있을 당시, 미치 앨봄이 지은 「모리와 함께한 화요일」이 내게 다가왔다. 가장 인상 깊은 구절은 '죽는 법을 배우게 되면 사는 법을 배우게 된다'였다. 죽게 되리란 사실은 누구나 알지만 자기가 죽는다고는 미처 의식하지 못하는 것. 그런 무의식의 삶의 연속에 갑자기 들이닥치게 될 죽음의 그림자. 나는 그렇게 살다가 인생을 후회하고 싶진 않다고 생각했다. '죽음'을 끝으로 여기고 싶어 하지 않는 것은 인간의 본능이다. 영원하고 싶은 인간의 욕구, 어쩌면 기억 속에서 지워지는 두려움인지 모른다.

모리 교수가 죽음을 앞두고 가장 하고 싶은 일은 세계 여행도 대통령을 만나는 일도 아니었고 아주 평범한 소박한 하루였다. 우리의 일상생활, 그 평범한 하루가 우리 인생의 완벽함이다. 우리는 일상의 소박함이 삶의 기본 핵심임을 알아채지 못하고 뭔가 색다른 것, 흥미로운 것, 화려한 것을 찾아 객기 부리는 나그네 같다.

하루살이의 삶과 피고 지는 꽃을 보면서도 우리는 단지 자연의 일부인 것을 망각하고 산다. 넓고 넓은 바다에서 넘실대는 '작은 파도'가 다른 파도들이 해변에 닿아 부서지는 것을 보았다. 슬픈 표정을 하고 "우린 다 부서져 버린다"고 하면서 끔찍해한다. 그러자 다른 파도가 말한다. "우리는 그냥 파도가 아니야. 우리는 바다의 일부라구."

모리 교수가 미치에게 네 가지 질문을 던진다.

"마음을 나눌 사람을 찾았나?"

"지역 사회를 위해 뭔가 하고 있나?"

"마음은 평화로운가?"

"최대한 인간답게 살려고 애쓰고 있나?"

이 네 가지 질문을 마음속에 두고 산다면 나는 어느 정도 사는 법을 배우는 거다. 나 또한 내가 먼저 마음을 나누려고 하는가? 누구에게 상처를 주진 않았을까? 형식상이 아니라 진심으로 지역 사회를 위해 봉사했을까? 나의 오만함을 버리고 마음이 평안하려고 애써 보았나? 최대한 인간답게 살려고 노력하는가? 인간답다는 것은 사랑의 실천이다. 실은 가장 힘든 일이다.

불교도들은 매일 어깨 위에 작은 새를 올려놓는다. 그리곤 새에게 "오늘이 그날인가?", "나는 준비가 되었나?", "나는 해야 할 일을 제대로 하고 있나?", "내가 원하는 사람으로 살고 있나?" 묻는다고 한다. 나 역시 마지막 날 나 자신의 어깨 위에 작은 새를 올려놓게 되기를 바란다. '오늘이 그날이구나'하면서…. '다르게 다시 살아보고 싶다'라는 말을 내 딸에게는 하지 않도록…….

☀

법정 스님의 「무소유」에 이런 글귀가 있다.

"일상이 지겨운 사람들은 때로는 종점에서 자신의 생을 조명해 보는 일이 필요하다. 그것은 오로지 반복의 깊어짐을 위해서."

어언지간於焉之間 환갑이 되니 인생 3막 삶의 질의 깊어짐에 대해 고민한다. 나는 지금의 순간부터 마감까지 '여생'이란 단어를 사용하고 싶지 않다. 한창때를 지나고 남은 인생을 말하는 여생이란 단어에서 풍기는 지루함이 싫다.

나에게 여생은 여분의 삶이 아닌 한편의 조각이다.

이제부터 펼쳐질 나의 3막은 내 인생의 성숙단계다. 오늘 하루하루가 내게 소중한 이유는 아직도 꿈꾸는 미완성의 인생이기 때문이다. 그래서 나는 또 어떤 도전을 할지 모른다.

영화 〈인턴〉의 첫 대사는 프로이드의 말로 시작한다.

Freud said, "Love and work. Work and love. That's all there is."

나는 이 문구가 정말 마음에 든다. 인간은 사랑과 성취를 이루기 위해 인생을 살고, 이 두 가지에서 행복감을 느끼는지 모른다. 내가 앞으로 하고 싶은 핵심 주제는 바로 이 두 가지다. 사랑하고 일하고, 일하고 사랑하라.

나는 앞으로 영적으로 마음을 나눌 사람들과 시간을 보내겠다. 나는 지역사회를 위해 내 달란트를 기꺼이 내어놓으려 한다. 나는 앞으로 아름답고 감동적인 글을 쓰려 한다. 나처럼 공부하겠다고 달려드는 청소년들에게 멘토로서 그들에게 '비빌 언덕'이 되어주겠다. 항상 일부러 시간을 내어 가족 여행을 수시로 떠나리라. 순간순간이 행복한 나만의 시간을 예비하리라. 그리고 감사 기도를 잊지 않겠다. 이상의 언약이 내 3막의 챕터가 되지 않을까 기대감으로 흥분이 된다.

세계적인 경제학자의 양대 산맥으로 당시 성공 가도를 달리고 있던 30대의 조지프 슘페터는 "당신은 진정 어떤 사람으로 기억되길 바라는가?"란 질문에 "유럽 미녀들의 최고의 연인, 유럽 최고의 승마인, 그다음이 세계 최고의 경제학자"라고 호기롭게 답했다고 한다. 하지만 임종 직전의 슘페터는 "나는 대여섯 명의 우수한 학생을 일류 경제학자로 키운 교수로서 기억되길 바란다"라고 술회했다.

제자였던 피터 드라커는 그의 죽음을 통해 인생의 교훈을 얻었다.

1. 자신이 죽은 후 어떻게 기억될지를 항상 염두에 두어야 한다는 것.
2. 나이가 들면서 목표를 바꾸고 새로운 목표를 세워야 한다는 것.
3. 그 목표는 바로 사람들의 삶을 바꾸는 일이어야 한다는 것.

☀

〈파르지팔〉 서곡은 바그너의 곡 중에 가장 평화롭고 아름다운 영적인 소리다. 나는 〈파르지팔〉의 서곡을 들으면서 임종을 맞을지 모른다. 이 곡은 '내가 어떻게 살아야 옳은 것인가'에 대해 끊임없는 질문을 던지게 만드는 마력魔力이 있다. 마치 이 세상에서 저 너머 세상을 넘어보는 듯한 착각이 든다. 영혼이 깊어지도록 어디선가 따사로운 봄 햇살을 머금은 라벤더 향초 냄새가 난다. 무아의 경지에 들어선 '경건'의 시간이다.

내가 먼 훗날 저세상 레테의 강물을 한 모금 마실 때 즈음, '누군가의 목적에 도달할 수 있도록 도와준 사람'으로 기억되길 바란다. 세계적인 경제학자 슘페터도 이루지 못한 꿈, 나는 '대여섯 명의 우수한 학생을 훌륭한 리더로 키운 교육자'로 기억되는 그 일을 준비하고자 한다. 나누고 베푸는 삶을 통해 완숙의 노년 시기로 접어들 것이다. 나는 '꿈'을 향해 정진하는 청년들이 더 나은 삶을 살아가는데 도움을 주는 '연금술사'가 되겠다.

누군가에게 한줄기 '빛'이 되어 주면,
그들은 세상의 찬란한 '빛'이 된다.

나는 현재 누군가의 삶을 변화시키려는 새로운 꿈으로
나이듦의 이순간이 참 행복하다.

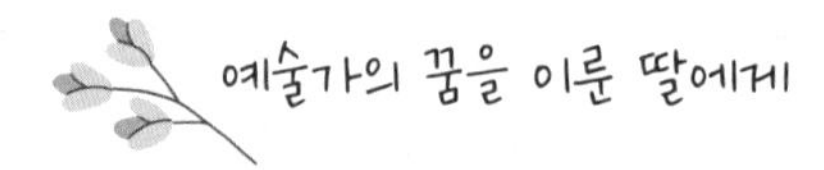

예술가의 꿈을 이룬 딸에게

오랜 외국 생활을 하는 하나밖에 없는 딸을 떠올리면서 네가 고등학교 때 엄마가 쓴 시 '내 딸이 이렇게 자라주었으면'을 다시 한 번 읽어 보았단다. 나도 모르게 미소가 잔잔히 흘러나오더라. 그 시의 바램 대로 넌 엄마가 원하는 대로 자라주고 있다는 뭉클함으로 마치 내 심장의 혈류 소리가 들리는 것 같다.

동맥artery이 인간의 심장에서 얻은 산소와 양분을 온몸에 퍼트리듯이 예술Art이란 인간 본연의 순수한 본성을 가장 아름답게 때론 공감으로 인류에게 값진 선물을 선사하는 행위인지 모른다. 예술가는 관조하고 동경하며, 주목하고 인식하며 공감하는 자들이다. 아는 만큼 경험한 만큼 느낀 만큼 세상이 보일 거다.

세상에는 다양한 색깔이 존재하듯이 세상에는 무수한 일이 존재한다.
어느 한 색깔만이 우월하지 않듯이 최고로 좋은 직업은 존재하지 않아.
대충 해도 성공하는 일은 없다.
네가 입고 싶은 색깔을 선택하려 하지 말고 다양한 빛깔의 옷을 걸쳐 보렴.
무슨 일을 한다는 것은 생각이 아니라 해보는 거다.
그리고는 가만히 너의 모습을 거울에 비추어보렴.
너의 영혼은 무엇을 할 때 존재하냐고 말이다.

너를 가장 기뻐하고 즐겁게 해 주는 그 일이 때론 좌절로 다가와도
그건 너를 배신하는 행위가 아니다.
봄바람에 파르르 떨며 피는 꽃망울처럼 너만의 우주가 열리는 의식이다.

고통이 어느새 고독으로 다가오더라도 분노하지 말지니
그건 너를 표현하는 다양한 기술을 익히는 순간이다.
피터 폴 루벤스가 자신의 어린 아들의 귀여운 모습을
자랑하는 심정으로 그린 "아들 니콜라스의 초상"처럼,
알브레히트 뒤러가 이마에 잔뜩 주름살로 그득한 노모를
애정 가득한 마음으로 그린 "어머니의 초상"처럼,
네가 하는 작품에 진심을 담으면 된다.

진주 안의 핵이 존재하는 것처럼 너라는 존재의 가치를 담으렴.
프리즘을 통해서 보이는 다양한 색깔의 본질은 백색광인 것처럼
작품의 가치는 너의 본질을 통해서 존재한다.
"미술이라는 것은 사실상 존재하지 않는다. 다만 미술가들이 있을 뿐이다."
곰브리치의 서양미술사 서곡 첫마디이다.

그는 다음과 같이 미술가를 표현하고 있다.

"미술가는 형태와 색채가 제대로 될 때까지 그것을 조화시키는 놀라운 재능을 가지고 어중간한 해결 방식에 머물지 않고 안이한 효과와 피상적인 성공을 뛰어넘어, 진정한 작품을 제작하는데 따르는 노고와 고뇌를 기꺼이 감내하는 뛰어난 남녀들이다."

엄마가 너를 자랑스럽게 생각하는 것은 그런 멋진 일을 하는 뛰어난 남녀 중의 하나가 바로 너이기 때문이다.

급하게 먹는 음식은 체하기 마련인 것처럼, 무언가를 빨리 성취하려고 조급해하지 말기 바란다. 어느 예술가의 작품을 보아도 대개 후기 작품이 대작인 것처럼, 예술 작품은 마치 술 익는 과정인 것 같다. 너의 현재의 경험과 만남을 즐기고 또 즐겨라. 그리고 배우고 익히고 이해하고 사랑해라.

너와 나 예술가나 교육자 서로의 길은 다르지만, 우리 모두에게 가장 중요한 것은 사랑의 기술이 아닐까 싶다. 에리히 프롬이 말한 것처럼 사랑이란 감정이 아니라 참여하는 활동이다. 너 자신을, 네가 하는 예술작품을, 너의 작품을 좋아하든 좋아하지 않든 너의 작품을 이해하려 하는 모든 사람을 사랑해라.

언젠가는 네가 가진 재능을 감사하는 마음으로 세상과 나누고 세상에 한 점을 찍는 존재로 성장하기를 바란다. 엄마 역시 현재에 머물지 않고 주변을 사랑하고 또한 성장하마. 사랑한다는 표현이 흔하고 진부하게 쓰이지만, 그래도 엄마는 말할래. 너를 사랑하고 또 사랑한다….

2022. 3. 2. 엄마가.

나의 멘토이자 베스트 프렌드인 엄마에게

늘 한결같이 제 꿈을 응원해 주시고 믿어주신 엄마에게 감사하다는 말로는 부족한 것 같아요. 어릴 때부터 남들과 다른 길을 가려고 하는 저를 나무라지 않으시고 제 성향을 이해해 주신 엄마가 없었더라면 지금의 저는 없었을 거예요. 항상 긍정적이고 주체적인 삶을 사는 엄마는 제 마음속 등대 같은 존재예요. 저를 존중해 주고, 친구처럼 응원해 주고, 멘토처럼 조언과 충고를 아끼지 않는 엄마가 있어 든든해요. 이 책을 함께 작업하면서 겪었던 모든 시행착오와 기쁨과 슬픔 모두 나중에 돌이켜 보면 좋은 추억으로 남을 것 같아요. 이번 기회를 통해 그동안 몰랐던 엄마의 이야기를 알게 되었고, 저 또한 성숙해질 수 있는 계기가 되었어요.

20대에 저를 낳으시고 키운 후 전업주부로서 40대 중반에 꿈을 향해 도전을 하는 것이 결코 쉽지 않았을 텐데…. 엄마가 겪은 '늦깎이 만학도 주부'에 대한 한국의 사회적 시선과 '이방인'으로서 미국에서 경험한 에피소드를 읽고 제 자신이 부끄럽게 느껴졌어요. '30대인 나도 새로운 것을 도전하는 게 두려운데 과연 46세에 저렇게 할 수 있을까?' 스스로에게 되물어보지만 대답이 머뭇거려지네요. 그럼에도 불구하고 포기하지 않고 인생 2막을 꿈꾼 엄마를 보며 가끔 그런 생각을 해요. '만약 엄마가 내 또래로 태어났다면 분명 더 일찍 재능을 마음껏 펼치지 않았을까?' 모든 일에 꾸준히 최선을 다하는 엄마의 마음과 능력을 썩히기에는 너무 아깝다고 생각했어요.

엄마의 어린 시절 장래희망이었던 언론인이나 외교관의 꿈을 이루셨을 수도 있었겠죠. 어느 날, 엄마와 침대에 누워 이 이야기를 나눴을 때 저에게 이렇게 말씀하셨죠.

"그래도 엄마는 너를 만난 게 최고의 행복이야. 네가 없는 세상은 상상할 수 없어…."

이 말을 듣고 제 가슴은 시큰거리면서 엄마의 한없는 사랑에 감사한 마음이 메아리처럼 울려 퍼졌어요.

수십 년 동안 딸로서 제가 본 엄마는 항상 빛나고 있었어요. 멋지고 훌륭한 엄마의 반쪽자리 거울인 저에게 항상 좋은 본보기가 되어주셔서 감사해요. 가장 큰 행운은 엄마가 제 엄마라는 사실이에요. 언제나 변함없는 사랑으로 저를 보듬어주신 엄마…, 진심으로 사랑해요.

엄마의 꿈들이 늘 반짝이길 바라며,

사랑하는 딸 리사가

2022. 03. 28

다시 한번, 꿈은 이루어진다

책을 쓴다는 것은 나에게 큰 도전이었다. 빈 문서에 글을 써 내려가는 작업은 마치 흰 캔버스 위에 붓 터치를 하는 것처럼 즉흥적인 부분과 수십 번 반복하는 편집 과정을 거쳐 완성됐다. 누군가에게는 글 쓰는 작업이 놀이이자 쉼터이지만 나에게는 성찰하는 과정이 되어주었다. 내 내면에 숨겨진 생각에 환기를 시키면서 경직된 사고에 변화가 생겨났다. 내 안에서 또 다른 나를 발견한 것이다. 지난 8개월 동안 책 집필과 편집 및 모든 기획과 출판 과정은 반복되는 일상에 새로운 숨결을 불어넣어 주었다.

코로나 팬데믹으로 인해 잠시 한국에 거주하게 되면서 엄마와 나는 우연히 공동저자로서 에세이 책을 출간해 보자는 의견이 나왔다. 만학으로 46세 미국 유학을 간 교육자 엄마와 어릴 적 꿈을 이룬 예술가 딸의 모녀 이야기는 내 주변에서 보기 드문 경우였기 때문이다. 한국에서 영어를 공부하고 뒤늦은 나이에 3년 반 만에 미국에서 석사와 박사 학위를 모두 취득하는 것은 20~30대도 단연코 쉬운 일이 아니다. 나는 엄마를 통해서 '나이는 숫자에 불과하다는 것'을 체험

했고, '나이가 들면 열정은 사라진다'는 말은 얼마든지 극복할 수 있음을 목격했다.

주변에서 '친구 같은 모녀관계'로 잘 알려진 엄마와 나는 정말 돈독한 사이다. 나는 가족과 떨어져 뉴욕에 살 때도 부모님과 자주 연락을 주고받고, 매년 어버이날과 생신 선물을 한국으로 보냈고, 한국에 있을 때는 해마다 가족 여행을 간다. 서로에 대한 배려와 이해 그리고 서로를 위하는 마음이 바탕이 되었기 때문에 나는 곧잘 엄마에게 마음속 이야기를 시시콜콜 나누곤 한다. 비록 부모님이 엄격하고 보수적인 환경에서 나를 키우셨지만, 자녀이기 전에 한 인격체로 존중해 주셨기 때문에 가능한 일이라고 생각한다.

그럼에도 불구하고 함께 출간 작업을 해보니 일하는 방식이 너무나도 다른 엄마와 나였다. 삶에서 추구하는 방향과 가치관이 같고 대화가 잘 통해 서로가 비슷한 줄 알았던 것이다. 일사천리로 출판 기획과 집필을 마치고 항시 저만치 앞서가는 '행동파' 엄마와 '생각파' 나는 서로 대립하는 일이 빈번히 일어났다. 하마터면 이 책이 세상에 나오지 않았을 수도 있었다. 그만큼 글 쓰는 일은 쉽지 않은 일이었고, 누구에게나 자신에게 맞는 일이 있다는 걸 깨달았다.

하지만 이 책을 집필하면서 내 안에 켜켜이 쌓여있는 기억의 창고에 담긴 이야기들을 마음껏 풀어보는 계기가 되었다. 30대를 맞이하며 내 인생의 '꿈'과 '가치관'에 대한 기준을 확실히 재정립해야겠다고 느낀 과정 속에 만난 이 프로젝트는 사그러졌던 내 열정의 불씨를 다시 지피게 되었다. 나는 내 마음속 '꿈의 온도'를 체크하면서 아티스트로서 새로운 작업을 구상하게 되었다.

글에 소질이 없던 나는 내 삶에 변화를 주기 위해 용기를 내어 새로운 도전을 시도했다. 그리고 이 경험을 바탕으로 나를 둘러싼 미래에 대한 불안감이 한 꺼풀 벗겨지고 다른 관점을 보게 되었다. '천 리 길도 한 걸음부터'라는 말이 있지 않는가? 어떤 일이든 시작이 중요하고 시도조차 하지 않는다면 제자리걸음일 뿐이다.

모든 것이 불확실한 시대, 우리 MZ 세대는 '꿈'을 꾸는 것도 이루는 것도 쉽지 않은 세상에 살고 있다. 자신이 좋아하는 일을 한다고 해서 행복해지는 것은 아니며, 가슴 뛰는 일을 한다고 해서 성공이 보장되는 것은 아니다. 그러나 늘 어떤 '꿈'을 간직하고 간절히 바라는 마음이 있다면 언젠가는 다시 이어지리라 믿는다. 그리고 그 염원은 아무런 노력이나 실행 없이 변화와 결과를 바라는 욕심이 아니라 시도하는 가운데 빛날 수 있다.

2022년 3월 11일

리사박

✳

"나다움을 알고 나답게 살 수 있을 때,

비로소 내가 원하는 것을 찾을 수 있다."

- 리사박 -

우리는 낮에도 별을 본다

교육자 엄마와 예술가 딸의 20년 성장일기

발행일 2022년 5월 1일 초판 1쇄 발행
지은이 최혜림, 리사박
발행인 박호식
편 집 안현희
발행처 호연글로벌
주 소 서울특별시 중구 삼일대로 363, 장교빌딩 2205호
전 화 02-549-7501 **팩스** 02-549-7431
홈페이지 www.thesageleadership.com
이메일 sageleadership@naver.com

ISBN 979-11-960662-4-6
정가: 17,000원